El hilo rojo de Berlín

El hilo rojo de Berlín

Noelia Hontoria

Papel certificado por el Forest Stewardship Council®

MIXTO
Papel procedente de
fuentes responsables
FSC® C117695
www.fsc.org

Penguin
Random House
Grupo Editorial

Primera edición: enero de 2021

© 2021, Noelia Hontoria
Autora representada por Editabundo Agencia Literaria, S. L.
© 2021, Penguin Random House Grupo Editorial, S. A. U.
Travessera de Gràcia, 47-49. 08021 Barcelona

Printed in Spain – Impreso en España

ISBN: 978-84-666-6848-4
Depósito legal: B-14.518-2020

Compuesto en Fotocomposición gama, s. l.
Impreso en Liberdúplex
Sant Llorenç d'Hortons (Barcelona)

BS 6 8 4 8 4

Para mis padres,
por enseñarme a andar primero
y dejarme volar después

1

*Y cuando te sigues desvelando cada noche
pensando en ella.
Y cuando aún miras sus fotos sin que
nadie te vea.
Y cuando todas las canciones todavía
llevan su nombre.
¿Cómo le llamarías a eso?*

Madrid, 2073

«Así que la vida era esto.» Cualquiera que estuviera en
mi lugar se habría tomado aquello de una forma muy diferente. Pero siempre he sido un loco. Un loco bien
cuerdo. Un kamikaze, una persona de esas que tienen la
piel intacta y el alma llena de cicatrices. Porque, en definitiva, la vida consiste en esto. En no tener miedo a des-
trozarse a uno mismo por tal de llegar al final de los días
sabiendo que ha vivido, que ha sentido, que ha sido fiel a
su persona. A su concepto de la vida.

Y yo lo he logrado. En cierto modo. Quizá no tanto

como me gustaría. A fin de cuentas, todos tenemos alguna asignatura pendiente. Y la mía tiene nombre y apellidos. La tuya seguro que también.

Miro por la ventana como si quisiera retener en mi memoria los pequeños detalles que hacen más bonito el mundo. Las gotas de lluvia golpeando los cristales, deslizándose tras chocar contra ellos, como quien se deja llevar después de llegar a un lugar que hasta entonces no le pertenecía. El vuelo de los gorriones que buscan refugio tras ser conscientes de que se acerca la tormenta. El ruido de las ruedas de unas mochilas escolares contra el asfalto, de las que tiran unos niños impacientes por llegar al plato caliente que, seguro, les espera sobre la mesa.

Sonrío al comprobar que, sin contar si nuestro día ha sido mejor o peor de lo esperado, el mundo sigue girando. Siempre lo hace.

Me doy la vuelta y dirijo los ojos de nuevo al interior de mi dormitorio. Vuelvo a acariciar el sobre color ocre que el doctor me entregó hace un par de horas, cuando acudí a su consulta para recoger los resultados de mis controles rutinarios. Con ochenta y siete años uno ya no está para descuidarse. Toda la vida he gozado de una buena salud, por suerte nunca he tenido que pasar por un quirófano ni preocuparme más que por tomar un par de Ibuprofenos para el dolor de cabeza o una gripe estacional en el peor de los casos.

Aun así, el tiempo no pasa en balde para nadie. «¿Cómo estará ella?» Y sonrío otra vez. Porque ella es de la clase de personas que llevan dibujada en la cara una sonrisa permanente. A pesar de todo. «Maldito viejo loco, ni en esta situación puedes dejar de pensar en ella. Estás pirado. Siempre lo has estado.» Un ataque de tos interrumpe mis pensamientos y oigo, en la otra punta del pasillo, los pasos apresurados de mis nietos, Pablo y Amanda, que se acercan a mi habitación.

—Abuelo, ¿estás bien?

—¿Ya os ha mandado vuestra madre otra vez para que me vigiléis?

Estos chicos son adorables, aunque en cierto modo me molestan tantas atenciones. Nunca me gustó el protagonismo ni que la gente se preocupe demasiado por mí.

Pablo y Amanda son mis nietos, los hijos de mi primogénita, Marta. Tienen diecisiete años y lo que a mis ojos es toda una vida por delante. Creen que ya lo saben todo, la adolescencia es así, pero yo sé que les queda tanto por experimentar... Cosas emocionantes, cosas duras, cosas alegres o tristes, la vida, al fin y al cabo. Eso de lo que yo ya estoy a punto de despedirme.

Mis nietos, aunque son mellizos, no se parecen en nada, ni en el carácter ni en el aspecto. Pablo es un buen partido, un chico sensible; Amanda tiene un corazón de oro, y también una alegría innata que la hace parecer un poco alocada. Y yo, como abuelo suyo que soy, sé que no es solo cosa de la edad. Reconozco en ella ese empuje por avanzar que yo sigo teniendo. A pesar de mi edad, a pesar de lo que me he vivido. Elegido o impuesto, ahora ya qué más da.

—¿Qué te ha dicho el médico, abuelo? ¿Todo bien?

—Sí, todo marcha bien —miento—. No quiero que os preocupéis tanto por mis achaques. Ya sabéis que a este viejo loco le llegará la hora más temprano que tarde.

—No digas eso. Todavía te queda cuerda para rato. ¿Qué es este sobre?

—Nada, son solamente recetas. —Me apresuro a guardarlo en el cajón de la cómoda de mi habitación—.

Pablo... Amanda... Me acabo de dar cuenta de algo. Nunca os he contado mis batallitas.

—¡Claro que sí! Nos sabemos de memoria tus historias. Cómo llegaste a Berlín, cómo triunfaste en la música, tus viajes, tus premios, los famosos a los que conociste...

—Banalidades. Me refiero a mis batallitas de verdad. Esas historias que, cuando somos jóvenes, nos prometemos a nosotros mismos que jamás se las contaremos a los nietos. Que son lo que realmente importa. Me apetece explicároslas.

—¿Por qué ahora?

—Bueno, digamos que la lluvia me pone melancólico. Y que no me viene en gana que este secreto se venga conmigo a la tumba. Está escondido en cada una de las canciones que he compuesto, sí, pero de qué sirve esconder un tesoro si no va a haber nadie que se atreva a buscarlo, o peor, que desee hacerlo. ¿Queréis escuchar la historia de amor más bonita del mundo?

Noto que los ojos de mis pequeños se iluminan. Sé que ahora mismo piensan que les voy a hablar de su abuela, la dulce y buena de Claudia. Qué inocentes. Y qué inocentes. Ojalá conserven esa magia durante muchos años. La vida todavía no les ha enseñado que las historias de amor más bonitas son las que no tienen final feliz. Aunque yo prefiero pensar que lo que nunca dejas de sentir, sencillamente, no tiene final.

2

Ten debilidades. Sé humano.
Pero elige una que merezca la pena.

Berlín, 2016

Aarón amaba la vida en Berlín. La capital alemana se convirtió en su hogar casi desde el día en que puso un pie en la ciudad por primera vez. Conectaron al instante, como los mejores amantes, como si un hilo rojo se tensara entre ellos. Sin embargo, también fueron tiempos difíciles. Cuando llegó, apenas con una maleta de mano, una guitarra y un montón de papel en blanco, tan solo era un muchacho con mucho que ganar y poco que perder, o eso creía en el momento en que tomó la decisión de probar suerte y perseguir sus sueños.

La utopía a la que todos aspiran pero en la que pocos trabajan. Llamamos sueño a aquello que nos parece imposible, que suponemos que solo ocurre una vez entre un millón, que es tan poco probable que no merece la pena perseguirlo. En resumidas cuentas, en cierto modo todos somos bastante perezosos cuando se trata de pelear por lo que no podemos ver. Nos gusta lo cuantificable, lo alcanzable a corto plazo: nuestro sueldo fijo a fin de mes, la comida de los domingos en el restaurante que tanto nos gusta y las vacaciones de agosto, cada verano en la misma fecha. Algunos regresan siempre al mismo sitio; otros, los más osados, escogen un destino diferente todos los años. En cualquier caso, no dejamos de dar vueltas alrededor del círculo vicioso que conforma nuestra zona de confort.

Sin embargo, si nos proponemos arriesgarnos por alcanzar lo intangible, hay una fuerza interior que nos frena. «No lo vamos a conseguir —nos dice una voz—. Estas cosas solo pasan en las películas.» Y es entonces cuando devolvemos nuestros sueños al lugar al que creemos que corresponden: el último deseo antes de dormir. Los dejamos ahí, aparcados, esperándonos cada noche mientras dedicamos los días a lo banal, a la rutina que nos absorbe y nos consume la vida sin que ni siquiera nos aporte algo más que una transferencia bancaria a fin de mes. Cada mañana, con el sonido del despertador, nos limpiamos los ojos y recogemos la máscara invisible que dejamos sobre la mesita de noche para volver a convertirnos en lo que realmente no somos, en lo que la vida espera de nosotros.

Entonces, Aarón tenía treinta años y la satisfacción de haber llegado a ser exactamente la persona que quería ser. A veces le gustaba sentarse con un café, a solas consigo mismo, en cualquier cafetería desconocida, para tomar conciencia de en qué punto se encontraba, para echar un vistazo al pasado y ver el camino que había recorrido. Todos sus imposibles se habían cumplido.

Recordaba el día que les dijo a sus padres que quería

probar suerte en la música. Era una tarde de finales de primavera. El intenso color azul del cielo de Madrid apenas se veía emborronado por alguna nube dispersa. Trató de armarse de valor, pero ni siquiera así funcionó. Se rieron, lo consideraron una chiquillada e inmediatamente le hablaron del amigo de un amigo que le podía conseguir un trabajo en una oficina, atendiendo el teléfono. Un despacho de paredes grises, tal vez una chapa con su nombre prendida de la solapa de la americana. Una planta artificial, de la que no tendría que preocuparse por regarla, en un rincón. Quizá podría sustituirla por un cactus cuando llevara cierto tiempo para rodearse de un poco de vida. Un buen horario y un par de pagas extras, en el mejor de los casos. Una garantía de futuro. Pero no era el tipo de futuro al que él aspiraba.

Aarón quería vivir, no sobrevivir. Quería enamorarse de la vida. Quería sentir la adrenalina de luchar por sus objetivos. El resultado le daba igual. Eso de disfrutar del camino siempre le había gustado. Tal vez era la clave de la felicidad. Y en ese punto de su vida le parecía que lo había conseguido. Le faltaban cosas, sin duda, pero no le sobraba nada. Nunca estamos completos, y en su cabeza resonaba el «¿Qué habría pasado si...?» que tanto le quemaba algunas noches. Aquellos eran sus mejores momentos para componer. Porque junto a esa pregunta aparecía un rostro que había dejado perder ocho años atrás. Una chica joven, con pelo castaño y melena infinita. Con sonrisa sincera y ojos marrones. Con unas mejillas que, por la inocencia que llevaba en su interior, se ruborizaban cuando algo la descolocaba. Era encantadora, pero no pudo ser para él. Su eterna musa. Sabía que le debía cada inspiración, cada melodía, cada letra.

Aarón era una buena persona, de esas que no harían daño ni a una mosca. No buscaba aparentar nada ni vivir de opiniones ajenas. No se consideraba una persona políticamente correcta. Todo lo contrario a lo que se podía esperar de un personaje público. En la música, como en tantas otras carreras de escaparate, lo que piensen los demás tiene bastante peso. A él ser juzgado nunca le importó. Debían aceptarlo tal y como era, si no, no le interesaban. Él no estaba en el mundillo para llegar a «ser alguien», la música era sencillamente lo que le nacía de dentro y a lo que quería dedicar su vida. Los focos y los halagos se los tomaba como un añadido con los que tenía que lidiar, pero ni por asomo les daba prioridad.

A pesar de la inestabilidad de su profesión, Aarón había logrado alcanzar una cierta tranquilidad que le permitía saber, con más o menos exactitud, cuánto iba a cobrar al siguiente mes e iba enganchando un proyecto con otro, de manera que siempre estaba ocupado con algo. Demasiado ocupado quizá. Llevaba tiempo haciendo verdaderos malabarismos para conseguir planificar unas cortas pero merecidas vacaciones. El trabajo de su pareja tampoco ponía las cosas fáciles.

Le gustaba recargar las pilas junto a su mujer, Claudia, en alguna playa paradisíaca, una capital europea de renombre o en España, su país natal, y del que Claudia, como buena alemana, era fiel admiradora. Las calas de las islas Baleares, el Retiro de Madrid o la gastronomía de Andalucía la tenían absolutamente enamorada, y para ella España era un buen lugar al que regresar.

A pesar de que a Aarón a veces la vida le parecía una pequeña montaña rusa, por todos los proyectos que conseguía sacar adelante y todos los objetivos que conquistaba, a esas alturas ya no esperaba un gran cambio, un giro del destino. Lo que de verdad importaba lo tenía claro. Quizá algún día volvería a España, pero por ahora se sentía bien en Berlín. Había construido un hogar, tenía unos brazos a los que volver cada noche y se despertaba en paz consigo mismo por las mañanas. Suficiente.

Lo que no sabía Aarón es que su vida estaba a punto de dar un vuelco. Como suele ocurrir cada vez que nos relajamos y damos algo por sentado. La vida nunca para de girar. No lo olvides.

Esa mañana, cuando el verano daba los últimos coletazos, como era habitual, el S-Bahn de las ocho llegó puntual a las vías de Charlottenburg. Sin embargo, Aarón no se subió a los vagones. A pesar de no ser alemán, conocía perfectamente el ritmo de vida del país tras ocho años en aquella ciudad, y sabía que la primera semana de septiembre era mejor ganar unas horas de sueño para evitar las aglomeraciones que se formaban en el metro a esa hora. Una multitud de periodistas de medio mundo tomaba la ciudad a golpe de tren en dirección a la parada de Messe Süd para comenzar una jornada de trabajo maratoniana. Charlottenburg, a tan solo dos paradas del destino final y una de las estaciones principales de la capital, se convertía entonces en un hervidero de asiáticos, americanos, ingleses y algún que otro español que intercambiaba miradas cómplices con Aarón. Detectaban en él el innegable aire madrileño que ni el paso del tiempo ni las nuevas costumbres habían logrado arrebatarle. Sus raíces permanecían intactas.

Año tras año, el gran evento europeo de la tecnología, con un impronunciable nombre alemán resumido en las siglas IFA, hacía correr ríos de tinta en todo el mundo y la carrera de los periodistas por conseguir las noticias antes que nadie comenzaba en las estaciones del transporte público.

Por suerte para Aarón, su trabajo le permitía cierta flexibilidad y, en circunstancias excepcionales como aquella, podía tomarse el lujo de comenzar un par de horas más tarde. Era muy metódico, incluso en las temporadas en las que le tocaba encerrarse en el estudio a componer le gustaba tener su horario fijo. Para él, esa era la única manera de impedir que volaran las hojas del calendario sin cumplir con sus objetivos. A la inspiración también hay que buscarla.

Una de las ventajas de haber decidido madrugar menos esa semana es que podía despertarse a la vez que Claudia. El reloj de ambos sonó a las ocho y media, y Aarón no pudo evitar sonreír al ver a la dulce mujer que refunfuñaba a su lado. Se sentía el hombre más afortunado del mundo por ser su marido. Claudia le aportaba paz, calma. Claudia era su todo. La quería más que a nada en el mundo, aunque su mente siguiera volando traviesa cada noche hacia Madrid, buscando en la distancia los brazos de aquella otra mujer que por un breve instante fue su cómplice. Su otro todo. El gran secreto de su vida.

Ni siquiera Brad, su mejor amigo, conocía la existencia de Amanda. Nadie habría entendido su historia. Al principio ni él mismo comprendía lo sucedido, pero, tras muchas canciones, tras muchas lunas y tras muchas conversaciones consigo mismo frente a una copa de ginebra, por fin había conseguido dejar de sentirse culpable. La eterna batalla entre la mente y el corazón. Hacía ya tiempo que había decidido rendirse y asumir que nunca lograremos reconciliarlos.

Aarón y Claudia intercambiaron un par de sonrisas cargadas del amor y el cariño más sincero que pueden regalarse dos personas. Hacía ya tres años que habían contraído matrimonio y sus sentimientos seguían palpitantes, inalterables, idénticos a los de aquella soleada tarde en la que se prometieron amor eterno. Sin embargo, Aarón, que le había escrito mil y una veces al amor, sabía lo efímero que puede ser lo eterno, y al revés. «Los amores eternos son los más breves.» En alguna canción dedicada a la misma chica de siempre, Aarón se había apropiado de la popular cita de Mario Benedetti que refleja esa brecha temporal de la que no solemos ser conscientes.

Claudia fue la primera en salir de la cama. Al contrario que Aarón, ella sí tenía un horario fijo y quedarse dormida o retozar un rato más entre las sábanas no era una opción. Trabajaba de investigadora en una famosa compañía farmacéutica en Berlín y, a pesar de lo mucho que le gustaba su trabajo, aún no se había acostumbrado a la excesiva responsabilidad que conllevaba su puesto. Un despiste inoportuno podría llevarse por delante toda su reputación y tirar por la borda años de sacrificio y absoluta dedicación.

Alemana de nacimiento, conoció a aquel músico una noche de septiembre de hacía ya ocho años, cuando Aarón apenas llevaba unos días en su nuevo destino. Claudia le había estado enseñando la ciudad a su amiga Noa, que vivía en Frankfurt y había ido a visitarla, y de camino a casa desde la estación de Hauptbahnhof, al norte de la ciudad y muy cerca de la zona turística, pararon a tomar el último mojito en una carpa provisional instalada con motivo de alguna fiesta. Aquello le cambió la vida. En el escenario, un tímido español con una guitarra y una sensibilidad que nunca había visto, consiguió despertar su curiosidad. La atracción fue mutua, y aunque la suya fue una historia que se gestó poco a poco, desde que Claudia se presentó a él tras el concierto no habían dejado nunca de estar juntos.

—¿Quién es tu musa? —preguntaba Claudia, curiosa ante las letras tan cargadas de sentimientos con las que Aarón enamoraba a propios y extraños.

—La vida.

Si bien la respuesta nunca llegó a convencerla, con el paso del tiempo Claudia aceptó que su ya marido tenía una sensibilidad especial y que realmente era la vida la que lo inspiraba cuando componía como si cada día le volvieran a romper el corazón. Las letras y las melodías de Aarón tenían un halo de tristeza, contaban historias inacabadas y hablaban de algo o alguien que no era ni por asomo el reflejo de una persona feliz. Porque, por encima de todo, Aarón era muy feliz.

Tras acicalarse un poco en el baño, Claudia preparó café para dos y descorrió las cortinas del viejo apartamento ubicado en la primera planta del número veintisiete de Windscheidstrasse. Sus altos techos y su estilo arquitectónico indicaban que era una vivienda antigua, lo cual no impedía que fuera era el hogar perfecto para ambos, en una zona tranquila pero céntrica a la vez, muy cerca de una de las paradas principales de metro y muy bien conectada con el resto de la ciudad. Además, el ambiente del vecindario era exquisito. Rodeado de supermercados, tiendas y un sinfín de terrazas donde disfrutar de un litro de cerveza alemana mientras las avispas revoloteaban cerca animadas por el olor a cebada, Claudia y Aarón habían convertido el apartamento en su nidito de amor. Sin embargo, eran conscientes de que deberían buscar una casa más grande cuando la familia creciera. Era un hogar para dos, tal vez tres, pero sus intenciones iniciales apuntaban a formar una gran familia como la que a ellos les había faltado. Ambos tenían en común ser hijos únicos y habían echado de menos en su infancia un compañero de batallas con quien jugar a los indios y a los policías y ladrones.

Les gustaba su apartamento por la sensación de familia que les inspiró desde el momento en que lo vieron por primera vez. A pesar de que la cocina no era especialmente grande y había que subir unas escaleras para acceder al cuarto de baño, la única parte de la casa que incomprensiblemente estaba en las alturas, el gran salón con una pequeña pero acogedora terraza y la chimenea en la habitación de matrimonio lograron cautivarlos al instante. Poco a poco habían ido adaptando la decoración a sus gustos, aunque decidieron mantener el aire de vieja gloria berlinesa que hacía de él un apartamento especial.

Cuando Aarón por fin salió de la cama, Claudia le ofreció su café recién hecho y un par de tostadas con aceite de oliva y tomate, una de las recetas que había incorporado de la excelente gastronomía española que su marido se había encargado de darle a conocer.

—Gracias, cariño, pero no me malacostumbres, que al final voy a querer levantarme todos los días a esta hora solo por tus tostadas.

—No seas pelota y ponte en marcha, que llegarás tardísimo al estudio y no aprovecharás el día.

—Prefiero esto a tener que lidiar con una marabunta de periodistas en celo. Nunca he comprendido por qué llevan cara de estresados por la mañana y de cansancio absoluto por la noche. Y, sin embargo, se empeñan en aprovechar el tiempo muerto del viaje en metro para sacar la tableta y seguir tecleando en lugar de disfrutar de los paisajes.

—Están hechos de otra pasta, como tú, que te puedes pasar noches enteras componiendo. ¿Qué me dices de eso?

—Ya sabes que los artistas somos un poco gatos y es por la noche cuando mejor maullamos. —Le dedicó una sonrisa pícara mientras imitaba el lamento de un felino con muy poco acierto.

—Anda, anda, recoge tú la cocina, por favor, que al final la que va a llegar tarde seré yo.

—Cuenta con ello.

—Recuerda que saldré tarde. Hoy es la reunión anual con el vicepresidente de la compañía. Viene de Londres, y tendremos que quedarnos a tomar algo con él después de la presentación de cuentas.

—No te preocupes, yo también quiero aprovechar para adelantar trabajo en el estudio. Me gustaría terminar los arreglos de las nuevas canciones que me han comprado. Van a ser todo un éxito, lo veo, lo huelo.

—No podré escucharlas, ¿verdad?

—Sabes que no.

—¡Siempre igual! Me dejas con la intriga. —Y, dándole un beso, cogió su chaqueta de punto fino color crema y se la colocó en el brazo—. Nos vemos por la noche. ¡Te quiero!

—¡Yo también! No te olvides de...

Antes de que Aarón terminara la frase, su mujer ya se encontraba descendiendo a toda prisa las escaleras, y él no pudo evitar sonreír ante la energía y espontaneidad de Claudia, una de las características que más le gustaban de ella.

—Da igual. En fin, Aarón —se dijo mirándose en el espejo del recibidor y colocándose el cuello de la camisa—, vamos a por otra jornada, presiento que hoy va a ser un gran día para nosotros.

Comprobó que llevaba encima el bono del metro, cogió las llaves y la carpeta con las nuevas letras y salió un día más a comerse el mundo, con paso tranquilo. Le encantaba pasear sin prisa bajo el sol del septiembre berlinés; para él, esta era la mejor época del año en la ciudad. Los primeros rayos de la mañana aportaban el punto justo de calidez, la temperatura perfecta para mantener el fulgor de los corazones enamorados y para caldear aquellos que se sentían más solos. Se adentró en la estación de metro de Charlottenburg y subió las escaleras para después torcer a la izquierda y parar en su andén, dejando atrás unos puestos de comida rápida que no le despertaron el menor interés a pesar del buen olor que salía de ellos.

Todavía se veía algún que otro periodista despistado y poco madrugador, pero, por suerte para él, se había disuelto el embotellamiento. En la pantalla comprobó que su vehículo llegaría en apenas un minuto. Sin duda, era su día de suerte.

Mientras echaba un vistazo disimulado a los titulares del periódico que portaba en su regazo el chico que se encontraba a su izquierda, notó una mano posarse sobre su hombro con delicadeza mientras una voz dulce y agradable, que intentaba con torpeza hablar alemán, le preguntaba con timidez:

—Perdone... metro... Messe Süd... esto... ¿aquí?

Hier? Se giró, dispuesto a contestar con un sencillo «Sí, aquí es».

Pero al volver la cabeza y encontrarse con los ojos de aquella despistada turista perdió el habla. No podía ser cierto.

3

Si supieras cuántas noches te he pensado.
Si supieras cuántos sueños te he regalado.
Si supieras lo feliz que puede hacerme un
recuerdo tuyo.
Tal vez, solo tal vez, tú y yo aún
podríamos ser.

Berlín, 2016

Cuando Amanda recibió el encargo de cubrir la muestra de tecnología más importante de Europa no fue capaz de responder inmediatamente. Era una propuesta estupenda para su *portfolio* de fotógrafa, la posibilidad de cubrir un acto que gozaba de innegable reputación y que, sin duda, le gustaba mucho más que las bodas, bautizos y comuniones, algo a lo que, por suerte, nunca había tenido que recurrir. Lo suyo eran los eventos de verdad, sincronizarse con periodistas para contar su parte de la historia. Una imagen vale más que mil palabras, y sabía que las fotografías de las portadas de los periódicos, digitales o tradicionales, podían causar mucho más impacto que un estudiado titular.

En alguna ocasión también había probado suerte en los bancos de imágenes, pero a menos de un dólar de ganancia por fotografía era un recurso al que todavía no le había sacado casi ningún partido. No sabía si algún fotógrafo podría vivir de eso; desde luego, no era su caso.

Berlín. Aquella propuesta le cayó como un dardo envenenado. Una oportunidad de oro para su carrera, sin embargo, tal vez una losa para su estabilidad emocional. Las seis letras que conforman el nombre de la capital alemana se clavaron en su retina, y notó como poco a poco descendían hasta un corazón que no había conseguido reparar en todos aquellos años. Seguía hecho añicos. Lo que se rompe nunca vuelve a su estado original por mucho que intentemos coser los pedazos sueltos.

Bajó los párpados, cerró la pantalla del portátil haciendo más ruido del que le hubiese gustado (por un segundo incluso temió haberla dañado) y se levantó, nerviosa, peinándose con la mano, como hacía cuando notaba que la situación se le estaba descontrolando. Fue al baño a enjuagarse los labios.

«¿Por qué, Amanda, por qué? ¿Por qué sigues así?» Habían transcurrido ocho años desde que aquel chico partió rumbo a la ciudad, con una maleta en una mano y una guitarra en la otra. No le quedó espacio para ella, no quiso agarrarse a su amor y se dejaron perder. La despedida le dolió, pero no tanto como cada noche de los años que pasó pensando en él. Cuando se dio cuenta de que aquel hombre había sido el amor de su vida ya era tarde.

Nunca había estado en Berlín. Ni lo pretendía. No estaba dispuesta a hacer algo que enturbiara su tranquilidad. A su camino ya se habían sumado los pasos de Marcos, su actual pareja, y no quería que nada volviera a cortarle la respiración, que nada le impidiera dormir por las noches. No quería sacrificar de nuevo su paz por ningún amor.

¿Cuál era la posibilidad de encontrárselo en una ciudad con más de tres millones y medio de habitantes? Una entre tres millones y medio, así que no tenía sentido renunciar a aquella oportunidad inigualable por miedo a que el destino hiciera chocar sus caminos otra vez. Aunque no iba a ocurrir, en el fondo nunca reconocería que le hacía ilusión pensar en volver a verse reflejada en los ojos más bonitos que había visto jamás.

Aceptó el encargo, dispuesta a pensar en ella. Solo en ella. Como había tratado de hacer durante los últimos ocho años de su vida.

Apenas una semana después se encaminó hacia la capital de Alemania. Aterrizó en Schönefeld, el aeropuerto secundario de la ciudad, cuando eran casi las nueve de la noche. Tuvo suerte de encontrar un taxi libre que la llevara al centro de Berlín, y a pesar de que su hotel se encontraba en una plaza peatonal, el vehículo pudo estacionar justo a las puertas del edificio. Este era precioso. Dos amables botones la ayudaron con su equipaje y le indicaron el camino de la recepción, a escasos pasos de la puerta acristalada del hotel y en la parte izquierda de un hall pequeñito, pero imponente.

Aquella noche no bajó a cenar. Había picado algo en el avión y el cansancio le estaba ganando la batalla al hambre. Preparó la agenda para el día siguiente y, antes de sucumbir al placer de una cama de dos metros bien mullida, salió al pequeño balcón de su habitación. Hasta él llegaba el tímido eco de las voces de quienes disfrutaban de una copa en el bar ubicado en la azotea del edificio. Sonrió al mirar los edificios que protegían la Bebelplatz, la plaza que se abría frente a ella, y se dejó embriagar por la belleza de Berlín.

Su mente, en aquel momento, la traicionó: «¿Dónde estarás, Aarón?».

La primera impresión de Berlín, en plena noche, había sido mucho más buena que la que se llevó al día siguiente. Desayunó temprano en el hotel, si bien las prisas le impidieron disfrutar de nada más que un café y un cruasán devorado con urgencia, y salió hacia el que iba a ser su destino diario durante el resto de la semana: Messe Berlin. Podría haber pedido un taxi para recorrer los algo más de once kilómetros que la separaban de aquel recinto, sin embargo, siempre le había gustado conocer el transporte público de las ciudades que visitaba. Para ella, era el verdadero corazón de la ciudad, donde se puede ver, reflejado en las caras de quienes lo frecuentan, el ritmo de vida de un lugar, si sus habitantes son felices o si la urbe los devora y les roba hasta el alma.

Se arrepintió a los pocos minutos de su idea. La parada de metro más cercana quedaba a unos diez minutos andando del hotel y el vagón no era tan moderno como habría esperado de una ciudad como esta.

Amanda estaba perdida en sus pensamientos cuando vio que gran parte de los pasajeros descendían en la parada de Charlottenburg. No le dio tiempo a comprobar si debía hacer trasbordo para llegar hasta Messe Süd y, por miedo a equivocarse, siguió a la masa de gente y se apeó también. Se acercó al enorme mapa protegido tras un cristal desde el que las líneas del metro la saludaban. Los interminables nombres de las estaciones se entremezclaban en su mente y, nerviosa porque iba a llegar tarde a su primera reunión, decidió aplicar la técnica más antigua del mundo: preguntar a algún desconocido que tuviera la bondad de ayudarla.

Podría haber dicho que fue el destino quien cruzó sus caminos. Que la vida le tenía preparada esta sorpresa. Que el azar había ganado la partida. Sin embargo, fue ella quien decidió tocar en el hombro a aquel desconocido y no a otro. Fue ella quien cometió el error de bajarse en aquella estación. Fue ella quien persiguió su suerte, quién sabe si buena o mala.

Destino o casualidad, los dedos de Amanda fueron a parar, con un suave roce, al hombro de la persona a la que todavía amaba con todo su corazón.

4

Es solo una sonrisa, me dije.
Es solo una caricia, me convencí.
Es solo un cosquilleo, dudé, pero seguí.
Y ahora quiero esa sonrisa,
esa caricia, esas cosquillas.
Porque al final
nada vale tanto como ese abrazo
que, en silencio,
nos pide que nos quedemos un poquito
más.

Berlín, 2016

Era ella. Sin duda, era ella. Su musa. El amor de su vida. Su fuente de inspiración. La mujer a la que sus pensamientos seguían acudiendo cada noche. La piedra con la que volvería a tropezar una y otra vez. Era ella y, ahora, tras soñarla tantas veces, tras imaginar tantos desenlaces diferentes, tras dedicarle a escondidas, como un vulgar perdedor, sus mejores canciones, la tenía de nuevo frente a él. Y, acostumbrado a plasmar en papel sus pensamientos y sentimientos más profundos, no supo qué decir. Se quedó sin habla. El pasado lo golpeaba con fuerza y se sintió absolutamente derrotado al ver a tan solo unos centímetros de su cuerpo aquello a lo que había renunciado ocho años atrás y de lo que tanto se había arrepentido haberse separado.

Había cambiado tanto... Pero seguía preciosa. Su pelo castaño reflejaba un sol que ahora le parecía aún más bonito, lleno de vida, de luz y de calor; sus ojos estaban hechos del mejor café que alguien podría tomar; su cuerpo, ligeramente más ondulado, seguía joven y derrochando vida por todos sus ciento setenta centímetros de estatura. Había pasado ocho eternos años, treinta y dos estaciones y casi tres mil noches sin saber nada de ella, y aunque su rostro, su pelo y su ropa mostraban inevitablemente el paso de este tiempo, la habría reconocido ni que hubieran transcurrido siete vidas. Jamás se olvida a aquel a quien tu corazón ha pertenecido. Basta una mirada o un olor para que todo se vuelva a derrumbar. El tiempo no entiende de olvido.

No sabía cuánto rato llevaba prendado de su mirada, lo más probable era que fueran solo unos segundos. A su alrededor la realidad había desaparecido. El chico del periódico ya no estaba dentro de su campo de visión. El ruido de los trenes entrando en la estación se había silenciado. Las hojas de los árboles ya no caían sobre sus zapatos. El mundo parecía haber dejado de girar cuando la joven interrumpió aquel estado de embriaguez y volvió a ponerlo todo en su lugar.

—No me lo puedo creer... —No logró evitar que se le escapara esa risa floja tan característica en ella—. ¿Aarón? ¿De verdad eres tú? Joder, sí, claro que eres tú. ¡Ey! ¡Dime algo!

—Amanda... —Su nombre regresó a sus labios y dentro de él se volvió a abrir la caja de Pandora.

—Es increíble que nos hayamos encontrado. Sabía que vivías en Berlín... bueno... imaginaba que seguirías aquí, pero ni por asomo pensaba que nos podríamos encontrar. Dame dos besos, ¿no?

Era el primer contacto de su piel tras ocho años y las mariposas de ambos resucitaron. O quizá nunca habían muerto y solo estaban esperando a que las casualidades de la vida las despertaran de su letargo.

—Claro que sí. Estás muy... Vaya, no sé qué decir. —No pudo contener una risa tonta. Volvió a sentirse como un adolescente. Bendita sensación de vida—. Me alegro mucho de verte. ¿Estás bien?

El S-Bahn llegó a la estación y rompió la mágica conexión que sus ojos habían creado. En silencio, de pronto ambos comprendieron que definitivamente sí, hay trenes que te cambian la vida, y que a partir de entonces para ellos esa metáfora iba a ser más literal que nunca. Un tren los había vuelto a reunir. Malditas casualidades. También era un andén, el lugar donde un día sus pasos se separaron, el escenario donde ahora se encontraban. Menos inocentes, menos enamorados (o eso querían creer), pero con la ilusión intacta de las almas que descubren que aún queda mucho por vivir. Siempre queda tanto por vivir...

En esta ocasión, fue Aarón quien tomó la palabra:

—¿Vas a Messe Süd? Sube conmigo, ese también es mi destino. Son solo dos paradas.

En el viejo vagón, decorado por fuera con franjas amarillas y rojas pero con un aspecto mucho más sobrio y modesto dentro, buscaron un par de asientos libres para poder compartir el corto viaje.

Se sentaron uno enfrente del otro, encogiendo las rodillas para no rozarse por accidente. Sabían que un chispazo entre ambos podía generar suficiente energía para desbocar por completo aquel viejo tren. Tras la emoción inicial comenzaron a asumir el reencuentro y recuperaron un poco de calma. De nuevo estuvieron unos segundos sin hablar, disfrutando de la mirada más sincera y limpia que se le puede dedicar a una persona. Esa mirada que prefieres que sea silenciosa y que esté vestida tan solo con una media sonrisa, porque sabes que cualquier palabra se quedaría corta. Cuánto cambiaría el mundo si de pequeños nos enseñaran también el lenguaje de las miradas...

—¿Qué te trae por Berlín?

—Vengo a hacer un reportaje gráfico del IFA. No es lo que más me gusta fotografiar, pero este tipo de trabajos se pagan bastante bien, ya sabes...

—¿Así que al final has conseguido ser fotógrafa? ¿Trabajas para algún medio?

—Soy *freelance*, vendo mis reportajes. La verdad es que al final así se le saca más partido al trabajo que si directamente te contrata una empresa al uso.

—Me alegro mucho de que hayas conseguido todo lo que querías. —Los dos bajaron la mirada. Ninguno de los dos había logrado todo lo que alguna vez quiso, ni mucho menos. Los ojos de Aarón se fijaron en las manos de Amanda, posadas sobre sus vaqueros. Nunca se acordaba de si el anillo de matrimonio iba en la mano izquierda o en la derecha—. ¿Casada?

—No, sigo soltera, pero tengo pareja.

—Un chico afortunado.

—Y tú... ¿tú estás con alguien?

El metro llegó a la parada en la que Aarón y Amanda debían bajar. Así lo indicaban los carteles azules con el nombre de Messe Süd serigrafiado en blanco. Aarón le abrió paso caballerosamente y, en silencio, subieron las escaleras que conducían hasta la calle principal.

Sin ninguna duda era una de las paradas más bonitas de Berlín, rodeada de frondosa naturaleza y con el buen gusto de la sencillez, un lugar perfecto para que los viajeros pudieran reencontrarse consigo mismos tras un día de obligaciones más o menos deseadas. El verdor de la vegetación de aquella zona contrastaba con los edificios bajos marrones y grises y el repiqueteo de las vías del tren.

Una vez arriba pasaron por debajo de un puente de hormigón. La respiración de Amanda se tornó nerviosa. La belleza de aquel lugar, la cercanía con su amor de juventud, la emoción ante un día de trabajo preparado concienzudamente... Parecía como si todos los astros se hubieran confabulado para hacerla sentir dentro de una escena que parecía ajena a su vida, ajena a sí misma. No entendía nada de lo que estaba sucediendo. ¿Cómo le podía estar ocurriendo eso a ella?

Interrumpiendo el silencio de aquel breve paseo, Aarón le indicó el camino más corto para llegar a los pabellones de Messe Berlin, el imponente recinto que acoge las mejores ferias y exposiciones de la capital. Su estudio de grabación se encontraba a apenas dos minutos de Messe, por lo que decidió acompañarla hasta la puerta habilitada como acceso para la prensa.

—Creo que esta es tu entrada.

—Sí, eso parece.

—Mucha suerte, Amanda.

—Gracias, ha sido una gran sorpresa encontrarnos, no lo esperaba y me ha gustado mucho. —Con cada nueva sonrisa, las mariposas de su interior crecían más y más.

—Lo mismo digo, a mí también me ha encantado verte de nuevo.

—Lástima que el camino haya sido tan corto, al final solo he hablado yo y no sé nada de ti. No me has contado ni a qué te dedicas, ni cómo te va en Berlín, ni qué es de tu vida...

—Es lo bueno o lo malo de vivir tan cerca del trabajo. ¿Quieres que...? Bueno, no sé si será adecuado, pero si te apetece, podríamos tomar algo antes de que te marches para ponernos al día. ¿Cuánto tiempo estarás aquí?

—Solo una semana. —Dudó, pero una fuerza interior la empujó a aceptar algo que ni siquiera le habían propuesto en firme—. Sí, ningún problema. ¿Cuándo te viene bien?

—¿Hoy? ¿A las siete? ¿O es muy precipitado?

—Estupendo, así me despejo de estar todo el día encerrada entre esos muros. ¿Nos vemos aquí mismo?

—Genial. Aquí nos vemos.

Torpemente, se dieron dos tímidos besos y se despidieron con la mano mientras Amanda entraba en la gran mole de chapa y cristal y Aarón se quedaba allí plantado, con esa sonrisa delatora que siempre lleva un nombre mal escondido tras ella.

5

Abandonar la lucha por aquello que amas
simplemente porque ya no puedes
soportar más dudas
es la peor sensación del mundo.
Vívelo y cuéntamelo después.

Berlín, 2016

Amanda presumía de ser una chica normal. En realidad, era de esas que no destacan especialmente por nada, pero cuya magia a veces llega tan adentro de los demás que es muy difícil escapar de ellas. Era una chica sencilla, entusiasta de las pequeñas cosas y con los abrazos más cálidos que una persona puede dar.

Amanda era fuerza. Viento en el desierto y serenidad en el mar. Una mujer de las que pasan inadvertidas a pesar de llevar el huracán en el cuerpo. Le gustaba tratar a sus semejantes tal cual quería que la tratasen a ella, por eso todas sus batallas se libraban en su interior. Se enfrentaba sola a sus fantasmas por tal de que no salieran a relucir a la superficie, por tal de impedir que pudieran tropezarse con alguien. Lo peor de sí misma se lo guardaba para ella. Pero también lo mejor.

Hacía mucho tiempo que Amanda vivía encerrada en su pequeña coraza, construida a su imagen y semejanza. Una coraza blanda por fuera, pero con un núcleo duro, robusto, casi imperturbable. Llevaba consigo varias decepciones y por fin había logrado encontrar la calma en los brazos de Marcos.

Se conocieron en el cumpleaños de un amigo común y un par de citas con cena y cine hicieron el resto. Dos años después se habían convertido en una de las parejas más estables de su grupo de amigos. Eran prácticamente idénticos. Tenían los mismos gustos, la misma visión de la vida y frecuentaban los mismos círculos sociales. Adoraban merendar fresas los domingos y saborear el lunes con un café con hielo a las tres de la tarde. Incluso cuando no podían hacerlo juntos, por los horarios del trabajo, ambos seguían dedicando cinco minutos de reloj a este pequeño gusto.

La vida está hecha de pequeños placeres, y Amanda, fiel creyente en que los más grandes ya no estaban reservados para ella, buscaba disfrutar de lo mundano. Su madre le decía que la clave de la felicidad estaba precisamente en eso, pero ella no podía evitar pensar que quizá se estaba perdiendo algo más. ¿De verdad la vida era solo eso? No se consideraba insatisfecha con la vida que le había tocado vivir, ni mucho menos, pero en ocasiones le sabía a poco.

A veces se sinceraba con su mejor amiga, Valentina, y le desvelaba bajito, casi como si estuviera contando un gran secreto, cuáles eran sus verdaderas aspiraciones.

—Sueño con volar. Con sentir que floto a pesar de que no despegue los pies del suelo. Con irme a dormir cada noche con la emoción de que mañana será otro día ilusionante. Debe existir algo que te haga sentir todo eso, ¿no crees, Valentina?

Valentina se limitaba a reír, a tenderle otra copa de algún licor de dudosa procedencia —nunca faltaba el alcohol cuando Amanda hablaba de sus sentimientos— y a emitir un breve pero certero manifiesto sobre la sensibilidad de los artistas. Esos locos bohemios a los que no les importa ir descalzos por la vida mientras caminen sobre un suelo hecho por y para sí mismos. Algunos pecan de egocéntricos; otros, de románticos. Pero todos tienen en común que no se conforman con vivir algo diferente a su propio concepto de vida.

Amanda ni siquiera se tenía por artista. No sabía pintar, ni escribir ni cantar. Aun así, detrás del objetivo de su cámara réflex se convertía en una de esas bohemias de vida inquieta y sueños eternos. A veces se veía obligada a aceptar trabajos que no le sacudían el alma, como aquella feria de tecnología berlinesa; otras veces, en cambio, tenía el lujo de poder perderse en la naturaleza, perseguir atardeceres y captar la magia de la vida en todo su esplendor. Y, además, con una remuneración que le permitía vivir holgadamente, sin preocuparse de si podría pagar las facturas a fin de mes o si se podría permitir algún que otro capricho.

A pesar de considerarse una chica sincera, escondía en su alma un secreto. Seguía perdidamente enamorada de su primer amor. Aquel músico que la dejó para marcharse a Berlín a probar suerte en la industria discográfica. La habrían tildado de psicópata si hubiese reconocido que tenía una alerta configurada en los buscadores con su nombre, para estar al día de cualquier novedad que se pudiera producir en su carrera, pero sobre todo en su vida. Se sabía de memoria todas sus canciones, la que cantaba él y también las que había firmado para otros. Conocía el rostro de la mujer que ahora lo acompañaba de la mano, las redes sociales no dejan demasiado espacio a la imaginación en ese aspecto... O quizá en ninguno.

En cierto modo, se sentía abandonada. La herida nunca llegó a cicatrizar, tal vez porque nunca logró comprender por qué Aarón no la había incluido en sus planes, por qué no había insistido en llevarla consigo, por qué no había querido tratar de cumplir sus sueños con ella al lado. ¿La recordaría alguna vez? ¿Acaso alguna de sus canciones la había compuesto pensando en ella? A esas alturas, era inútil pensar en ello.

Nada deja más huella que aquello que no acabamos de comprender, que las preguntas sin respuesta que nos impiden avanzar y que el paso del tiempo, un mero espectador, no resuelve ni cura las heridas que infligen.

Tras varios intentos de relaciones fallidas, con las que consiguió ilusionarse pero nunca enamorarse, llegó Marcos. Un chico de ascendencia andaluza con rasgos suaves y voz delicada. Un hombre alto, un par de años mayor que ella, con un pasado marcado por el carmín de un buen número de mujeres y un presente y un futuro en el que ya solo tenía ojos para Amanda. Se había enamorado perdidamente de ella. Amanda se dejaba querer. Le reconfortaban sus brazos, se sentía segura entre ellos, y anhelaba que llegara la noche para quedarse dormida en el sofá. A veces, despertaba al día siguiente en su cama, sin saber bien cómo había llegado hasta ella. Aquello le recordaba su infancia y los brazos de su padre, y entonces volvía a sentirse tranquila y sonreía ante la suerte de tener a alguien a su lado que la quisiera tanto.

Todavía no había entendido que la mayor dicha de nuestra vida es aprender a querer y no al contrario. Que las mayores recompensas llegan cuando sientes que tu corazón está a punto de explotar de tanto amor. Que la sensación de inmortalidad solo se alcanza cuando somos nosotros los que amamos sin mesura. Que conformarnos con un amor a medias es morir lentamente. Cuando le propusieron que fuera a Berlín, Amanda dudó. Luego pensó en Aarón y aceptó, aun sabiendo que era casi imposible que se encontraran.

Sin embargo, cuando aquel desconocido del S-Bahn se giró y enmudeció al clavar sus ojos en ella, los ocho años de distancia quedaron reducidos a poco más de un segundo, al paso efímero de una estrella fugaz a la que ni siquiera nos da tiempo a pedirle un deseo. Le temblaron las piernas y sus labios se curvaron en una perfecta línea ascendente. El cuerpo de Aarón pareció sufrir el mismo efecto, como si sus almas estuvieran bailando por fin acompasadas, juntas de nuevo en un mismo tiempo y lugar. Fue precisamente ella quien rompió la magia de aquel momento. Tan impetuosa y espontánea como siempre. Tal y como él la recordaba.

Una vez dentro del recinto volvió la cabeza justo antes de pasar su acreditación por los tornos de seguridad. Vio la figura de Aarón perderse en sentido contrario a la multitud. Apenas dos segundos que le sirvieron para recordar que sí, que hay amores que pueden durar toda la vida y que el tiempo o la distancia no es una razón lo suficientemente poderosa para dejarlos morir.

6

No necesito verte para recordar cuánto llegué a quererte.
No necesito tenerte para seguir haciéndolo.

Berlín, 2016

Aarón llegó a su estudio de grabación más tarde de lo que le hubiera gustado. Aparte del despertar tardío de aquella mañana, el encuentro con la que consideraba el amor de su vida le había hecho andar a un paso mucho menos ligero que el acostumbrado. No quería encerrarse en el estudio, necesitaba que le diera el aire antes de volver a su rutina. A una rutina que no compartía con ella pero que ahora quedaba contaminada por el fugaz y fortuito encuentro en Charlottenburg.

Afortunadamente, ninguno de los compañeros de su equipo se encontraba ese día en su particular oficina. Saludó al recepcionista del edificio con el gesto amable de cada día, aunque más ausente de lo habitual, y optó por las escaleras de mármol en lugar de por el ascensor. En cierto modo, temía que cuando se cerrara la puerta tras él y se quedara a solas consigo mismo, la realidad lo abofeteara sin piedad.

Y así fue. Nada más colgar la chaqueta en el perchero del recibidor, se le desplomó el alma a los pies. Miró a su alrededor: la cafetera italiana instalada en la sala de visitas, junto a dos sofás de un tono amarillo, uno de los mejores colores para dar rienda suelta a la creatividad; los cuadros firmados por artistas de renombre, el pequeño pero moderno cuarto de baño que quedaba a mano izquierda, siempre con un conjunto de toallas granate, a juego con los azulejos rojos y negros que se disponían a modo de cenefa en la parte central; y por último, su refugio, la sala de grabación, con la cristalera que separaba la parte de producción y la de los músicos. A él le gustaba componer al otro lado, junto a la mesa de mezclas. Aunque la mayor parte de su carrera había transcurrido ante el micrófono, llevando la voz cantante, se sentía todavía más cómodo en la fase de creación, rodeado de tecnología. Aún recordaba cuando componía en la soledad de su humilde habitación de adolescente, en la casa de sus padres de Madrid. Haber logrado tener su propio estudio de grabación era algo que cada día aún le erizaba la piel.

Sin embargo, esa mañana algo había cambiado en él. Observó los caros muebles y aparatos del estudio y bajó la mirada a la moqueta gris, derrotado. Todo aquello lo había conseguido a costa de haber cogido la maleta un buen día y haberse marchado del lado de Amanda. No fue su intención abandonarla. Aunque su historia había sido muy bonita, aunque la quiso mucho, en aquella época ninguno de los dos creía que un amor pudiera ser tan fuerte que acompañara a alguien todos los días de su vida, incluso cuando hubieran pasado lustros desde la última vez que los amantes contemplaron la luna llena juntos. Se dejaron ir. Se dejaron marchar sin luchar por lo que un día fueron.

Aarón pasó el resto del día metido en el estudio, pero no consiguió concentrarse. Ella volvía una y otra vez a su cabeza. Había quedado con ella. Con la razón de sus desvelos, con la chica de la que se alejó ocho años atrás y a la que ahora el destino había vuelto a poner en su camino solo por una semana. Siete días. Qué jodido el amor cuando tiene fecha de caducidad. Si nos preguntan qué haríamos en caso de saber que vamos a morir mañana casi siempre tenemos clara la respuesta, en cambio ¿por qué cuando tenemos la certeza de que alguien se marchará de nuestro lado en unos días seguimos perdiendo el tiempo?

Y justo entonces, como si de una señal del destino se tratara, en la radio comenzó a sonar una canción de salsa que de repente despertó a Aarón de su letargo.

> *Yo no sé mañana*
> *si estaremos juntos,*
> *si se acaba el mundo.*
> *Yo no sé si soy para ti,*
> *si serás para mí.*
> *Esta noche estamos vivos,*
> *solo este momento es realidad.*

Quería verla. Necesitaba verla. La vida no podía dársela unos minutos y después volver a quitársela. Esta vez no. Había pasado tantas noches soñando con su Amanda, con aquella chica inocente que dejó en Madrid, que ahora, al verla convertida en una preciosa mujer, tuvo miedo de sí mismo. De convertirse en aquello que siempre había detestado. De hacerse daño, de hacerle daño.

Claudia... Mierda. Al acordarse de ella se sintió tremendamente culpable de haber respondido, por fin, a la pregunta que tantos años le había rondado la cabeza: «Si Amanda volviera a aparecer en mi vida, ¿le haría un hueco?». Ahora lo tenía claro: le abriría hasta el último resquicio de su alma si fuera necesario.

Aun así, hacer sufrir a Claudia no era una opción. Sin embargo, como decía la letra de aquella canción, no sabemos qué pasará mañana, solo sabemos que es real lo que ahora vivimos. Y Aarón tenía claro que quería volver a ver a aquella mujer cada segundo de los próximos siete días. Recordó aquello que le prometió a Claudia que perdonaría y olvidaría y, aunque no era excusa, le sirvió para aceptar que todos somos humanos. Le tocaba a él romperse y volver a encontrarse.

Siete días y la perdería de nuevo. Era consciente de que su marcha abriría otra vez heridas que, en realidad, nunca se habían cerrado, pero prefería marcarse el alma de por vida si con ello podía tenerla, aunque fuera por un instante. A veces vale más vivir y perder que solo respirar a medias.

Con la decisión tomada de reunirse con ella y dejarse embriagar por su perfume, regresó al trabajo: a sus letras, sus notas musicales, sus partituras. Y por primera vez en mucho tiempo compuso una bella canción sobre un amor que, este sí, terminaba bien. Una historia sobre aquellos que son capaces de construir un mundo solo para dos, sin pasado, sin futuro. Un mundo en el que no importa más que el hoy.

Por su parte, Amanda trataba de centrarse tras el objetivo, sin ningún éxito. Rechazó en un par de ocasiones la llamada de su chico, no podía hablar con él mientras su mente estaba en otro lugar.

¿Qué le estaba ocurriendo? ¿Por qué no podía quitárselo de la cabeza? ¿Por qué miraba nerviosa e impaciente la hora esperando su cita con su primer amor? Ya no sentía nada por él, o al menos así había sido hasta entonces, por mucho que siguiera pensando en él todos los días. Se sabía de memoria cada una de las letras que había publicado y, en silencio, soñaba con ser la protagonista de alguna de las historias que contaban, que conseguían conmover incluso a los menos románticos. Su recuerdo continuaba presente, aunque su vida había avanzado y era feliz, o eso quería creer, junto a Marcos.

Cuando se sorprendía pensando en Aarón, se respondía que era una chiquillada, que cedía al encanto de aquello que no pudo ser y que terminamos idealizando. A fin de cuentas, había sido una historia muy breve...

Sucedió en un pueblo de la sierra de Madrid. Apenas eran adultos, unos jóvenes de dieciocho y veintidós años respectivamente, cuando empezaron a salir, tras conocerse en un campamento de verano.

—¿Te llamas Amanda? —fueron las primeras palabras que Aarón le regaló, cuando por fin decidió acercarse a ella después de observar su sonrisa infinita durante un par de días.

—Sí.

—Es un nombre precioso. El año pasado escribí una canción con este nombre.

No era verdad. En realidad, la había escrito la noche anterior, pero su estrategia funcionó y logró despertar el interés de Amanda. Gracias a la curiosidad de ella por escuchar la melodía, quedaron en que se verían junto al río para disfrutar de la noche estrellada. Después de la canción, vino el primer beso. Después del beso, se rozaron las manos por primera vez. Su hilo rojo se entrelazó. Notaron un chasquido en su interior y lo confundieron con las mariposas de un incipiente enamoramiento juvenil.

El campamento finalizó, pero continuaron acompañándose el resto del verano. Regresaron a la capital, donde vivían ambos, él en Alameda de Osuna, ella en Chamartín. Pasaron juntos los mejores noventa días de sus vidas y después, tras unas pocas explicaciones por parte de Aarón y ningún reproche del lado de Amanda, él se marchó a Alemania buscando la oportunidad de su vida.

Era lo lógico. No podían hipotecar su vida por un amor de verano. Esto solo sale bien en las películas. Se hicieron los valientes y acordaron terminar la relación para que la distancia no les hiciera daño, sin saber que estaban tomando la decisión más cobarde del mundo. Morir por miedo a vivir, despertar por miedo a soñar... Para hacerlo más fácil, no se escribieron ni intentaron buscarse, y se convirtieron en dos extraños con muchos recuerdos en común. Pero lo que ellos nunca supieron es que la música los seguía uniendo: él escribía para ella, ignorando que ella escuchaba las canciones de las que era su musa; ella, le pensaba un ratito todos los días, sin adivinar que le servía de inspiración constante.

Amanda se perdió en los recuerdos de aquel verano mientras hacía una breve pausa para comer. Al regresar al mundo real todo seguía como lo había dejado: el café enfriándose junto a su ordenador portátil, la mochila con el equipo fotográfico entre sus piernas, bien custodiada, las migas de galleta desperdigadas por la mesa, prueba de que antes que ella alguien la había ocupado.

Aunque se sentía repentinamente viva y feliz, no podía evitar sentirse también bastante culpable. Sin ninguna duda, a Marcos no le haría ninguna gracia saber que su chica andaba quedando con un viejo amor. Pensó en anular la cita, olvidar aquel encuentro fortuito y seguir su vida, pero cuando el corazón se empecina en algo, la cabeza encuentra el modo de darnos las excusas que queremos escuchar. A fin de cuentas, no hacen tan mal equipo como creemos.

Respiró hondo y se dijo que solo sería un café inocente con un viejo amigo, que se contarían la vida y volverían al punto donde se encontraban justo antes de tomar aquel tren.

Y una vez más, ignoró a las mariposas. Ellas sabían la verdad. Con su cosquilleo en el estómago, trataban de decirle que sus días nunca volverían a ser iguales y que, sin quererlo ni pretenderlo, la historia de su vida había llegado a la siguiente estación y había tomado un tren del que jamás querría bajar.

7

Todos locos.
Me lo dijo un día un buen amigo y no le
    creí.
Nos reímos de la locura,
nos emborrachamos de felicidad,
nos creímos los dueños del mundo.
Por un instante.
Como sucede con todas las cosas buenas
    de la vida.
Y ahora... ahora el loco soy yo.

Berlín, 2016

Puntual como de costumbre, a las siete menos dos minutos Aarón ya paseaba nervioso junto al cartel de grandes letras instalado en las inmediaciones del recinto. Dos periodistas españoles grabaron un par de tomas que no los convencieron demasiado; él, como experto en sonido que era, estuvo a punto de acercarse a ellos para decirles que con el equipo que portaban nunca conseguirían hacer nada decente, pero comprobó que ellos mismos se dieron cuenta y desistieron. Le pareció oír alguna broma sobre la mala pata de haber dejado su material en España y le gustó ver que aún quedaba gente cuya pasión por su trabajo podía más que cualquier contratiempo y que ante las dificultades todavía ponía mayor empeño y ganas. Deberían existir más personas así en el mundo.

Las siete y cinco. Amanda no aparecía y Aarón, nervioso, comenzaba a frotarse las manos contra la camisa. Con la espera le sudaban más de la cuenta; el ritmo cardíaco se le aceleraba ante la idea de volver a tenerla frente a él, esta vez por voluntad propia, no porque el destino la pusiera en su camino sin poder decidir si quería volver a abrir sus heridas en carne viva o si prefería conservar la bonita cicatriz de una vieja batalla.

De pronto la vio salir. La ligera brisa berlinesa mecía su larga melena castaña, lisa y suave, tal como la recordaba. Su pulso ganó aún mas velocidad cuando ella lo miró y le sonrió.

—Perdón por el retraso, no podía imaginar lo grande que es esto. Lo que se ve desde fuera no es ni una cuarta parte de lo que contiene.

—No te preocupes, acabo de llegar. ¿Dónde quieres que vayamos?

—Sorpréndeme, tú eres el experto en esta ciudad.

—¿Tienes hambre?

—Me has leído el pensamiento. —Sonrió de forma traviesa, mientras los ojos de ambos seguían gritándose todo lo que sus bocas callaban.

—Acompáñame, vas a probar las mejores hamburguesas de Berlín.

Tomaron de nuevo el S-Bahn e iniciaron la ruta de vuelta. Se apearon en Charlottenburg. Caminaron durante cinco minutos y llegaron a un pequeño local que no llamaba especialmente la atención, pero que gozaba de una bonita y sencilla terraza que a los berlineses les gustaba casi tanto como su menú. Windburger siempre estaba lleno hasta la bandera por sus fantásticas hamburguesas a un precio ridículo. Aarón le aconsejó la BBQ Burger, su preferida, y unas patatas fritas para compartir. Las raciones eran tan enormes que costaba terminárselas.

Se sentaron a una de las mesas de la terraza y, girándose sobre sí mismo, le señaló un balcón a unos diez metros de distancia.

—¿Ves esa terraza pequeñita? ¿En el edificio marrón?

—Sí.

—Ahí vivo yo.

—Es una calle preciosa. Me gusta.

—Las vistas no son nada del otro mundo, pero me inspira mucho salir por las noches y escribir allí.

—¿Sigues en la música? —Amanda trató de disimular, habría parecido obsesionada si le hubiera dicho que conocía todas sus canciones.

—Sí, aunque no doy muchos conciertos, solo los que me salen en Berlín. Ir de ciudad en ciudad cada vez me cansa más. Está bien para un año, dos, tres..., pero al final te apetece más echar raíces en algún lugar. Ahora me dedico sobre todo a componer.

—¿Y te va bien?

—La verdad es que no me puedo quejar. —Ambos sabían que le iba más que bien y que su éxito como compositor era internacional, pero a Aarón nunca le gustó presumir de sus logros.

—Me alegro mucho. Ese era tu sueño, ¿no? Por eso lo dejaste todo. Me alegro de que lo hayas conseguido y haya merecido la pena.

Sonó como un reproche hecho con rabia contenida por no haberla incluido nunca en sus planes, por no haber querido vivir esa gran aventura con ella. Pero no lo era. Realmente, Amanda se alegraba de verlo feliz, pese a que, tal y como sospechaba, en esa felicidad no interviniera ella.

Ambos se quedaron en silencio. Sus mentes volaron hasta el Madrid de hacía ocho años, donde compartieron el mejor verano de su vida. La mayoría de nuestros mejores recuerdos tienen ambiente veraniego: las vacaciones en casa de los abuelos, el primer amor, ese viaje con los amigos y que marca un antes y un después en nuestra vida, las decisiones que tomamos bajo el sol y que, aunque nunca las lleguemos a cumplir, son un claro reflejo de lo que en verdad nos gustaría ser, las noches infinitas en la playa, cuando parece que nunca va a salir el sol y no nos importaría que así fuera...

Fue un verano mágico para los dos. Aarón se había arrepentido en infinidad de ocasiones de no haberse quedado. Sin embargo, en aquel momento era un chaval dispuesto a todo por conseguir sus sueños, que ignoraba que las estrellas que más calor dan no son precisamente las de un hotel. Amanda también había lamentado no haber tenido el coraje de coger las maletas e ir tras él o, al menos, pedirle que intentaran forjar su historia a distancia. Seguramente habrían fracasado y su recuerdo no estaría tan idealizado, pero ella no seguiría sumándole años a su vida con la sensación de no haber intentado aquello que más quería.

Paradójicamente, aunque no habían dejado de pensarse ni quererse, ambos habían encontrado un nuevo amor, quizá demasiado pronto. Aarón conoció a Claudia a las pocas semanas de llegar a Berlín, en uno de sus conciertos, y desde entonces no se habían separado, y eso que la relación fue madurando poco a poco; Amanda celebró el Halloween de ese mismo año estrenando pareja, aunque no duró mucho y fue el primero de una larga lista de errores. A todos sus novios les encontraba algún fallo, quizá porque ninguno se parecía a él. Solo con Marcos había logrado sentir paz en los brazos de alguien y por fin volvió a verse completa. Ahora, no obstante, de nuevo frente a los ojos de Aarón, sabía que se había equivocado, que la aparente sensación de enamoramiento y calma era una especie de morfina segregada por su corazón, harto de no encontrar quien rellenara el vacío que dejó aquel absurdo amor de verano. Llevaba escasamente un par de años con Marcos y ahora su seguridad comenzaba a tambalearse...

—Te has quedado muy callada, ¿en qué piensas? —dijo Aarón, interrumpiendo esos pensamientos kamikazes que la hacían visualizarse como una novia a la fuga.

—Nada. Solo en... Bueno, es una tontería, pero he recordado cuando nos conocimos. Me parece increíble lo rápido que ha pasado el tiempo, la de cosas que habremos vivido, y, sin embargo, aquí estamos de nuevo como dos chiquillos frente a una hamburguesa.

—Quizá no seamos tan diferentes a los que éramos entonces. —Esta vez, Aarón no sonreía y su rostro tenía un halo de tristeza y añoranza. Él también había sido muy feliz aquel verano.

—Tal vez.

—¿Sigues creyendo en el destino tanto como entonces?

—Más aún.

—¿Sabes? Yo cojo cada día el metro de las ocho de la

mañana. En cambio hoy, para evitar las aglomeraciones de gente, lo he cogido más tarde. Si hubiera seguido mi rutina, probablemente nunca nos habríamos vuelto a ver y...

—Y habríamos seguido con nuestra vida sin saber el uno del otro, como hasta ahora. Tal y como lo decidimos en su día.

—Exacto. —Le encantaba que aquella chica continuara siendo capaz de completar sus frases. No había perdido ese don.

—Te va a sorprender aún más saber que Charlottenburg no es mi parada. He hecho un trasbordo un poco absurdo esta mañana. Si hubiese seguido directa, tampoco nos habríamos encontrado.

—Interesante. Así, supongo que ha sido cosa de dos.

—¿Te espera alguien en casa? —A bocajarro. Tan directa como siempre, formuló de otro modo la pregunta que había quedado en el aire en aquel vagón de la mañana.

—Sí, pero más bien la espero yo a ella. Lleva unas semanas un poco nerviosa por una importante reunión que tenía justo hoy, y llegará tardísimo. Si todo sale bien y logran cerrar un acuerdo que tienen entre manos, le espera otro mes de muchas horas extras.

—Bueno, dicen que después de la tormenta llega la calma. Seguro que vale la pena el esfuerzo. De ambos.

—Estoy convencido de que lo conseguirá, es una chica estupenda. Te caería bien.

—Me alegra oírte decir eso. —Y abriendo su bolso para mirar la hora en el móvil, añadió—: No quiero ser maleducada, pero creo que voy a marcharme ya al hotel; mañana madrugo mucho. Espero no hacer trasbordos innecesarios ahora que ya comienzo a entender el metro de esta ciudad.

—¿Está muy lejos? ¿Quieres que te acompañe?

—No, gracias, de verdad. Tengo solo seis paradas desde aquí, me bajo en Friedrichstrasse, y en menos de diez minutos caminando habré llegado. Está en pleno centro y aún es temprano, no hay ningún peligro. Ya has hecho bastante por mí acompañándome a cenar, tendrás mil cosas que hacer.

—Sabes que por ti haría lo que fuera. —Las palabras se le escaparon de la boca como si no fuera dueño de sí mismo.

Un incómodo silencio se apropió de la mesa.

—¿En qué hotel te alojas? ¿Quieres que te recoja mañana o pasado y te enseñe la ciudad?

—En el hotel De Rome, en la Bebelplatz. Y no, de verdad, no quiero molestarte más. Tampoco creo que fuera muy adecuado. Me ha alegrado mucho verte, no imaginas cuánto, pero me parece que lo mejor es que la cosa se quede aquí.

—Entiendo. De todos modos, si cambias de opinión, ya sabes dónde vivo.

—Gracias por la hamburguesa, estaba deliciosa. Y por tu compañía. Cuídate.

Tras darle dos besos que a ambos se les clavaron en el corazón, se marchó. Y esta vez fue Aarón quien se quedó plantado con los pies clavados al suelo, viendo como el amor de su vida se alejaba.

Le hubiese gustado decirle que ella seguía desvelándolo cada noche, que sus pensamientos dormían y despertaban a su lado. Le hubiese gustado decirle tantas cosas... Sin embargo, una vez más, no se atrevió.

Los pasos de Amanda se perdieron al doblar la esquina de Sttutgarter Platz y todos los relojes de la vida de Aarón se volvieron a detener.

8

Lo peor que te puede pasar
no es querer irte de un sitio o de unos
brazos.
Lo peor es no saber si esperar un poco más.

Madrid, 2073

—Entonces ¿no la volviste a ver? ¿Se fue y ya está?
—Pablo, con sus vivarachos ojos y su impulsividad natural, sigue mi historia con un entusiasmo que me sorprende y agrada a partes iguales.
—Espera, muchacho, todo a su tiempo.
—No lo entiendo, abuelo. —Esta vez es mi querida nieta quien me interrumpe—. ¿Nos estás contando una historia de amor con otra mujer que no es la abuela? ¿Y pretendes que nos parezca bonita?
—¡No seas aguafiestas, Amanda! Lo único que está haciendo es abrirnos su corazón. No lo estropees.
—¿Es que no te das cuenta de que nos está diciendo que ha engañado a la abuela toda la vida? ¡Pareces tonto!

—Vamos, chicos, no peleéis, quizá los dos llevéis parte de razón. Os explico esto no para que os quedéis en lo superficial. Ya sabéis que una de mis frases preferidas y que os he dicho mil veces es...

—Que ni los buenos son tan buenos, ni los malos, tan malos. —Sin duda, mi nieto Pablo va a ser un gran hombre. Estoy muy muy orgulloso de él.

—Así es. Y ojo, no quiero decir que vuestra abuela no sea tan buena, todo lo contrario, es la mejor mujer que conozco. Lo pensé en cuanto la conocí y lo sigo pensando ahora, sesenta y cinco años después y con toda una vida juntos a nuestras espaldas.

—¿Entonces?

—Quiero que con mi historia aprendáis a abrir la mente y a no juzgar nunca a nadie sin haberos puesto en su piel. Y que si alguna vez os ocurre lo mismo que a mí, sepáis tomar la decisión más acertada. La que os haga felices. Esa siempre es la mejor respuesta.

—¿Acaso no has sido feliz? —Mi pequeña nieta sigue algo escéptica.

—He sido muy feliz con vuestra abuela. Mucho. Por eso, si fuera un gato y tuviera siete vidas, pediría volver a vivir otras cinco a su lado, pero nadie imagina cuánto daría por vivir, aunque fuera solo una con Amanda.

—¿Amanda? —preguntan mis nietos al unísono.

Me río. Por fin he conseguido que los dos se pongan de acuerdo para hacer algo.

—Así es, cariño. Te llamas Amanda por esa maravillosa mujer. Cuando mamá estaba embarazada de vosotros, nos mostró una lista de nombres, y entre ellos estaba el tuyo. Cuando lo leí en voz alta no pude evitar que se me saltaran las lágrimas al imaginar que podría tener por fin algo suyo, aunque solo fuera una pequeña parte de mí, que llevara su nombre. Tu madre se dio cuenta de mi emoción y el nombre le pareció aún más bonito si era capaz de conseguir que el loco de su padre derramara unas lágrimas.

—Sigue contando, abuelo. ¿La volviste a ver en Berlín?

—Tras quedarme mirando como se marchaba, pasé un par de días muy mal, pero de pronto recordé que me había dicho que solo iba a estar una semana en la ciudad. Ya había pasado casi la mitad y no podía seguir perdiendo el tiempo. La vida nos estaba dando una segunda oportunidad, con fecha de caducidad, sí, pero sabía que si no hacía nada, me iba a arrepentir más que de hacer cualquier cosa. Así que decidí acallar a mi conciencia, que os aseguro que estaba más fuerte que nunca, y pensar, por una vez en mi vida, solo en mí, en lo que yo quería realmente. Y entonces, al tercer día, me armé de valor y fui a la puerta de su hotel...

9

Qué sabrán ellos,
los que juzgan,
los que señalan con el dedo,
los que dicen no haber errado nunca.
Qué sabrán ellos,
si nunca se han puesto en mi piel,
si nunca han perdido la cordura,
si nunca han volado.
Qué sabrán ellos,
los que nunca se han mirado en el espejo
y no han logrado reconocerse.
Qué sabrán ellos
de lo importante que es perderse,
para volver a encontrarse.

Berlín, 2016

Aquellos fueron días muy complicados para Aarón. Le costaba concentrarse, no tenía apetito y el insomnio hacía acto de presencia a unas horas indecentes. No se encontraba bien, ni siquiera se sentía con fuerzas para ir a trabajar, pero disimular ante Claudia y, sobre todo, la esperanza de volver a verla en el andén fueron más fuertes que la incipiente frustración de saber que nunca iba a lograr ser feliz al cien por cien. No sin ella.

En los últimos años había vivido en la duda, y ahora la realidad le había estallado en la cara sin que hubiese podido hacer nada para evitarlo. Por suerte para él, aquellos días Claudia estaba absorta en su trabajo y no se percató de que en la mirada y en los besos de Aarón algo había cambiado; la reunión había ido bastante bien y ahora tenía por delante unos días de auténtica locura. Como solía decir ella, el buen trabajo tiene como recompensa más trabajo.

Tras su encuentro fortuito, cada mañana repetía la misma rutina. En Charlottenburg, en el andén de la vía hacia Spandau, dejaba pasar dos trenes, esperando verla en cualquier momento dentro del S-Bahn o, todavía mejor, equivocándose de nuevo de parada solo para verlo. Pero cuando pasaba el tercer tren se veía tan ridículo esperando a alguien que no quería esperarlo a él que decidía subir, no sin antes recorrer con la mirada el vagón al completo. Ni rastro de su perfume.

El sábado fue con Claudia a hacer la compra semanal, despacharon juntos las tareas de la casa y decidieron bajar a comer a alguna de las terrazas del barrio para no tener que volver a ensuciar la cocina. Un pequeño homenaje que les gustaba darse como recompensa por la rutina de la semana.

Berlín lucía bonita, cálida, tranquila. Era un día propicio para disfrutar de la ciudad. Por las calles de Charlottenburg se respiraba paz. Incluso algún pájaro travieso se atrevía a irrumpir en ese remanso de paz con su canto alegre. Eran días felices para todos. Menos para Aarón.

Tras cerrar la puerta del portal, Claudia propuso sentarse en la misma hamburguesería donde hacía unos días Aarón había disfrutado de la presencia de Amanda. Él le quitó enseguida la idea de la cabeza. No quería que nada modificara el recuerdo de aquel encuentro. Al menos, no por ahora.

Sugirió bajar hasta Dollinger, algo que a su mujer le pareció también una gran idea. Estaba a apenas cinco minutos caminando y la calidad de la cerveza que servían allí era un buen atractivo tanto para turistas como para autóctonos. Eligieron una de las mesas de la terraza para aprovechar los últimos días de buena temperatura. Era cuestión de semanas, días en el peor de los casos, que el frío azotase de lleno Berlín, y no había excusas para no disfrutar de un clima tan agradable.

—¿Qué vas a hacer esta noche? ¿Vas a aprovechar tus ratitos de soledad para componer algo nuevo o llamarás a Brad para tomar algo? Puedes decirle que pase por casa, ya sabes que siempre es bienvenido.

—¿Esta noche? Oh..., había olvidado que tenías la entrega de premios en Potsdam. ¿De verdad no quieres volver a dormir a casa? Está cerca.

—Ya veremos a qué hora termina, y sale más caro coger un taxi que pasar la noche allí. Las chicas ya han reservado un hotel en la misma calle donde se hará la entrega. Sabes que no me gustan nada esos actos, pero...

—Lo sé, sé que forma parte de tu trabajo. ¿Se espera mucho postureo?

—Se rumorea que estará plagado de influencers. ¡No

te digo más! —Los dos rieron—. No sé qué pintan en una entrega de premios de medicina, pero bueno, así es este mundo. Si no haces acto de presencia, no eres nadie. Espero que la próxima vez vaya el jefe y yo pueda escaquearme.

—Al final lo pasarás bien. —Aarón dio un sorbo a su cerveza y de pronto lo vio todo claro. Movió el pie, nervioso—. No te preocupes por mí, ya veré qué hago.

—¿Estás seguro?

—Sí. Aprovecharé para componer algo, o a malas pediré una pizza y me pasaré la noche jugando a los videojuegos, que tú nunca me dejas. —Le guiñó el ojo y bebió otro sorbo. Cuando se ponía nervioso y tenía una copa entre manos, no podía dejar de llevársela a la boca, como si se tratara de un tic nervioso.

—Me gustaría que pudieras acompañarme.

—Tranquila, está bien que cada uno tenga su propia parcela.

—No sé si es intuición femenina o si me está fallando el radar —Claudia clavó sus ojos en Aarón mientras él tragaba saliva de forma ruidosa—, pero hoy te noto ausente. ¿Me equivoco?

—Al cien por cien —dijo sonriendo. Y la buena de Claudia le devolvió la sonrisa.

Apenas tres horas después de aquella comida, Claudia preparó una pequeña bolsa con el pijama, unos cuantos productos de aseo y ropa formal para la cena. Se despidió de Aarón dándole un beso, como de costumbre, y se marchó. Él se quedó en el sofá con la mirada perdida y sintiéndose la peor persona del mundo.

Lo iba a hacer. Iba a buscar a Amanda. Se la iba a jugar. Si no lo hacía por ella, ¿por quién iba a hacerlo? Vendería sus principios, se convertiría en aquello que siempre criticó y saldría al encuentro de la mujer que le robaba el sueño, traicionando a la que dormía junto a él. Sin embargo, por encima de todo, a pesar de lo inmoral de su decisión, iba a ser leal con lo que sentía y con lo que quería. Y cuando una persona toma una decisión que escuece tanto, no hay marcha atrás. No quería que el reloj siguiera matando sus horas. Ya había perdido demasiadas.

A las siete de la tarde tomó el metro en dirección al centro, la línea naranja hacia Friedrichstrasse. Allí volvió a toparse con aquellos periodistas españoles que un par de días antes estaban tratando de grabar sin mucho éxito alguna toma en los exteriores de Messe. Esta vez mucho más relajados, pero discutiendo acaloradamente algún asunto de trabajo, parecía que por fin se iban a dar un respiro y se proponían conocer la ciudad, o al menos eso dejaban entrever el plano y la guía turística que la chica llevaba en las manos.

Siempre le había gustado el transporte público, ya fuese un autobús, un vagón de metro o un avión. Era estimulante compartir espacio y destino con personas desconocidas que, por azares de la vida, recorrían el mismo camino cada una con un propósito diferente. Mirando a sus vecinos de vagón, se dijo que ninguno de ellos podría imaginar que iba en busca de su fuente de inspiración, dispuesto a llevarse el mayor golpe de su vida. Estaba casi seguro de que aquella era una misión kamikaze.

Había tratado de desgranar mentalmente cada gesto y cada palabra que Amanda le dedicó durante el breve trayecto en metro y durante la cena, pero si bien al principio le pareció que había un brillo especial en su mirada, ahora recordaba unos ojos indiferentes y una expresión corporal algo distante. Quizá solo se había alegrado de verlo como quien ve a un viejo amigo, quizá su historia para ella no significaba lo mismo que para él y la incomodaría con su presencia. Pero tenía que hacerlo, no podía quedarse de nuevo con la duda del «qué habría pasado si». Se lo debía a aquel chaval de veintidós años que tanto lloró en el viaje a Berlín porque en ese preciso instante acababa de darse cuenta del gran error que estaba cometiendo.

Tal vez el peor error de su vida.

Y como siempre sucede con los errores, nunca hay segundas oportunidades, nunca nada vuelve a ser como podría haber sido, pero a veces, solo a veces, la vida nos permite resarcirnos un poco. Y este era el momento de Aarón.

Cuando salió de la boca del metro, en pleno Berlín monumental, buscó en su móvil la dirección exacta del hotel De Rome. Le sonaba haber pasado alguna vez frente a él, pero quería asegurarse de estar yendo por el camino correcto, al menos una vez en su vida. No tenía pérdida: en pleno centro y con una fachada majestuosa, no por la altura sino por su gran belleza, sin duda era un lugar especial para una chica aún más especial.

Inspiró profundamente, orgulloso de que la vida la hubiese llevado hasta allí. Desde luego no le debían ir mal las cosas en el terreno económico. O eso creyó intuir al advertir en la puerta la presencia de dos botones perfectamente trajeados y vislumbrar un hall que parecía bastante lujoso desde la posición en la que él se encontraba.

Decidió esperar fuera. Quizá ella se encontraba en su habitación disfrutando de un relajante baño de burbujas tras encargar la cena al servicio de habitaciones sin intención de salir, o continuaba trabajando en la edición de las fotos que hubiese tomado durante la jornada o, la peor de las opciones, estaba disfrutando del atardecer en la Puerta de Brandeburgo con algún imponente alemán que se le hubiera adelantado.

Desde la calle pudo ver la maravillosa azotea que coronaba el hotel, una preciosa terraza donde con la caída del sol se encendían unas cálidas luces, un lugar perfecto para disfrutar de la agradable temperatura que Berlín ofrecía aquel día y que al atardecer continuaba siendo apetecible.

Mientras pensaba en lo delicioso que sería saborear una copa con ella en aquel lugar, cerca de las estrellas y con el centro histórico de Berlín como telón de fondo, su corazón se aceleró. No sabía de dónde había salido, no la había visto venir, pero allí estaba. Solo acertó a ponerse en pie, en silencio, mientras la observaba plantada frente a él.

—¿Qué haces aquí? —preguntó Amanda con una mezcla de incredulidad, molestia e... ¿ilusión? ¿Aquello era ilusión?

—Hace una noche estupenda para salir a dar una vuelta. Y mis pasos me han llevado hasta ti. —Un silencio incómodo los invadió.

—No sé qué decir, Aarón. —Qué bonito sonaba oír de nuevo aquel nombre en sus labios.

—No digas nada, solo acompáñame.

—Pero...

—Por favor. Déjame enseñarte mi ciudad, mi vida, mi mundo. Déjame que vea cómo te enamoras de Berlín, igual que lo hice yo en cuanto puse los pies aquí. Déjame formar parte de los recuerdos que te unirán eternamente a esta ciudad. Y te prometo que después, si quieres, no te retendré y no volveré a venir a tu puerta.

Ante aquella declaración no había nada que Amanda pudiera contestar. Aceptó la invitación callando, con una sincera sonrisa repleta de todo el amor que no podía confesarle.

—¿Has visto algo de Berlín?

—He estado solo en Messe, en el Velódromo y en Haubentaucher, tomando fotografías.

—Señorita, deme hoy la cámara a mí y disfrute del mejor tour guiado por una de las ciudades más mágicas de Europa. Su magia solo la pueden apreciar los ojos, no el objetivo. —Y tendiendo la mano, añadió—: Entonces ¿me concede este paseo?

—Será un placer.

Caminaron hasta el metro, para tomar la línea naranja hasta Alexanderplatz, el punto de partida que Aarón había escogido sobre la marcha para comenzar su visita exprés. Su intención era hacer, a partir de ahí, todo el recorrido a pie, para que su acompañante pudiera apreciar la belleza de los rincones de la ciudad.

Sin duda, fue un acierto comenzar el paseo en Alexanderplatz. Un espacio abierto, moderno y con la Fernsehturm, la torre de la televisión, uno de los símbolos más reconocidos de la ciudad, como testigo, vigilando aquel bonito lugar. Tras hacerse las fotos de rigor, por separado, bajaron un poco hasta el Rotes Rathaus, el ayuntamiento de Berlín, con una original arquitectura y caracterizado por su alto reloj y su color rojizo. Regresaron por un callejón y salieron a uno de los lugares preferidos de Aarón. Se sentía tan afortunado de poder mostrárselo a ella...

A los pies de la Fernsehturm, con una vista de la torre mucho mejor que la que ofrece Alexanderplatz, se extendía otra bulliciosa plaza, con la fuente de Neptuno creando un juego de luz y agua que consiguió iluminar los ojos de Amanda. Aarón constató que estaba disfrutando del momento, de la ciudad y, esperaba, de la compañía.

Siguieron en dirección al oeste, con las luces de la ciudad encendiéndose a su paso. En dos ocasiones dejaron a su lado un río salpicado por el reflejo de estas luces y, en silencio, a los dos se les fueron los ojos a los candados que algunas parejas de enamorados habían colgado en la barandilla del puente. Instintivamente, Amanda tocó uno de ellos y la tristeza la invadió. Porque justo en ese instante, al imaginarse su nombre en uno de los candados, reparó en que a su lado tenía escrito el de Aarón y no el de Marcos.

—Vamos, aún queda lo mejor. Estamos llegando de nuevo al hotel, ¿conoces la historia de la plaza?

Amanda negó con la cabeza y en los escasos dos minutos que tardaron en cruzar la avenida y adentrarse en Bebelplatz, Aarón pronunció su monólogo. En 1933, las Juventudes Hitlerianas y los Camisas Pardas habían llevado a cabo en la plaza la famosa quema de libros, en la que se destruyeron más de veinte mil ejemplares.

—¿Te has fijado en este detalle cuando has pasado por aquí estos días?

—¡Vaya, un suelo de cristal! No me había dado cuenta. Y eso que se ve ahí abajo, ¿es una especie de biblioteca vacía?

—Exacto, es el monumento que los berlineses han colocado para conmemorar la quema de libros.

—Es alucinante. Jamás lo habría imaginado.

—Y mira esta placa con una cita de Heinrich Heine: «Das war ein Vorspiel nur, dort wo man Bücher verbrennt, verbrennt man am Ende auch Menschen».

—¿Y significa...?

—«Eso solamente fue un preludio, ahí en donde se queman libros, se terminan quemando también personas.»

—Me encanta. Es, sin duda, un homenaje muy elegante e inspirador. Toma también fotos de esto.

—Cómo disfrutas siendo tú quien da las órdenes de cuándo apretar el disparador, ¿verdad? —Aarón sacaba las fotografías.

—¡No lo sabes bien!

—Sigamos, quiero que veas algo más. ¿Tienes hambre?

—Lo cierto es que un poco sí.

—Te enseñaré otro lugar curioso que queda cerca y después buscaremos algún sitio para cenar.

El centro histórico de Berlín se puede recorrer a pie fácilmente y el itinerario no resulta pesado, ya que continuamente hay algo donde detenerse. La siguiente parada fue la plaza Gendarmenmarkt, donde dos catedrales casi gemelas, las llamadas Catedral Francesa y Catedral Alemana, echaban un pulso con el edificio neoclásico del Konzerthaus como testigo. Este, antiguo Teatro de Berlín y actual sede de la Orquesta Sinfónica de la ciudad, era probablemente el más bello de la plaza, pero perdía protagonismo ante el duelo de titanes de las dos catedrales.

Llegaron al gran boulevard Unter den Linden, una de las principales arterias de la ciudad, y al girar a mano izquierda decidieron parar a comer en Casa Italia, un restaurante cuyo nombre no dejaba mucho espacio a la imaginación, pero que servía una comida que merecía mucho la pena. Los camareros los reconocieron inmediatamente como una pareja de españoles y los atendieron en su idioma natal. Amanda y Aarón recorrieron con los ojos las diferentes opciones del menú, todas ellas muy tentadoras, y finalmente pidieron una lasaña y un plato de pasta, ambos para compartir, y aprovecharon para descansar los pies mientras bromeaban como si el tiempo no hubiera pasado.

—Ya nos queda poco para terminar esta parte del paseo.

—Me está gustando mucho. Gracias de nuevo.

—No tienes que darlas. Cuando acabemos de cenar, si quieres podemos tirar de metro y acercarnos al Checkpoint Charlie y luego al Muro de Berlín. Aunque te aviso que la parte más bonita es la que estamos viendo, al menos bajo mi punto de vista.

—Será mejor dejarlo para otro momento, estoy muy cansada. Llevo todo el día sin quitarme los zapatos.

—Entonces, lo de ir a un bar a tomar algo ni me lo planteo, ¿no?

—¡No! —A los dos se les escapó una carcajada ante la espontaneidad de Amanda—. Me apetecería más que me tiraran al río antes que salir de fiesta ahora.

—De acuerdo, de acuerdo. Te acompañaré al hotel antes de las doce. Prometido.

—Tendríamos que darnos mucha prisa para terminar antes de las doce, pero me vale con que sea antes de las dos. Como dice una de mis series preferidas...

—Nunca pasa nada bueno después de las dos de la mañana. —Después de corear la popular frase, los dos sonrieron y bajaron la mirada.

—Me encanta ver que aún tenemos muchas cosas en común.

—Seguro que más de las que pensamos.

Tras pagar la cuenta continuaron andando en línea recta hasta toparse con ella: la Puerta de Brandeburgo. El mayor símbolo de Alemania, turístico e histórico, inspirado en la Acrópolis de Atenas y con varios siglos de historia a sus espaldas, que Aarón resumió otra vez de forma magistral.

—Ven, pongámonos debajo.

Amanda lo siguió y se colocó en el lugar que le señalaba, junto a él, mientras seguía escuchando con atención sus indicaciones.

—Fíjate en las señales de las balas en las columnas. Y ahora, justo desde este punto, si miras en dirección al este, verás una preciosa panorámica de la plaza de París y del Unter den Linden. Date la vuelta y mira al oeste; aquí tenemos una maravillosa vista del Tiergarten, aunque reconozco que el parque se ve mejor de día.

—Es impresionante. No pensaba que me iba a gustar tanto esta ciudad, nunca me había llamado la atención. Supongo que la pasión que les pones a tus explicaciones está teniendo mucho que ver.

—¿Las explicaciones o... el guía?

—Los dos.

Un silencio incómodo se adueñó de la atmósfera, pero Aarón, rápido como el viento, supo volver a encauzar la conversación para evitar que nada estropeara el hechizo de la velada.

—Si vamos hacia el parque, pasaremos por el Parlamento y la sede de la Cancillería. También hay otros edificios muy bonitos, con una arquitectura original y dispar entre sí. ¿Quieres que continuemos?

—La verdad es que estoy bastante cansada, preferiría terminar aquí la visita. Mis pies ya no responden, y si lo hicieran, no dirían nada bueno. —La expresión risueña que siempre había mostrado el rostro de la chica seguía intacta a pesar de los años. Su sentido del humor, también.

—Lamento tener que decirles a tus pies que debemos regresar al hotel andando. Desde aquí tardaremos menos dando un paseo que desviándonos para tomar el metro. Apenas es un kilómetro, iré contigo.

—¿Seguro? No quiero abusar de tu hospitalidad.

—Te recuerdo que he sido yo quien te ha secuestrado en la puerta de tu hotel. No me importa, hoy no tengo prisa. Así me quedaré más tranquilo.

—Como quieras.

El paseo de vuelta fue muy agradable. El tiempo acompañaba y la atmósfera de las calles de la ciudad los embriagaba con su aire confidente. El destino no podía haber elegido un lugar mejor para ese impredecible reencuentro.

Durante un rato olvidaron quiénes eran y simplemente disfrutaron de la ciudad como una pareja más, sin recordar las cosas pendientes que se les habían quedado en el tintero y haciendo caso omiso de un reloj que trataba de indicarles que no era su momento ni su lugar, que habían llegado tarde a la vida del otro.

Cuando llegaron a las puertas del hotel, algo había cambiado en ellos. Ya no eran esas dos personas que hacía unas pocas horas jugaban a ser extraños, a que no les importara el otro, a no quererse; ahora sus miradas hablaban por sí solas, sus manos se buscaban, y no hizo falta que Aarón respondiera con palabras cuando Amanda, por fin, tomó la iniciativa:

—¿Quieres subir?

10

Si dejas que el miedo decida por ti
habrás perdido la partida.

Berlín, 2016

Amanda no podía creerse que aquello le estuviera ocurriendo a ella. Ni en sus mejores sueños podría haber imaginado una noche así. Una ciudad bella, con una magia única y un cielo cubierto por un manto de estrellas que, tímidas, titilaban como si quisieran decirle algo. Una compañía que había estado presente en su cabeza y en su corazón cada día de los últimos ocho años de su vida. Quizá por eso, a pesar de la distancia, del tiempo transcurrido sin saber nada el uno del otro, todavía era capaz de sentir a Aarón tan cerca.

Parecía como si se hubieran separado ayer. Como si, en vez de haberse encontrado en Berlín con una edad que rozaba la treintena, fuesen de nuevo los dos jóvenes que se despedían noche tras noche en la puerta de casa de sus padres. La complicidad seguía intacta. El hilo rojo no se había deshilachado lo más mínimo.

En Bebelplatz, de vuelta en su hotel antes de las dos de la mañana, tal y como Aarón le había prometido, trató de ocultar una sonrisa triste. No sabía por qué lo había invitado a subir. Aquello podía tener unas implicaciones que, en el estado de embriaguez en el que se encontraba ahora mismo, no sabía si iba a ser capaz de afrontar en el futuro.

Pero la vida hay que vivirla día a día, porque en algún momento se hará tarde para todo.

—¿Quieres subir?

Su proposición, más decente de lo que podía parecer, cogió por sorpresa a los dos. No hubo respuesta, solo dos personas caminando juntas en la misma dirección, en un instante que, como diría Benedetti, se convertiría en uno de esos «ratitos de los que duran toda la vida».

11

Sé fiel.
A ti mismo, por encima de todo.
Sé fiel a tus creencias, a lo que sientes, a
* lo que piensas.*
Sé fiel a aquel niño que soñaba con ser
* adulto.*
Demuestra que el camino ha merecido la
* pena.*
Sé fiel aunque te rompas,
aunque no quieras volver a intentarlo,
aunque el sofá termine siendo tu única
* compañía.*
Sé fiel. A nada. A nadie. A ti.

Berlín, 2016

El hotel De Rome era sencillamente impresionante. Si por fuera la elegancia del edificio ya proclamaba la categoría del alojamiento, las dependencias interiores no decepcionaban ni desdecían de la exquisitez de la fachada.

Desde luego, pasar una noche en el hotel no era precisamente barato, pero qué duda cabe de que el entorno ayuda mucho a disfrutar de una ciudad y sobre todo a recordarla después. El entorno... y también la compañía.

En silencio, con el repiqueteo de sus pasos como el único sonido de un instante que no olvidarían nunca, atravesaron el pequeño pero lujoso hall y llegaron a los ascensores acristalados, receptáculos amplios y luminosos. Subieron con otra pareja, dos chicos que no se soltaron la cintura en todo el ascenso, mientras que Aarón y Amanda se miraban con timidez, deseando hacer lo mismo pero conscientes de que aquel no era el lugar adecuado. Tampoco el momento.

Al abrir la puerta de la habitación, Aarón se quedó impresionado. Había pasado por centenas de hoteles durante sus giras: alojamientos lujosos y habitaciones en las que uno se siente como en casa a pesar de la inevitable frialdad que desprenden los hoteles; sin embargo, aquella estancia tenía algo especial. No quiso ser indiscreto y no le preguntó a Amanda si pagaba ella la habitación o se la proporcionaba su cliente, pero en cualquier caso era un claro indicio de que no le iba nada mal. Se alegraba tanto...

La habitación constaba de tres zonas diferenciadas. En el recibidor se emplazaba un amplio armario vestidor y el acceso al cuarto de baño, el cual disponía de una gran ducha de obra; a continuación había un pequeño salón con sofá, mesa de café y sillas y un amplio escritorio, donde Amanda pasaba las noches editando sus fotografías a pesar del cansancio; por último, la habitación, con una gran cama, una televisión y una pequeña terraza para salir a desperezarse por las mañanas con la brisa berlinesa. La decoración era exquisita: predominaban los tonos marrones y blancos, con algunos toques de negro y rojo, que daban al espacio una sensación de elegancia y funcionalidad por igual. La Suite Classic, sin duda, era un lugar para soñar.

Amanda le pidió a Aarón que tomara asiento en el sofá mientras le ofrecía las bebidas del minibar y unos bombones. Se prepararon un gin-tonic cada uno y rieron ante la posibilidad de añadirle algunas de las flores de las macetas de la terraza; habían visto copas más parecidas a una ensalada que a una bebida. A esas alturas de la noche, la complicidad no podía seguir creciendo y ambos eran conscientes de que se encontraban en un punto de no retorno.

Aarón dejó su copa prácticamente entera sobre la mesa y continuó disfrutando de la presencia de Amanda. No quería que el alcohol enturbiara lo más mínimo el recuerdo de aquella noche, ni tampoco quería tener al día siguiente una víctima a la que culpar de la traición de todos sus principios y valores morales que iba a cometer en unos minutos. Quería ser el único responsable, con todas las consecuencias, de lo que iba a hacer. O más bien de lo que ya había hecho. Porque aquello llevaba muchos años, demasiados, macerándose en su conciencia. Cada noche que se había quedado dormido pensando en Amanda había engañado a Claudia; cada canción que le había dedicado en secreto también había sido una deslealtad; cada vez que miraba al escenario y deseaba encontrarla entre la gente para cantarle a ella, mirándola a los ojos, era una nueva traición no deseada.

Aarón decidió concentrarse en él, en la infinidad de noches soñando con Amanda y en la oportunidad que la vida le ofrecía de reparar su corazón, aunque fuera por un breve instante y a sabiendas de que la siguiente rotura sería peor, y se lanzó al vacío, sin red, sin paracaídas, sin temor.

Aprovechó unos segundos de silencio para mirarla con los ojos más rebosantes de ternura que probablemente la habían mirado jamás. Y entonces la besó. Los labios de ella respondieron decididos a sus caricias y se dejaron llevar por un deseo que los años habían convertido en una frustración encallada en su alma. Sin necesidad de decírselo, ambos tenían clara una cosa: por el recuerdo de aquella noche, todo merecería la pena.

Ellos no lo apreciaron, pero, de repente, el cielo se cubrió de nubes y la ciudad apagó sus estrellas, como si quisiera ser la confidente del secreto que compartirían hasta el final de su vida. Una noche en la que no había testigos, no había relojes, no había impedimentos.

Solos Aarón, Amanda y Berlín.

12

Todo es tan subjetivo
como aquella noche
en la que nevaba fuera
y nuestro cuarto era un incendio.

Berlín, 2016

El amanecer venció a la noche mucho antes de lo que a ellos les hubiese gustado. Aunque se morían de sueño, no querían cerrar los ojos porque sabían que por la mañana todo sería diferente, que el embrujo se estropea cuando sale el sol. ¿Quién no ha deseado alguna vez que la noche fuese eterna, que el amanecer no ganara la partida, que el tiempo dejara de correr? Si no es tu caso, si no sabes de lo que te hablo, por favor, empieza a vivir ya.

Aquella noche fue larga. Ahora que sus cuerpos y sus almas se habían encontrado, querían exprimirla hasta el último segundo, compartiendo, aunque fuera una conversación banal, una sonrisa cargada de los sentimientos que hacía tiempo que guardaban con celo en su interior, una caricia por la que merece la pena morir y volver a nacer.

Allí estaban bien. Muy bien. Entre las paredes del hotel De Rome encontraron una paz que ni siquiera sabían que pudiera existir. Probablemente, al salir de entre aquellos muros su mundo estallaría en mil pedazos. Su calma, su vida, su todo. Pero ahora eso no importaba. La noche los estaba haciendo inmortales.

Enredados, prisioneros de un amor que permanecía atado a su invisible hilo rojo, los párpados terminaron cediendo hasta cerrarse. En sus labios perduró una sonrisa. Nunca existirá nada mejor que dormir en brazos del amor de tu vida.

Sin embargo, el tictac del reloj avanza implacable. El sonido del despertador de Amanda anunció un nuevo día de trabajo. Al abrir los ojos con pereza y verse uno al lado del otro, no quisieron pellizcarse para no salir del sueño que tal vez había sido su reencuentro.

—La que hemos liado. —Aarón sonrió acariciando el pelo de Amanda, mientras ella le devolvía un gesto sereno y entornaba los ojos resignándose a aceptar lo que había ocurrido—. ¿Te encuentras bien?

—Mucho.

—¿Te arrepientes de algo?

—Nunca me arrepentiré de nada que lleve tu nombre.

Aarón cogió su cara entre sus manos y la volvió a besar.

—No somos culpables, Aarón.

Pensaban, respectivamente, en Claudia y en Marcos, las grandes víctimas de este juego de camas. De forma instintiva, Aarón alargó la mano hasta la mesita de noche, donde había dejado su móvil en silencio al principio de la velada. Dos llamadas perdidas de Claudia, una de madrugada y otra de hacía apenas unos minutos.

—Mierda.

—¿Qué ocurre?

—Me ha llamado Claudia. Espero que esté aún en Potsdam y no haya regresado a casa. No me gustaría tener que explicarle que he pasado la noche fuera.

—¿Quién es Claudia? —Amanda intuía que la respuesta no le iba a gustar.

—Mi mujer.

—¿Tu... tu qué? —Como un resorte, levantó la espalda y clavó sus ojos acusadores en Aarón.

—Mi mujer —repitió con calma, sin saber qué estaba ocurriendo exactamente—. Te lo dije el otro día cuando estábamos en Windburger y me preguntaste si vivía con alguien.

—Exacto, Aarón, exacto. —Amanda comenzó a ponerse un poco nerviosa. Se levantó arrastrando tras de sí la sábana y comenzó a recoger la ropa esparcida por el suelo y a hacer un ovillo con ella—. Me dijiste que vivías con alguien, no que te habías casado.

—¿Y qué más da? —Ahora quien levantaba ligeramente la voz era él, no comprendía a qué venía este numerito después de lo que habían vivido—. Tengo pareja, igual que tú.

—No, no, no —negó nerviosa Amanda, señalando con la repetición la verdad a medias de Aarón—. A mí no me metas en el mismo saco. No es lo mismo tener pareja que estar casado. ¡Joder, no me fastidies!

—¿Cómo que no? La lealtad que se le debe a una persona es exactamente la misma, con o sin papeles por medio. La he cagado, sí, pero tú también. Los dos nos hemos metido en un lío hasta el cuello.

—¡Por el amor de Dios, no soy una rompehogares! No irás ahora a confesarme que tienes hijos y a enseñarme su foto del colegio, ¿verdad? Por favor, dime que no.

—¡Claro que no! —Aunque él también se estaba poniendo nervioso, trató de aplacar el arrebato de Amanda, que se vestía rápidamente—. No creía que ese matiz fuera a importarte tanto. Para mí la traición es la misma.

Aarón no sabía qué hacer ni qué decir para convencerla de que él tenía el mismo derecho a sentir que ella. Cargaría con su parte de la historia, llevaría una losa mayor que ella, pero no quería que aquella noche tan bonita acabara así.

—Discúlpame si te ha molestado, de verdad, no creía que... Lo siento, pero no me arrepiento de lo que ha ocurrido. Aunque probablemente sea la peor persona del mundo, esta noche he vivido y he sentido más que en toda mi vida. Mereces la pena, Amanda. Mereces la pena, la culpa y la vida. Déjame vivirte, por favor.

La pantalla del móvil que Aarón tenía en las manos volvió a encenderse de manera silenciosa. Claudia llamaba de nuevo. Aarón la miró unos segundos y luego levantó la mirada en dirección a Amanda, que ya estaba cogiendo el bolso de la cámara, negando con la cabeza mientras su mundo se derrumbaba una vez más.

—Respóndele a tu mujer. Y gracias por todo, pero no te vuelvas a cruzar en mi vida, ya me la has destrozado dos veces. —Y sin mirar atrás, al acercarse a la puerta añadió—: Cierra al salir.

13

La peor sensación no es que jueguen a
perderte,
ni que te odien. O que te hieran.
La peor sensación es no saber por qué no
te buscaron
cuando te perdieron, cuando te (amaron)
odiaron,
cuando te hirieron.

Berlín, 2016

Aarón nunca se había sentido tan mal. Les había fallado a las dos mujeres a las que más había querido jamás. Volvió a recordar por qué odiaba tanto a las mariposas que anidan en nuestro estómago: cuando somos felices, les decimos a los demás que deben arriesgarse a sentir, que deben jugársela, aunque luego se caigan, que sentir, pase lo que pase, merece la pena. El cuerpo es sabio y con el tiempo aprende a eliminar lo negativo. Sin embargo, ahora que volvía a probar el sabor avinagrado del desamor, Aarón se arrepentía de haberse empachado de la más dulce miel que existe en el mundo. Maldita sensación.

Amanda nunca lo iba a perdonar, lo odiaría y guardaría un recuerdo nefasto de su encuentro en Berlín, su nombre quedaría enterrado en el baúl de los errores.

También pensaba en Claudia. Su Claudia. Sin duda, no se merecía esta absurda revancha que se había cobrado. Sabía que si se lo contaba lo perdonaría. Se lo debía. Él la perdonó cuando años atrás, apenas unos meses después de empezar su historia de amor, ella tuvo un pequeño desliz con un viejo amor. Arrepentida, le contó toda la verdad, y él, aunque le dolió, la perdonó. Tal vez la vida solo lo estaba preparando para lo que iba a sucederle a él tiempo después. Aunque lo suyo tenía una mayor justificación: él lo había hecho por amor. Sin embargo, pensándolo bien, ¿tal vez no era eso incluso peor?

Su conciencia flaqueó y decidió contarle la historia entera: que la había engañado desde el día en que la conoció; que su musa no era la vida, sino una madrileña encantadora; que el destino había hecho realidad sus deseos y le había dado la oportunidad de volver a saber lo que era pasear con ella, sin miedo, sin culpabilidad; que la había sentido suya durante unas horas y que... No, no podía hacerle eso.

Miró el icono de las llamadas perdidas de su mujer y resistió la tentación de devolvérselas. Sabía que cuanto antes se enfrentara a su voz sería mejor, pero en este momento no quería hablar con nadie. Le envió un escueto mensaje de texto diciéndole que no podía hablar y que la llamaría más tarde y de nuevo hundió la cara entre las manos.

«¿Qué has hecho, Aarón? ¿Qué has hecho?»

Lo que más le dolía, en su conciencia y en su corazón, era el hecho de no arrepentirse, de saber que inevitablemente tropezaría con la misma piedra una y mil veces si pudiera hacerlo, que sería capaz de mover montañas solo por encontrarse con esa piedra. ¿Qué hacemos con el arrepentimiento cuando no estamos disgustados por nosotros, sino por el otro? ¿Qué hacemos cuando en nuestro interior se enfrentan lo que queremos y lo que debemos hacer? ¿Qué ocurre cuando echamos la vista atrás y nos vemos cometiendo los errores que reprobamos en los demás? ¿Qué pasa cuando lo único que deseamos es volver una y otra vez a ese momento?

Podemos censurar, podemos hacer juicios de valor a la ligera, pero, al final, la vida sabe cómo darnos una lección para que en el caminar de nuestros días, si queremos aprender, comprendamos que la mayoría de las veces no se trata del bien o del mal, sino que actuamos apremiados por las circunstancias y hasta el peor de los errores tiene su justificación. El problema es que no siempre llevamos razón.

Aarón echó un último vistazo a la habitación y se debatió entre dejarle una nota a Amanda o marcharse sin más. Optó por lo segundo. Las duras palabras con que se había despedido se le clavaron en el alma y no quiso interferir más en su vida. Quizá fuera mejor así. Ella se merecía ser feliz, y era cierto que con él tan solo había experimentado dolor. Se iría sin hacer ruido, aunque a veces el silencio pueda llegar a ser absolutamente ensordecedor.

Deshizo el camino que hacía tan pocas horas había recorrido, esta vez en soledad, con el alma destruida por completo, y salió a la calle. El cielo de Berlín se encontraba nublado: no había ni rastro de los preciosos rayos de sol que los días previos habían iluminado la ciudad. Una vez más, Berlín le mostró su empatía.

Decidió ir andando en lugar de coger el transporte público a pesar de la gran distancia que separaba el hotel

De Rome de su casa. En torno a ocho kilómetros, calculó, un par de horas de paseo que le vendrían bien para dejar la mente en blanco o para machacársela aún más, pero que al menos retrasarían el momento de encontrarse con Claudia. De nuevo escogía la opción más cobarde.

No sabía cómo sería mirarla a los ojos y ver en su reflejo aquello que siempre juró no hacer. La idea de contárselo todo y dejar la pelota en su tejado volvió a cobrar fuerza, pero imaginarla sufriendo por su culpa fue una visión mucho peor. Quiso convencerse de que, en el fondo, si callaba lo haría por su bien.

Al pasar cerca del monumento al Holocausto, una de las zonas que le habían quedado pendientes de visitar con Amanda y a la que le habría gustado llevarla antes de su regreso a España, la Alemania más triste y dura se abrió paso en su interior. Cuánto sufrimiento había visto aquel país. Reconocer la Alemania nazi a su alrededor le hizo sentirse pequeño y egoísta y todos sus problemas se achicaron ante el símbolo de las vidas perdidas y destruidas en aquellas calles que ahora eran testigos de su tormento. Seguramente cualquiera de los hombres o las mujeres que vivieron en primera persona la etapa más negra de Berlín habría dado cuanto tuviera por estar en su lugar, por sufrir penas de amor y no la barbarie que se cebó con el país.

Pero cada uno sabe dónde le aprieta el zapato, y los ojos de gata de Amanda se seguían clavando en su mente mientras la sonrisa dulce de Claudia lo hacía sentirse a salvo.

Volvió a mirar el teléfono móvil para ver si su mujer había contestado. En efecto, le decía en un mensaje de texto que estaba terminando de desayunar con las chicas y que llegaría a casa antes de la hora de comer. Su miedo se disipó relativamente al comprobar que Claudia no sabía que había pasado la noche fuera de casa.

«Déjalo pasar, Aarón. Ya la has liado bastante.» La voz de la conciencia volvía a hablarle, y, como no estaba en situación de contradecirla, Aarón decidió escucharla y seguir sus indicaciones. Valiente cobarde.

Eran las diez y media pasadas de la mañana cuando llegó al barrio de Charlottenburg. El paseo lo había ayudado a despejarse y las tripas comenzaban a pedirle algo más que mariposas muertas. Decidió entrar en Albert's, un pequeño restaurante que por las mañanas servía un café de dudoso gusto y un bufet para desayunar bien variado.

Al ver a un viejo conocido del barrio, el camarero que despachaba alegremente tras la barra y del cual Aarón nunca supo si era el gerente o solo un empleado, lo saludó con efusividad:

—¡Vaya, Aarón! ¡Qué sorpresa! Cuánto tiempo sin verte por aquí. —Se puso de puntillas para estrecharle la mano por encima de las vitrinas del mostrador—. ¿Cómo va todo? ¿Cómo está Claudia?

—Bien, todo bien, gracias. ¿Y Nora, qué tal? Hace mucho también que no la veo. —Aarón le preguntó por su mujer al camarero en un vago intento de alargar una conversación de cortesía que, por cierto, no le despertaba demasiado interés.

—Ella, estupendamente. Hoy se ha ido con los críos al IFA. Han conseguido entradas a buen precio, con un descuento que han conseguido no sé dónde. —El hombre se esforzaba por que no se apagara la charla mientras hacía aspavientos con las manos—. Creo que medio Berlín pasará hoy por allí, ahora que está abierto al público. ¡Eres mi primer cliente en un buen rato! Cuéntame, ¿qué te pongo?

—Un café con leche y una tostada con aceite, por favor.

—Te veo decaído. ¿De verdad va todo bien?

—Sí, tranquilo, no te preocupes, he dormido mal esta noche y necesito un buen café para despabilarme.

—Venga, hagamos un trato. Te pongo el café y coges lo que quieras del bufet, ¿vale? Yo no miro. —Y guiñándole un ojo, se puso manos a la obra con la cafetera.

Aarón se sirvió un par de trozos de pan tostado con aceite y una pequeña napolitana de chocolate sin ningunas ganas, tan solo para no hacerle el feo, y se sentó frente a su taza de café, observando por la ventana a la gente que iba y venía. Era cierto que las calles estaban más vacías que nunca, aunque él solo quería ver a Claudia antes de que ella lo viera a él. Necesitaba mirarla y tener unos segundos para escuchar a su corazón, para observar su propia reacción. Comprobó a qué hora le había enviado Claudia el mensaje y la comparó con la que marcaba su reloj de muñeca: las once de la mañana. Si no se había entretenido por el camino, debía de estar a punto de llegar a casa.

De pronto, un pensamiento que nunca se le había ocurrido concebir atravesó su mente. ¿Y si ella también volvía a hacerlo? ¿Quién le decía que en el futuro Claudia no iba a caer de nuevo en las mismas trampas del destino?

De pronto apareció. El alma, la conciencia y la dignidad se le cayeron a los pies al verla caminando por la calle, ajena a cuanto había ocurrido.

Cuando ella hizo el ademán de mirar hacia dentro del local, Aarón cogió instintivamente el periódico y se tapó la cara para que no pudiera reconocerlo. No le importaba que llegara a casa y viera que no había nadie: le diría que había salido temprano a desayunar, como hacían juntos cada domingo. Le llevaría su revista preferida y le propondría ver una película por la tarde, abrazados en el sofá. Incluso encargarían la comida para que ninguno de los dos tuviera que perder tiempo en la cocina. Trataría de cerrar la herida que Amanda le había dejado en carne viva en el corazón con todo el amor que Claudia podía darle. Volvería a ser el mejor para ella, por ella. ¿O quizá sus buenas intenciones eran un simple mecanismo de defensa para lo sucedido anoche?

Mientras se terminaba el café pensó en Amanda y en su precipitada huida. No lograba entender su actitud, por qué le había molestado tanto aquella omisión si ya sabía que compartía la vida con otra persona. Quiso creer que se había asustado: por la mañana, las decisiones que unas horas antes nos parecían una gran ocurrencia pueden generarnos un pánico terrible. Ojalá se tratara solo de un poco de miedo aliñado con la resaca del gin-tonic, ojalá lo perdonara, ojalá no lo odiara toda la vida. Diciéndose con resignación que quizá nunca lo sabría, pagó el café y se despidió de su viejo conocido para enfilar rumbo a su hogar. Había llegado el momento de regresar. Traspasar la puerta de tu casa cuando no eres la misma persona que salió por ella la última vez, por el motivo que sea, siempre resulta difícil.

Apenas cinco minutos después se encontraba metiendo la llave en el humilde portal. Subió las escaleras hasta llegar al primer piso y toparse de frente con la puerta de su casa. Aguardó unos segundos y no oyó ningún ruido. Abrió despacio, y de nuevo el silencio lo golpeó. Comenzó a temer que hubiera dejado alguna pista que le indicara a Claudia que había pasado la noche fuera. Quizá era mejor confesarlo todo antes de que ella pudiera reprocharle nada, quizá debía inventarse alguna excusa de película, como la hospitalización de algún compañero de trabajo o...

—¡Cariño! ¿Ya estás en casa? —La voz de Claudia, proveniente del cuarto de baño, interrumpió sus pensamientos. A juzgar por su tono de voz, no estaba enfadada. Aarón suspiro.

—Sí, cielo, ya estoy aquí. —Empujó levemente la puerta del baño y esta se abrió. Tenía que encontrar un rato para arreglar el pestillo. Cuando se instalaron ya estaba roto y tenían que hacer virguerías para cerrar la pequeña alcayata que habían colocado en la parte superior—. ¿Qué tal el viaje?

—Agotador, como siempre. Mucho peloteo en la cena, y después tuvimos que quedarnos a tomar alguna copa que otra. Casi no he dormido, traigo una cara espantosa. —Mientras se aplicaba la crema antiojeras apartó la vista del espejo para girarse hacia él y mirarlo—: ¿Y tú qué has hecho? ¿Me has echado de menos?

—Nada especial, se me ha pasado volando el fin de semana. —Apartó los ojos de ella y evitó responder la segunda pregunta. No podía mentirle—. ¿Qué te apetece hacer hoy? ¿Quieres salir a comer o pedimos que nos traigan unos *noodles* y vemos una peli en casa?

—Mmm, ¡*noodles*!

El día transcurrió con normalidad, pero para Aarón no fue un domingo más. No podía quitarse de la cabeza el recuerdo de la última noche. El paseo bajo la luna de Berlín, los ojos ilusionados de Amanda cada vez que le contaba una curiosidad sobre la ciudad, las fotos... Las fotos. Daría lo que fuera por tener alguna de esas instantáneas. Especialmente la que se hicieron los dos mientras cenaban. Miró a Claudia, que empezaba a quedarse dormida en el sofá, y la besó en la frente. Era un cobarde. El hombre más afortunado del mundo, pero, a fin de cuentas, un cobarde que no había sabido controlar a su corazón y se había enamorado, o al menos lo embargaba algo parecido al amor, de un recuerdo, de un fantasma, de otra gran mujer que ahora estaría maldiciéndolo y que, probablemente, ya habría borrado todas aquellas fotos de la velada más increíble de su vida.

Recostado en el sofá, con Claudia durmiendo en su hombro, intentó concentrarse en la película para dejar de pensar. La había escogido ella: *El diario de Noa*, una historia de la que bien podría haber sido el protagonista, solo que él, al contrario que Allie, dibujó su propio final y decidió quedarse en casa. Allí tenía todo lo que podía desear.

14

Ojalá nunca cojas el avión equivocado.
Ojalá nunca sigas el camino marcado.
Ojalá siempre desees tu destino,
tanto el de ida como el de vuelta.
Ojalá te inspires. Ojalá respires.
Ojalá nunca vueles con la mirada
*   perdida,*
porque eso, querida, no es volar.
Ojalá no lo descubras tarde.
Ojalá te hagas más caso a ti.
Ojalá...

Berlín, 2016

En Berlín, los días se le estaban haciendo eternos. Amanda maldecía al destino por haberla hecho tropezarse con Aarón en aquella estación. Se maldecía a sí misma por haber aceptado su invitación para pasear bajo las estrellas. ¿Qué podía esperar? ¿De verdad creía que podía pasar más de un segundo con Aarón sin poner patas arriba toda su vida?

Cuidado con lo que deseas, porque se puede cumplir. Amanda había pasado ocho largos años deseando saber algo de Aarón, descubrir si seguía pensando en ella, si sus canciones llevaban su nombre. Y ahora que sus propios labios le habían dado la respuesta, había descubierto cómo quema el fuego de las llamas de la curiosidad. Había ardido. Tal vez lo merecía.

Había caído en los brazos del pasado y, con él, había traicionado la confianza de quien, desde el presente, quería ser su futuro. Marcos, el chico encantador que cambió por ella, que se había convertido en un yerno perfecto y un novio ejemplar, no se merecía aquel episodio, y mucho menos una pareja que pensaba día sí y día también en un fantasma del pasado. Nadie debe ser el roto para el descosido de otro.

A Amanda, seguir en Berlín le resultaba bastante duro. Intentaba caminar todo lo posible por la ciudad, le parecía que las calles la abrazaban y le daban el cariño que tanto necesitaba, sin embargo, siempre tenía dos motivos para llegar lo más pronto posible al hotel: darse un baño de espuma que le relajara los pies y la mente y evitar encontrarse de nuevo con Aarón. La simple idea de cruzarse con él y con su mujer en cualquier plaza le provocaba escalofríos. Los mismos que le recorrían la espina dorsal cada vez que entraba en su habitación y la mente la traicionaba recordándole el instante en que cruzó el umbral de la mano de Aarón. Nunca había sentido tanta felicidad concentrada en un solo momento.

El último día que pasó en la ciudad pudo tomárselo con mucha más calma. Tenía el vuelo por la tarde y todo el material gráfico que necesitaba estaba filmado, por lo que decidió dedicar la mañana a editar en el hotel las fotografías que aún no había enviado a su cliente, a España.

Puso la alarma a las once, para terminar de trabajar a esta hora y que le diera tiempo a acabar de recoger y meter unas cuantas cosas en la maleta. Aunque viajaba mucho, siempre tenía la sensación de que olvidaba algo, tanto a la ida como a la vuelta.

Abrió uno a uno los cajones del armario, la mesita de noche y el escritorio para comprobar que estuvieran vacíos. Repitió la misma operación en el baño y repasó el perchero, la terraza y entre las sábanas, por si algún calcetín había decidido hacer una excursión nocturna.

Al agacharse junto a la cama, en el suelo vio algo que le llamó la atención. Una fina pulsera de hilo, de color marrón. Juraría haberla visto antes. El corazón se le desbocó en el pecho cuando la memoria le jugó una mala pasada y le devolvió el olor del perfume de Aarón enredado en la pulsera. Sin más ni más, se la puso; a pesar del daño que le había hecho Aarón, sabía también que era la única persona capaz de salvarla. Y notar algo suyo rozando su piel consiguió hacerla sonreír. Aquella vieja pulsera de hilo era lo único que le iba a quedar del amor de su vida.

Cuando terminó de recoger todas sus pertenencias, lanzó una mirada triste a aquella habitación a la que nunca volvería, donde se había quedado una parte importante de su ser. Cerró la puerta, dispuesta a encerrar tras ella y de una vez por todas cualquier imagen que la atara a Aarón. Quería ser capaz de vivir sin llevar su recuerdo como una mochila cargada de piedras cada vez más pesadas.

Aquella mañana, en el cielo de Berlín se libraba una batalla entre unos tímidos rayos de sol que querían brillar y unas nubes que se hinchaban de valor para ganar protagonismo. Las temperaturas habían comenzado a descender y, aunque seguían siendo agradables, los berlineses se apuraban a preparar las lavadoras con la ropa de invierno, conscientes de que de un día para otro tendrían que volver a los jerséis de cuello alto y los abrigos de paño. Amanda se alegró de no vivir allí. Madrid también era una ciudad fría en invierno, pero con un invierno que no se podía comparar con el de las capitales del norte de Europa. Por lo menos, en su ciudad no llovía tanto y las temperaturas a veces daban una tregua.

Para despedirse de Berlín, nada le apetecía más que comer algo ligero en una terraza. Localizó un italiano de precio comedido a poco más de quinientos metros del hotel y, como su equipaje pesaba poco, decidió ir caminando, dispuesta a disfrutar las últimas horas de estancia en la ciudad. Solo tenía que atravesar la arteria principal de la ciudad, Unter den Linden, y subir unos metros por Friedrichstrasse para llegar al Vapiano, un restaurante italiano donde predominaba el color madera y que escondía en su interior una terraza bastante acogedora. Pidió un plato de pasta con champiñones, sin entrante ni postre para no perder demasiado tiempo, y pensó que era un buen momento para llamar a Marcos. Este contestó al segundo tono:

—¡Hola, cariño! ¿Cómo va todo?

—Bien, bien —respondió un poco apática, dando vueltas con el tenedor al plato de pasta para que no quedara toda la albahaca en la parte de arriba—. Estoy comiendo pronto para no tener que hacerlo en el aeropuerto. Un italiano, te gustaría.

—Ya iremos. ¿Vienes muy cansada? ¿Quieres que salgamos esta noche a cenar?

—La verdad es que no me apetece mucho. Ya sabes que después de los viajes solo quiero ponerme el pijama y dormir hasta el día siguiente.

Al otro lado de la línea sonó la risa de Marcos. Era un gran tipo.

—Vamos, ¡no seas vieja! Hoy llegas a una hora decente. Nos da tiempo a tomar algo. Además...

—¿Qué ocurre?

—Bueno, nada. En realidad, es que precisamente anoche estuve mirando dónde podíamos ir a cenar, ya sabes, para estar juntos y que me cuentes. Llevamos una semana sin vernos y te echo de menos.

—Mmm...

—Así que, como sé que te gustan los italianos... —Marcos dudó, como si temiera una respuesta negativa—, me permití el lujo de reservar en un italiano de la Gran Vía.

Amanda suspiró. Probablemente, nada la tentaba menos que meterse en la caótica Gran Vía madrileña después de un largo viaje de trabajo. Aun así, se obligó a hacer de tripas corazón, sonreír como si no pasara nada y tratar de devolverle a Marcos todo el cariño que recibía por su parte.

—Es perfecto. Y ya sabes que por mí tomaría comida italiana a todas horas, así que está bien. ¿Hablamos luego para ver cuándo nos vemos? Por si el vuelo se retrasa, ya sabes.

—Claro, llámame cuando aterrices en Barajas y si puedo iré a recogerte.

—No te molestes.

—Amanda..., ¿ocurre algo? Te noto un poco fría.

—¡No! ¡Para nada! —Una gota de sudor frío nació en su frente—. Solo estoy cansada. De verdad.

—Vale... Si tú lo dices, te creo.

—Cuelgo ya, que se me enfría la comida y quiero salir con tiempo hacia el aeropuerto, ¿vale?

—Genial. Ten un buen vuelo. Te quiero.

—Y yo.

Amanda dejó el teléfono móvil sobre la mesa de madera de la terraza del Vapiano. Se pasó, agitada, las manos por el pelo y finalmente terminó recogiéndoselo en una coleta mal hecha que algunos habrían descrito como de efecto despeinado, pero que para ella solo era el resultado de un intento de controlar la pequeña crisis nerviosa que se estaba desatando en su interior.

Ni todos los baños de espuma que se había dado en los últimos días habían conseguido relajar la tensión de mezclar en su mente los recuerdos de una noche maravillosa con Aarón y los de una pareja increíblemente perfecta que la esperaba en casa, impaciente por que llegara.

En medio de todo aquello, la voz de la conciencia la seguía sermoneando por haber aceptado aquel viaje:

—Cállate ya, joder.

Pedía disculpas en silencio, bajando de nuevo los ojos a su plato, cuando se dio cuenta de que en la mesa de al lado alguien la había entendido, y trató de no llamar más la atención. Se terminó el plato, con prisa, y se dirigió a la salida con el tíquet que le habían dado al hacer su pedido para pagar la cuenta en caja. Un método de pago un poco extraño, si bien en aquel momento no se veía con ánimo de cuestionarlo.

Cruzó la calle hacia la boca del metro para emprender el camino de vuelta hasta su destino final, el aeropuerto de Schönefeld, donde daría por terminada una experiencia que ya sabía que la había marcado a fuego de por vida.

15

Me cansé de ser una duda constante,
de querer por completo,
de recibir a medias.
Me cansé de ser una promesa,
como esa que nos hacemos cada primero
  de enero
y que nunca cumplimos
¿Por qué esperar otro año, otras
  circunstancias...
otra vida?
Si no puedo ser ahora, ya no quiero ser.
Pero ojalá fuéramos.

Berlín, 2016

A pesar de los propósitos de enmienda, Aarón no conseguía quitarse a Amanda de la cabeza. Cuántas veces se había prometido a sí mismo que la canción que le escribía sería la última o que no pasaría más noches en blanco pensando en ella, y nunca lo había cumplido. Después de aquel día que la vida le había regalado, olvidarla se había convertido en una tarea mucho más complicada.

Las cosas con Claudia iban bien, nada había cambiado y él había decidido volver a convertirse en el marido modélico que había sido. Antes, sin embargo, le quedaba por hacer una última cosa. Asuntos pendientes que nunca deberíamos posponer por nada ni por nadie. Volver a liarla, volver a buscarla. Recordó que, mientras cenaban, ella le habló de lo incómodos que eran los asientos en la aerolínea con la que había viajado a Berlín y de lo mucho que le había sorprendido lo pequeño que era el aeropuerto tratándose de una capital tan grande e importante. Entonces, Aarón le explicó que Berlín cuenta con dos aeropuertos: Tegel, el principal, y Schönefeld, el secundario.

Solo tuvo que buscar los vuelos que salían de Schönefeld hacia Madrid el día de su vuelta para tener de nuevo localizada a Amanda. Habían cometido el error de no darse los teléfonos y no tenía otra forma de encontrarla que asaltarla en plena calle. Primero fue en la puerta de su hotel; ahora, en el aeropuerto. Siempre supo que si alguna vez en la vida se la jugaba, sería por ella.

Por suerte el vuelo salía a media tarde y no le hizo falta ninguna excusa para encubrir su ausencia en el hogar. Saldría tarde del estudio, como la mayoría de los días. Incluso era muy probable que llegara antes que Claudia a pesar de que tenía casi una hora de camino hasta el aeropuerto, con un trasbordo en Ostkreuz para tomar la línea color vino hasta la última parada.

Lo invadió el miedo: a ser rechazado, a llegar tarde, a no volverla a ver y quedarse con un sabor amargo creciendo día a día en sus entrañas.

La parada de metro del aeropuerto de Schönefeld era más bien impersonal y carente de vida, y eso que soportaba un multitudinario tráfico diario de viajeros y equipajes. No se encontraba dentro del propio aeropuerto, sino al otro lado de una larga calle bien acondicionada para su cometido.

Cuando llegó a la terminal de salidas, miró a su alrededor, inquieto. Ni rastro de ella. Decidió permanecer en la puerta principal pese a que el cielo comenzaba a llorar de forma débil. Si Amanda no había ido al aeropuerto con una antelación desproporcionada, tendría que pasar por allí sí o sí. Ya solo quedaba que quisiera verlo y escucharlo.

Aarón sintió de repente una mezcla de miedo, ilusión y nerviosismo. Quizá se había presentado allí solo para volver a verla, aunque sabía que el desenlace del posible encuentro podía terminar de matarlo en vida; quizá lo único que buscaba era empotrarse contra su mirada y decirle en silencio que solo por ella querría ser mejor persona. Un solo segundo más a su lado sería suficiente recompensa, aunque después tuviera que soportar la mayor humillación de su vida. Le esperaban de nuevo muchas noches en vela, eso no lo dudaba, muchas lunas frente a su guitarra y su libreta de letras componiendo canciones que se tararearían en todo el mundo, entonadas por personas anónimas que ignorarían su papel de portavoces de un daño real. Si supiéramos las historias que realmente esconden las canciones que escuchamos...

El tiempo pasaba lento. La gente iba y venía, todo el mundo con prisas, pero con semblantes muy diferentes: algunos, ilusionados por la nueva aventura que tenían por delante; otros, con expresión triste porque regresaban a una vida que habían dejado aparcada un tiempo y que ahora se cuestionaban más que nunca; unos pocos, con rostro cansado, deseando volver a desvelarse en las almohadas de su cama y digerir las experiencias que aquella ciudad les había brindado durante su estancia en ella. Berlín nunca deja indiferente.

Las gotas de lluvia desaparecieron y, como si de un mandato divino se tratara, el cielo se volvió a abrir dejando paso a un bonito color azul que alimentó su esperanza.

Su Pepito Grillo particular trataba de acorralarlo y preguntarle qué hacía allí, por qué quería volver a fustigarse. Amanda ya no era suya, hacía mucho tiempo que su corazón pertenecía a otra mujer. No tenía ningún sentido estar allí. Pero el niño que aún latía en su interior se abría paso con fuerza y le pedía que nunca dejara de hacer aquello que le salía de dentro, que nunca dejara morir sus impulsos, que no traicionara su pequeña mente idealista y soñadora.

El frenético ritmo del aeropuerto no se detuvo cuando los ojos de Aarón la vieron llegar y todo su mundo comenzó a avanzar lentamente, como si de una película de los años veinte se tratara. Ella tardó poco en encontrarse con su mirada, y entonces frenó en seco. Sacó pecho y orgullo y agarró con firmeza su maleta: el suelo que tenía bajo los pies y su propia vida se tambaleaban de un modo que a cualquiera le hubiera dado vértigo. Eso era precisamente lo que había sentido casi cada minuto desde su llegada a aquel país. Vértigo. Una sensación adictiva y decadente por igual. Pero ¿acaso no puede describirse con estos adjetivos una vida bien vivida?

Retomó el paso y, con un ensayado gesto de frialdad y una actitud un tanto altiva, se acercó a él y le dijo secamente:

—¿Qué haces aquí? ¿Esperas a alguien?

—A ti, siempre lo he hecho y siempre lo haré.

Suficiente. El poder que aquel hombre ejercía sobre ella era tal que con tan solo una decena de palabras conseguía tumbar su amor propio, su orgullo y el enfado de los últimos días. Amanda era una persona muy consciente del tiempo. Los años y la vida le habían hecho pasar por demasiadas despedidas, de todas las clases que define esta palabra, y sabía que no merece la pena perder un tiempo precioso cuando tenemos enfrente a quien amamos. Miró su reloj. Apenas faltaba una hora y media para la salida de su vuelo, lo cual significaba que dentro de una hora estaría traspasando las puertas de embarque. Sesenta minutos para regresar a la vida que un día dejó a un lado. Sesenta minutos para disfrutar de Aarón. Tal vez los últimos en todo el camino que le quedaba por recorrer. Merecía la pena matar a don Orgullo.

—Debí quedarme.

—¿Qué?

—Lo siento, Amanda, yo... Cada vez tengo más claro que debí quedarme contigo. En Madrid.

—Creía que ahora eras feliz.

—Y lo soy. —Se obligó a detenerse un par de segundos para rumiar la respuesta a esa pregunta, que muchas veces no sabemos muy bien cómo contestar—. Sí, lo soy, pero me mata saber que seguiré pasando el resto de mis días pensando cómo sería hacerlo todo contigo. Desde las cosas sencillas, como desayunar juntos un domingo y decidir quién prepara el café, hasta las cosas más importantes, como elegir el nombre de nuestros hijos o una nueva casa.

—¿Sabes? ¿Te acuerdas de mi amigo Felipe? —dijo Amanda con lágrimas en los ojos.

—Sí.

—Él siempre me dice que le va mal en el amor porque

tiende a idealizar a los chicos que le gustan. Cuando no consigue estar con ellos, se frustra porque cree que a su lado habría sido feliz; cuando lo logra, descubre enseguida que todo era mejor en su imaginación. ¿No crees que quizá a nosotros nos pasa esto? Quiero decir, ¿y si durante estos años hemos alimentado el recuerdo idílico de un verano maravilloso?

—Lo fue.

—Claro que sí, pero fueron apenas tres meses, éramos unos críos, no había nada que pudiera estropear nuestra burbuja. No había problemas, ni facturas que pagar ni doña Rutina acechando. Todo era perfecto.

—Te entiendo, entiendo lo que quieres decir, aun así...

—Cuántos amores eternos se terminan rompiendo. Las grandes historias de amor son las que no han podido ser. Porque los amores eternos son...

—... los más breves.

—Exacto. Mario Benedetti. —Ambos sonrieron. Aarón no podía creer que ella hubiera utilizado aquella cita literaria que tanto le gustaba y tanto le había inspirado a lo largo de su carrera musical.

—¿A qué hora sale tu vuelo? ¿Tienes tiempo para un café?

Amanda volvió a sonreír. No sabía cómo, pero aquel chico siempre conseguía sacarle la mejor de sus sonrisas.

—Como si no lo supieras ya. No creo que estés aquí por casualidad.

—Llamémosle más bien causalidad, que no parece tanto de psicópata. —La miró esperanzado y le volvió a preguntar—: Entonces ¿un café?

—Que sea un capuchino, por favor. —Le devolvió la sonrisa e, instintivamente, entrelazaron sus manos y se adentraron en la terminal. Como si no tuvieran miedo a nada.

Aarón no disponía de tarjeta de embarque, por lo que tuvieron que conformarse con sentarse en una pequeña cafetería situada antes del control de seguridad. Una de las cosas que más le gustaba a Amanda de viajar era ese ratito que dedicaba a recorrer las tiendas del aeropuerto, aunque al final terminaba volviendo con las manos vacías. En esta ocasión, en cambio, no le importó pasar su última hora en Berlín con el hombre capaz de romperle el corazón y volver a pegar los pedazos una y otra vez. No se le ocurría ningún plan mejor para los siguientes sesenta minutos... o para el resto de su vida.

La película estaba llegando a su fin, ambos eran conscientes de ello, y a estas alturas, con los créditos a punto de matar el mejor guion de sus vidas, sus ojos ya hablaban por sí solos. Aarón pensaba que era increíble la cantidad de cosas que quería llegar a ser gracias a ella; Amanda trataba de grabar a fuego en su memoria aquel instante, aquellas miradas, aquellas sensaciones. Ojalá todo el mundo pudiera experimentar lo mismo que ella alguna vez en la vida. Sin duda, todo lo que viniera después merecería la pena.

Aarón trató de disculparse por lo sucedido, pero Amanda lo frenó. Reconoció que su reacción había sido desproporcionada, que se había asustado y que el otro día había sido ella la que había salido corriendo. Empate. No quería perder el tiempo escarbando en un episodio amargo.

—¿Qué sientes por mí? Dime, Aarón, ¿qué sientes?

—Siento que cada noche te busco en mis sueños y cada mañana te vuelvo a perder. Siento que no consigo alinear mente y corazón. Siento que has sido la mejor y mayor inspiración de mi vida.

Amanda se quedó sin palabras.

—Entonces... todas esas canciones...

—Sí. —Aarón sonrió al darse cuenta de que ella las había escuchado—. Todas mis canciones hablan de ti. Eres tú, siempre fuiste tú.

Los ojos de Amanda se cubrieron de lágrimas tímidas, que preferían quedarse ocultas y no llegaron a rodar por sus mejillas.

—No sé qué decirte, yo... Yo... Tengo que coger ese avión y tú...

—Lo sé, lo sé, tranquila. La vida no nos permite ser, pero sí sentir, y aunque no te tenga físicamente, siempre estarás en mi corazón. Siempre.

Ahora eran los ojos de Aarón los que gritaban que su corazón se estaba rompiendo de nuevo.

—No lo entiendo, Aarón. Si tanto me quieres, si tanto me recuerdas, ¿por qué te conformas diciendo que la vida no quiere que seamos?

—Porque soy un hombre de palabra. Y hace unos años, cuando me casé con Claudia, hice la promesa de quedarme a su lado con todas las consecuencias. Pero, Amanda, cuando me casé con Claudia, incluso ese día, pensé en ti.

Amanda sintió que el corazón se le salía del pecho. Aarón prosiguió.

—Juro que cada día de mi vida he pensado en ti. Y sé que es injusto para ella, que es una gran mujer a la que también quiero. Aunque de otra manera, más visceral, la amo. Mucho. Y tengo que ser consecuente con el «sí, quiero» que pronuncié.

Bebió un sorbo de café para humedecerse los labios antes de continuar.

—Créeme, si tardé en pedirle la mano fue precisamente por esto. Tuve una especie de premonición, algo dentro de mí me decía que este momento que estamos viviendo ahora llegaría algún día. Y te prometo que lo único que quiero en este instante es salir corriendo detrás de ti, pero un día tomé una decisión y, con ella, renuncié a ti. Espero que me lo puedas perdonar.

—Claro que te perdono. Sería un disparate que te lo recriminara. En el fondo esto solo demuestra que no estoy equivocada. Que eres un hombre maravilloso, aunque no sea conmigo.

—Entonces ¿escuchas mis canciones?

—Sí. —Amanda sonrió, vacilante—. Todas.

—Seguiré escribiéndote. Es el único modo que tengo de que recibas mi amor. En forma de canción.

—Es precioso. —Una lágrima rebelde se escabulló y rodó por su mejilla. Las demás continuaban luchando por permanecer tras el muro de contención que formaban sus párpados.

—Te quiero, Amanda. No debería decírtelo, pero te quiero.

Amanda acarició las manos de Aarón, que seguían enredadas entre las suyas, y en un susurro que se escapó de sus labios, casi involuntario, respondió:

—Te quiero.

Silencio. No había nada más que pudieran decir. Sus ojos seguían declarándose su amor, y Aarón negaba con la cabeza. No podía ser. No podían perderse de nuevo.

El anuncio de la última llamada para el cierre de un vuelo que no era el suyo les hizo despertar de su ensoñación. Amanda miró el reloj y ambos coincidieron en que lo mejor era que se encaminara ya a su puerta de embarque. Aún tenía que pasar el control de seguridad y, aunque el aeropuerto de Schönefeld no era grande y ni siquiera tenía que facturar equipaje, no era conveniente llegar a la puerta de embarque con el tiempo justo.

—Vayamos recogiendo. No quiero que pierdas el vuelo por mí.

La acompañó hasta el control de seguridad y se miraron con una ternura que nunca podrían describir a sus nietos con palabras. Una media sonrisa con los labios apretados y una respiración lenta fueron el culmen de un momento que nunca, jamás, podrían borrar de su recuerdo.

—Tu vuelo está a punto de salir.

—Sí..., parece que hasta aquí ha llegado todo...

—Cuídate.

16

No hacen falta largas conversaciones,
lo mejor que le podemos decir a alguien
siempre se resume en dos palabras:
¿Cómo estás?
Saldrá bien.
Estoy contigo.
Te quiero.
¿Más vino?

Madrid, 2073

—Y entonces la besé. La besé y le di en solo dos segundos más amor del que, probablemente, nunca nadie le
daría. Me morí por dentro y entendí que jamás sería mía.
Me resigné. Debería haberle pedido que se quedara a mi
lado, debería haberle dicho una vez más que mi vida era
ella. En cambio, la dejé ir. Por ella. Por mí. Yo qué sé...,
quizá fuera mejor así...

Mientras les cuento la historia a mis nietos, no puedo
ocultar las lágrimas que me asoman a los ojos cuando re-

cuerdo la última vez que la vi. Aquella escena de aeropuerto fue uno de los acontecimientos más especiales de mi vida. Tal y como ya sospeché aquel día, hace cincuenta y siete años, nunca he sabido cómo explicar lo sucedido en toda su inmensidad. Dos personas que se miran con un cariño infinito y al mismo tiempo resignados a no poder ser...

A estas alturas de la narración, mis nietos están totalmente enganchados al relato, incluso juraría que la pequeña Amanda se está emocionando. En sus ojos noto que están expectantes, pero por desgracia, no hay más que contar.

—Supongo que cogió ese vuelo —aventura Pablo.

—Así es, lo cogió, se marchó, y no volví a tener noticias suyas. Me la crucé en una ocasión. Ella no me vio. Yo no dejé que me viera. Fin de la historia. —Me detengo a pensar si estoy siendo demasiado duro, pero la separación en el aeropuerto sigue ardiendo en mi interior con la misma intensidad que en aquel momento.

—¿Nunca la llamaste? ¿Ni ella a ti? —Ahora es Amanda quien se interesa por la mujer gracias a la cual se llama así.

—Veréis. Mientras nos despedíamos junto al control de seguridad, le pedí que me diera su teléfono. Creo que su mente ya estaba empezando a conectar con Madrid, o que ella ya era consciente de que no actuábamos bien y no convenía seguir adelante, porque me dijo que debíamos ponernos en manos del destino. Aún recuerdo sus palabras exactas: «El destino nos ha juntado una vez, si realmente debemos acabar juntos, se las ingeniará para que volvamos a encontrarnos. En esta o en otra vida». Me gustó aquel concepto tan romántico y recordé que era el hilo argumental de una de mis películas preferidas, *Serendipity*. Inevitablemente, con su despedida, mi mente reconectó con Claudia, vuestra abuela. Y comprendí que quizá era preferible evitar la tentación de buscarla de nuevo ni de llamarla en cualquier madrugada de añoranza. Y creedme que he tenido muchas de esas madrugadas.

—Abuelo, hoy en día es muy fácil encontrar a las personas. ¿Quieres que lo intentemos?

—Pablo... —Amanda, a pesar de haber empatizado con la historia, trata de frenar a su hermano, tan idealista como su abuelo—. A la abuela no le haría mucha gracia. Y ahora ya, ¿para qué? Ya no solo han pasado los años. Ha pasado la vida. La oportunidad de estar juntos la tuvieron entonces, no ahora. Todo tiene un tiempo y un lugar.

Sé que está en lo cierto, pero las palabras de mi nieta se me clavan en el corazón, las mismas que me han atormentado durante tantas noches... La de hacer conjeturas sobre «¿Qué habría pasado si...?» es, sin duda, la peor sensación del mundo. Quien se lo haya preguntado alguna vez sabrá de lo que hablo.

—Tu hermana lleva razón. Además, miradme, al final terminé regresando a Madrid y, sin embargo, nunca nos volvimos a ver. Supongo que ella se casaría con su novio, y si no fue con él, sería con otro. Estoy convencido de que encontró un nuevo amor. Ahora será una dulce y guapa abuelita con una historia preciosa en la memoria, que desde luego no contará a sus nietos, como hace el loco de vuestro abuelo. —Quiero poner una nota de humor a la tarde—. Sea como sea, ella lo tenía más fácil para buscarme a mí, si hubiera querido...

—¿Por qué dices eso?

—Os acordáis de la canción que se hizo tan famosa, *Lo que nunca fue*, que compuse para una película, ¿verdad?

—Claro que sí, ¡ganaste un Goya con ella!

—Exacto. No es por ser vanidoso, pero cuando me nominaron mi cara salió en todos los periódicos y redes sociales de la época, junto a la fecha, la hora y el lugar en que se iba a celebrar la entrega de premios. Si hubiera querido, si aún le importaba...

—Habría ido a buscarte igual que hiciste tú con ella en el aeropuerto...

—Así es. El caso es que ella no apareció. Y eso que la gala se celebró en Madrid. Acudí al evento con mi representante, el tío Brad, en lugar de ir con vuestra abuela; fui un pobre iluso al creer que Amanda me seguía esperando. Seguramente, en cuanto su avión aterrizó al regresar de Berlín, volvió a poner los pies en el suelo y lo nuestro quedó en una bonita aventura.

—No te pongas triste, abuelo.

—Abuelo —Amanda vuelve a interrumpir la conversación—, ¿alguna vez se lo has contado a la abuela?

—No. Nunca. He sido siempre un cobarde.

—A mí me pareces muy valiente —interrumpió Pablo.

—Tal vez soy un poco de cada cosa. De hecho, me moría de miedo ante la idea de perder a la abuela. Os aseguro que la he querido y la quiero mucho y que me arrepiento de no haber sabido respetarla siempre. —Tomo aire y aprovecho para beber un poco de agua—. Ella también tuvo en su momento una historia que contar, pero ¿cómo reprochárselo? Preferí tragarme el dolor, y os aseguro que aquello dolió mucho.

Oímos la voz de Marta, mi hija y la madre de Pablo y Amanda, acercándose por el pasillo. Me siento tranquilo y feliz de saber que ahora cuento con dos cómplices que guardarán con cuidado mi relato, y que probablemente este les será útil en su propia vida. Por eso quiero terminarlo de la mejor forma que se me ocurre:

—Ante todo, que os quede claro que si volviera atrás, elegiría otra vez a vuestra abuela. Como os he dicho hace un rato, viviría mis seis vidas de gato con ella.

—¿Y la séptima? —me pregunta Pablo, y los dos se quedan esperando la respuesta que ya conocen.

—Con Amanda. Mi última vida será para ella.

17

Toca fondo,
pero no te encariñes del suelo.
Todos necesitamos reiniciarnos de vez en
* cuando*
para saber quién sí, quién no y quién tal
* vez.*
Toca fondo,
pero no te olvides de tener tus alas a
* mano.*
Esas que solo necesitan tu energía
para volver a impulsarte hacia arriba,
donde esperan los que sí, los que no y los
* que tal vez.*
Porque si algo te queda claro cuando
* tocas fondo,*
es que nadie está dispuesto
a cambiar por ti su cielo por tu infierno.
Aunque tú lo hayas hecho mil veces.
Aunque lo volverías a hacer.

Berlín, 2016

Tras bajar un par de paradas antes para dar un paseo y aclarar sus ideas, Aarón regresó a casa cabizbajo. Tragó saliva y decidió normalizar la situación cuanto antes. Al no tratar de impedir la marcha de Amanda había elegido a Claudia como la mujer de su vida. Tal vez se estaba equivocando, pero era lo que había decidido.

Con los ojos cerrados recordaría los momentos vividos con Amanda, pero en cuanto los abriera de nuevo sería Claudia quien estaría a su lado. Para siempre. A pesar de lo que pudiera parecer, él era un hombre de palabra.

Entró a casa saludando; nadie respondió. Dejó las llaves en el vuelcabolsillos de la entrada y comprobó que su mujer aún no había llegado. Otro día que se habría tenido que quedar hasta tarde en la oficina. En el fondo, a veces le parecía que Claudia solo le daba una vida a medias. Miró el reloj y pensó si Amanda habría llegado ya a Madrid.

Madrid, 2016

Después de la tormenta llega la calma, y ahora que Amanda recuperaba el sentido común, Madrid la recibía con una bofetada de realidad. Esta vez no había ilusión por regresar a casa, no había ganas de volver a dormir con su almohada ni de disfrutar de la comodidad de estar rodeada de «sus cosas». Nada material merece nunca la pena. En una semana, Amanda por fin había comprendido que lo material es totalmente prescindible y que el hogar de cada uno está donde su corazón quiera quedarse a vivir. No se trata de un lugar, sino de una persona.

Le ponía un poco nerviosa volar, le despertaba cierta ansiedad, pero sabía bien cómo controlarlo. Por suerte, en esa ocasión y a pesar de viajar sola, el vuelo fue muy ameno. Entre jugar a los rascas, el bebé de la fila diez, que lloraba desconsoladamente, y el exhaustivo repaso que les dio a las fotografías de su tarjeta de memoria, las casi tres horas de trayecto que separan Berlín de Madrid habían pasado volando, literalmente. Tras echar un vistazo a las fotos profesionales, se detuvo en las de la mágica noche en la que su mundo se desmoronó y a la que sabía que regresaría muchas veces, demasiadas, aunque fuese mediante un viaje mental a través de los recuerdos almacenados en su mente. Sonrió al verlo mirando al objetivo. Le escocieron más aquellas en las que salían juntos. Felicidad y tristeza a la vez. Amanda se dio cuenta de que, sin quererlo, había aceptado un tíquet para la montaña rusa más peligrosa de su vida. Y lo peor es que no sabía cuándo podría bajar de ella ni si lo haría ilesa. Tal vez sería un viaje sin destino.

Cuando el piloto se comunicó con la cabina de pasajeros para anunciar que comenzaban el descenso, Amanda entendió que el aterrizaje sería realmente el punto final de todo. «*The show must o on* —pensó tragando saliva de forma ruidosa—, el espectáculo debe continuar.» Se acomodó en su asiento y trató de disfrutar el tiempo que le quedaba antes de que todo se complicara.

Ver a Marcos al regresar de Madrid era lo último que le apetecía hacer. No quería verlo. Tenía miedo de sí misma y de su reacción al enfrentarse a los ojos acusadores de su pareja cuando descubriera que no eran dos, sino tres los que se sentarían a cenar, aunque uno de ellos fuera un fantasma convertido en recuerdo.

Nada más encender el móvil, aún en el pasillo acristalado de la terminal T1 de Barajas, le entraron un par de llamadas perdidas de Marcos. Ninguna de Aarón. Se arrepintió de su romántica idea de dejar su historia en manos del destino y no haberle dado su teléfono. Qué no daría por un «¿Has llegado ya?», un «Te echo de menos» o un «Yo también»...

Abrió las redes sociales y resistió la tentación de buscar, una vez más, su nombre en ellas. Ahora solo soñaba con ver esa burbuja que nos indica una nueva petición de amistad. Se sintió muy tentada de dar ella el primer paso; Aarón ya lo había hecho dos veces en Berlín, y gracias a ello había ocurrido lo que ocurrió. Y, aunque su vida estuviera a punto de irse al garete, no se arrepentía de nada.

Sin embargo, decidió que era mejor dejar las cosas como estaban. Pensó en la tal Claudia y se sintió culpable, demasiado se había mojado ya. Pero ¿y si Aarón fuera más feliz con ella? ¿Y si Claudia no era «la suya»? ¿Y si Aarón era tan despistado que había confundido a la mujer de su vida con el rostro de otra?

Pasó bajo el cartel de NADA QUE DECLARAR sin poder evitar que su conciencia le gastara una pequeña broma recordándole todo lo que debería declarar y continuó rumbo a la salida. En la terminal de llegadas aguardaba como de costumbre un grupo más o menos grande de gente. Siempre le había hecho especial ilusión saber qué siente una persona cuando alguien la está esperando pacientemente en aquel punto, cuando alguien la quiere y la busca con nerviosismo y afán entre los viajeros. Instintivamente, miró si estaba Marcos, pero no lo vio. No se lo reprochó, sabía que tenía que trabajar. Salió a la calle, paró un taxi y enfiló hacia su piso de soltera para soltar la ligera maleta de mano y darse una ducha que hiciera desaparecer el rastro de su traición. Le esperaba una cita con su pareja y no iba a ser nada fácil.

A las nueve de la noche, Amanda llegó puntualmente a la puerta del comercio que regentaba Marcos. Por el escaparate vio a su chico tratando de cuadrar caja y entonces constató la evidencia. No había fuegos artificiales, ni magia ni mariposas revoloteando en su interior. Solo el recuerdo de Aarón martilleándole la cabeza.

Desde dentro, su pareja la saludó con una enorme sonrisa en la cara y unos ojos brillantes, ilusionado por tenerla de nuevo allí. Le hizo un gesto con la mano indicándole que terminaba enseguida.

Un par de minutos después, Marcos salió de la tienda y, antes de bajar la persiana de seguridad, fue corriendo a abrazarla.

—Te he echado mucho de menos.

—Yo también.

«Yo también.» Resonaron en el ambiente estas dos palabras que nunca significan lo mismo que lo que tratan de afirmar. Un «yo también» no es igual que un «te quiero» o un «te echo de menos». Marcos le rodeó los hombros mientras se alejaban hacia uno de sus restaurantes preferidos de la Gran Vía madrileña, sin saber que, aunque iban por el mismo camino sus pasos no tenían el mismo destino.

Con un pasado algo turbulento a sus espaldas y una presencia demasiado frecuente del alcohol y las mujeres en sus primeros años de juventud, Marcos realmente había cambiado por Amanda. De ser un holgazán sin oficio ni beneficio pasó a convertirse en un verdadero emprendedor que solo tenía ojos para su chica. Había preparado aquella velada con sumo cuidado y, aunque era consciente de que no llevaban mucho tiempo juntos y de que tal vez cometía una locura, le iba a dar la gran sorpresa de su vida.

Con la mano que tenía libre palpó el bolsillo de su chaqueta para comprobar que la caja del anillo seguía allí.

18

*A veces, todo lo que necesitamos
es ser invisibles por un tiempo.
Un minuto, un día...
O quizá el resto de nuestra vida.*

Madrid, 2016

El lugar elegido fue el Dibocca, un restaurante italiano muy íntimo, con una decoración exquisita, un esmerado servicio y un apetitoso menú. En la puerta, Marcos indicó que tenían reservada una mesa para dos y rápidamente los acomodaron. Era un día laborable y apenas había concurrencia. Disfrutarían de una magnífica velada tranquila.

Dejándose guiar por el consejo del maître, pidieron una ensalada de frutos secos y rulo de cabra para compartir, unos ñoquis al gorgonzola con salvia para ella y una milanesa *di vitello* para él. De postre, una bomba *di cioccolato* a medias.

El agradable ambiente de la sala y el silencio reinante

les hicieron sentir como si estuvieran en casa. Las paredes forradas de madera y las estanterías repletas de fotografías enmarcadas y libros convertían el restaurante en un magnífico lugar para sentir el calor de los fogones de la buena cocina.

Amanda miraba a ambos lados preguntándose quiénes serían la personas de las fotos, si tendrían algún parentesco con los propietarios del local, si serían personas conocidas en Italia o si, simplemente, se trataba de modelos de fotos de stock. Comió en silencio, esquivando constantemente la mirada de un Marcos tan concentrado en seguir el guion que tanto había ensayado en casa en los últimos días que no reparó en la gran distancia a la que se encontraba de ella. Los tres mil kilómetros que los separaban hasta hacía apenas unas horas no eran nada comparado con el abismo que a esas alturas se abría entre sus almas.

Comentarios banales sobre el trabajo, alguna que otra anécdota a cuento de la mascota de la vecina de Marcos, un adorable labrador que se había ganado el cariño de todo el bloque, consultas acerca de las fechas del próximo evento al que tendría que acudir Amanda y nada más. Nada sobre sentimientos, ninguna caricia, ninguna mirada cómplice ni ninguna señal de querer desvelarse aquella noche por dedicarle un rato a su amor. Amanda estaba demasiado rota por dentro para poder disimular, y ni siquiera los deliciosos ñoquis lograrían reparar el daño que se siente cuando la cabeza y el cuerpo no están en el mismo lugar.

Miró el reloj y pensó en Aarón, sin saber que él llevaba toda la noche haciendo exactamente lo mismo. Se preguntó para sus adentros si a él le gustaría aquel restaurante, qué pediría si estuvieran cenando juntos y cómo sería dar un paseo por la Gran Vía madrileña bajo el fulgor de las estrellas. Tal vez la abrazaría para protegerla de la ligera brisa. que comenzaba a soplar un poco más fría. Deseó que Marcos no le propusiera salir a caminar tras la cena: no quería que él percibiera que las calles de Madrid se morían de pena al ver que Amanda había regresado incompleta.

Mientras reflexionaba en silencio sobre una de sus frases preferidas, aquella que hace alusión a que uno nunca regresa de un viaje tal y como partió, Marcos le llamó la atención y trató de devolverla a la conversación, que para ella había quedado relegada a un segundo plano, como la televisión de fondo al mínimo volumen que la gente oye sin escucharla.

—Amanda, ¿te ocurre algo?

—No, nada, solo estoy cansada. Ya sabes que volar me quita toda la energía.

—¿Quieres que pida la cuenta y te acompañe a casa?

—Sí, por favor.

Por un instante vio el cielo abierto, hasta que lo que sucedió a continuación la dejó sencillamente sin palabras. Marcos le hizo una señal al camarero y este le guiñó el ojo con aprobación, y entonces las luces del restaurante bajaron su intensidad y comenzó a sonar *Sott'er Celo de Roma* cantada por Michael Bublé. Conocer Roma era uno de los deseos de Amanda; desde pequeña había sentido una conexión con aquella ciudad y se moría de ganas de disfrutarla. Siempre tuvo claro que, si algún día volvía a nacer, quería ser romana. O al menos italiana.

—Señorita Amanda... —Marcos, con los ojos brillantes de emoción e ilusión a partes iguales, se levantó de la silla, se sacó del bolsillo un elegante anillo de oro blanco y se arrodilló ante ella.

—No, Marcos, no lo hagas, por favor.

—Amanda, ¿quieres casarte conmigo?

Amanda se quería morir. De niña ya soñaba con ese momento, y desde luego nunca lo había imaginado así, con una persona a la que se había dado cuenta de que no amaba y tras un viaje en el que había perdido la dignidad, la conciencia y el corazón. Sus ojos se inundaron de unas lágrimas que Marcos atribuyó a la felicidad por la bonita ceremonia que había preparado, y, cuando él estaba a punto de cogerle la mano para ponerle el anillo, Amanda respiró hondo, se retiró unos centímetros y, enjugándose las lágrimas, respondió:

—No.

Los camareros, que los estaban observando desde un discreto rincón, se miraron entre sí sin saber cómo reaccionar. Rápidamente, el jefe de sala pidió que cortaran la música y que todo el mundo retomara su trabajo para que la vida volviera al restaurante y los pocos comensales que aún quedaban quitaran los ojos de la bochornosa escena.

—Lo siento, Marcos. —Amanda lloraba mientras su chico permanecía plantado en el suelo, incapaz de levantarse—. Lo siento de verdad. No puedo explicártelo ahora mismo, necesito recomponer mi cabeza, necesito... No lo sé, Marcos, no sé lo que quiero, pero debo ser sincera conmigo y contigo y lo que sí sé es que esto no es lo que deseo ahora.

Tras unos segundos de incredulidad, Marcos logró ponerse en pie, guardarse el anillo en el bolsillo derecho de su chaqueta de vestir y tomar asiento. Respiró, tratando de asimilar la sorpresa y, tomando la mano de su chica, intentó salvar la situación:

—No pasa nada, tranquila, es un paso muy importante. Entiendo que no estés preparada.

—No, Marcos, no. No es eso.

—¿Entonces?

—No quiero seguir con la relación.

Marcos frunció el ceño.

—¿Hay otro? Eso es, hay otro.

—No. —La pregunta había logrado hacer encajar alguna pieza del complicado puzle que tenía en la cabeza—. Esto es lo peor, Marcos. Nunca es por otro. Siempre es por uno mismo.

Sin dar réplica, Marcos se levantó, pagó en efectivo para ganar tiempo y, dejando una buena propina, se marchó del lugar sin mirar atrás.

Amanda, por su parte, no podía moverse de su asiento. Algo en su interior le decía que no estaba haciendo lo correcto y culpó al maldito destino de las vueltas que de repente da la vida. Aquella debería haber sido la noche más feliz de su vida, y la había arruinado un fantasma del pasado que ahora estaba más vivo que nunca.

Un camarero se acercó con una sonrisa incómoda y, tratando de darle un poco de consuelo, le mostró su mejor botella de ron y le preguntó:

—¿Un chupito con mucho alcohol? Invita la casa.

19

Tal vez solo necesitamos
que la vida deje de girar.
O, por lo menos,
que nos deje parar a nosotros
mientras ella sigue su camino.

Madrid, 2016

Alguien le dijo una vez a Amanda que las rupturas nunca
son fáciles para ninguna de las dos partes. Desde fuera
puede parecer que hay un ganador, pero no es así. Quien
se va, quien decide dejarlo, se marcha abrumado por el
peso de la culpa y la tristeza. Y Amanda no sabía cuál de
las dos era peor. Ambas mataban por igual.

Había pasado una semana desde la cena en el Dibocca, un tiempo que todavía no le había permitido volver a
poner su mundo en orden. Habían sucedido muchas cosas en tan solo unos días. No hacía tanto que estaba haciendo la maleta para emprender un viaje de trabajo más,
y ahora se encontraba sola, sin pareja, con el recuerdo de

una traición que la hizo volver a ser feliz junto al amor de su vida, aunque hubiese sido durante unas pocas horas. Lo pensó entonces y lo seguía pensando: había merecido la pena.

Su vida estaba rota, igual que su corazón, el cual debía recomponerse de dos pérdidas. Mientras, el recuerdo de Aarón latía con más fuerza que nunca. En aquellos días no había podido evitar sufrir alguna que otra crisis de ansiedad. Demasiados cambios en demasiado poco tiempo. Demasiado dolor para una sola alma. Ese día, sin embargo, Amanda había logrado despertarse un poco más optimista. Decidió regalarse la mañana para tratar de arreglar unos papeles y preparar comidas para congelar. Era un desastre y siempre terminaba comprando una ensalada hecha o parando en el primer bar de menús que se cruzaba por el camino.

Recién salida de la cama, con el cabello aún despeinado y un antiestético pijama lleno de bolitas que no pensaba jubilar en mucho tiempo, fue descalza a la cocina para prepararse un café. Optó por un café arábica que le gustaba desayunar a Marcos y que a ella no la acababa de convencer, pero quería borrar cuanto antes cualquier huella del paso del chico por su casa. Le hacía daño ver que todavía quedaba algo de Marcos en su vida, especialmente después de dejarlo plantado con la rodilla hincada en el suelo. Nunca había imaginado que pudiera llegar a ser tan mala persona. Su amigo Felipe le aseguró que no, que había sido valiente y que en el fondo le había hecho también un favor a él. Tal vez lo dijera solo para animarla, en cualquier caso, qué más daba. Ya estaba hecho. Y asumiría las consecuencias hasta el final.

De pronto, el timbre sonó.

—Maldita sea.

Apenas le había dado tiempo a poner la cafetera en el fuego. ¿Quién sería a estas horas? Odiaba las visitas inesperadas.

Un segundo timbrazo. Otro. Otro más.

—¡Ya voy! ¡Ya voy! —gritó mientras corría hacia el telefonillo, aunque bien sabía que desde el portal nadie podría escucharla. Estuvo a punto de resbalar por el pasillo—. ¿Quién es?

—Abre.

Amanda palideció.

—¿Marcos?

—Abre, tengo que hablar contigo.

—Cla... claro. Sube.

Era la última visita que habría imaginado recibir aquel día. Pulsó el botón que abría el portal y salió a toda prisa hacia su armario en busca de una chaqueta decente con la que ocultar el desastre de ropa que llevaba. No sería la primera vez que Marcos veía ese pijama, pero ahora las cosas habían cambiado y tanta intimidad la hacía sentir incómoda. Más incómodo todavía era no saber de qué querría hablar con ella. «Volverá, te llamará, no flaquees.» Recordó las palabras de Felipe, siempre tan sabio.

Abrió la puerta, extrañada de que el timbre no hubiese sonado. Y allí estaba él, plantado delante de ella sin decir nada, con cara de pocos amigos. No parecía el Marcos amable y encantador con el que había compartido parte de su vida.

—Pasa, por favor. ¿Quieres café? Oh, mierda, el café. Joder, joder, joder. —Fue pitando a la cocina, donde la cafetera italiana ya se había desbordado y había causado un estropicio en la vitrocerámica—. Dame un segundo, que he tenido un pequeño contratiempo.

—Si lo has preparado tú, prefiero no tomar café —respondió Marcos desde el salón, en voz baja pero lo suficientemente audible para que Amanda lo oyera mientras trataba de arreglar el desastre de la cocina.

Suspiró. No, al parecer no venía en son de paz. Procuró calmarse, le tocaba a ella el papel conciliador.

—Voy enseguida, ¡discúlpame! Se ha derramado todo el café y... en fin. Lamento darte esta bienvenida.

Pero desde el salón nadie le respondió. Se dio toda la prisa que pudo y en apenas dos minutos regresó con Marcos.

—Bueno, qué sorpresa verte. De verdad que me alegro.

—No he venido a ser tu amigo, Amanda.

La chica se tensó, era evidente que aquella conversación no iba a acabar bien. ¿Resultaría ser Marcos una de esas personas que parecen encantadoras y después son capaces de cualquier cosa? ¿Sería violento? Repasó mentalmente los horarios de trabajo de sus vecinos para saber el nombre de quién gritar en caso de que se encontrara en apuros. No, estaba exagerando, Marcos no era así. Todo el mundo necesita una pequeña revancha cuando le han herido el orgullo, y suponía que él se la estaba cobrando ahora.

—Está bien. ¿A qué has venido entonces? —preguntó intentando mantener el tipo.

—A que me cuentes la verdad.

—¿Qué verdad, Marcos? Tengo muchas cosas que hacer y lo que menos necesito es una escenita. No me sobra tiempo para jueguecitos.

—Ya. —Una sonrisa cínica adornó su cara—. Ya tuviste bastante jueguecito en Berlín.

—¿Cómo?

—No me dijiste que habías visto a Aarón.

—No me dio tiempo, simplemente llegué, me soltaste un anillo y... Espera, ¿cómo sabes eso?

—La nube, querida, la nube. Si vas a mentir, al menos vigila la huella digital.

—¿Qué nube? ¿Qué...?

Y entonces cayó en la cuenta. Él tenía sus claves de acceso a contenidos digitales, y todas las fotos de Berlín estaban sincronizadas con su cuenta en la nube, tanto las de trabajo como las personales.

—¿Has accedido, sin mi permiso, a mis cosas privadas? ¿Sabes que no tienes ningún derecho y que eso es denunciable?

—No te hagas la ofendida. ¿Me vas a explicar qué cojones hacías con Aarón sacándote fotos por todo el centro de Berlín?

La mente de Amanda analizó la situación. Marcos no podía haber visto ninguna foto comprometida, no las había. No podía acusarla de nada. Era mejor mantenerse tranquila y en su lugar.

—Sí, quedé con él, me encontré a un viejo amigo y tomamos algo un día. Fin. ¿En serio me estás montando un numerito por eso? ¿Desde cuándo te has convertido en una persona de ese tipo?

—¿Un viejo amigo? ¿Te tengo que recordar que antes de que fuéramos pareja me confesaste que seguías considerándolo el amor de tu vida?

—¡Es agua pasada, por el amor de Dios! ¡Fue hace muchísimo tiempo! No me puedo creer que estés utilizando algo que te dije cuando éramos amigos como un argumento en mi contra en nuestra ruptura. ¿Qué quieres conseguir? ¡Dime! ¡Qué quieres!

—Que confieses.

¿Así de fácil? Amanda suspiró. No quería hacerle

daño, nunca había sido su intención, pero Marcos se estaba comportando como un auténtico cretino. Estaba a punto de confesar cuando se encendió una señal de alerta en su interior.

—Quiero que paguéis ambos por lo que habéis hecho. —Marcos estaba fuera de sí—. Tu amiguito está casado, ¿no? Seguro que a su mujer le encantarán estas fotos que os hicisteis.

—Ni se te ocurra ser tan...

—¿Tan qué, Amanda? ¿Tan como tú? No lo soy. —Se levantó, orgulloso, convencido de que tenía la sartén por el mango y de que la tensión de Amanda solo podía significar que sus sospechas eran ciertas—. Además, te haría un favor. Ni siquiera necesitarías romper tú ese matrimonio. Ya me ocuparé yo y tendrás a Aarón enterito para ti.

—¿Qué quieres, Marcos? ¿Qué quieres de mí? No voy a volver contigo por esto.

—Quiero que sufras, deseo que te queme el corazón de la misma manera en la que tú me lo has quemado a mí.

Amanda le miró asustada, no conseguía llegar a entenderlo. Una sonrisa cínica se dibujó en el rostro de Marcos.

—Sé que conservas una de las primeras guitarras de Aarón. La que te regaló antes de irse a vivir a Berlín. Dámela.

—No puedes... No puedes pedirme eso. No tienes ningún derecho.

—Bueno, como quieras. He guardado vuestras fotos juntos. Y a que... Claudia se llama, ¿verdad? Ya ves, yo también soy bueno rebuscando en las redes sociales.

—¿Por venganza? ¿De verdad jodes el recuerdo de una relación tan bonita como la nuestra solo por venganza?

—Todos tenemos un precio. Y el tuyo ya he comprobado cuál es. Solo quiero que pagues tu cuenta.

Amanda suspiró, tratando de recuperar el control de la conversación. Pero fue en vano.

—Te lo repito una y otra vez. No pasó nada. Fin de la historia.

—Dame la guitarra o envío ahora mismo estas fotos. Tú decides.

—Si lo hago, ¿desaparecerás de mi vida para siempre?

—Así es. —La sonrisa de Marcos se había tornado maliciosa—. Amanda, cariño, era un hijo de puta cuando me conociste. Y aunque tú me hiciste cambiar, al final cada uno es lo que es.

—De acuerdo. —Se levantó y decidió cortar de una vez por todas con esa situación.

Amanda no se lo podía creer. Nunca se habría esperado que Marcos reaccionara de ese modo. Solo quería que no siguiera chantajeándola en el futuro, pero no podía dejar vendido a Aarón de esa manera.

Fue a su dormitorio, donde guardaba, con cariño, la guitarra, el último regalo que Aarón le hizo antes de que sus caminos se separaran. En el salón, Marcos esperaba impaciente, repiqueteando sus dedos contra la puerta.

Amanda, con lágrimas en los ojos, le dio la guitarra. Él, con furia, la pisó, dejándola destrozada y arrasando así con el mayor recuerdo tangible que Amanda tenía de su amor.

—No suponía que sería tan fácil. De hecho, iba un poco de farol, creía que te daría igual que se lo contara todo a su mujer. Aarón se te habría puesto en bandeja. ¿Por qué lo has hecho?

—Porque yo sí sé querer bien.

El portazo sentenció la que había sido una bonita historia de amor. Amanda nunca volvió a verlo.

20

*Todos somos un domingo por la tarde en
la vida de alguien.
Y yo, cada domingo, vuelvo a decir que
se acabó.
Y entonces me vuelvo a enamorar un
poquito más.*

Madrid, 2018

Tan solo dos años después, Amanda volvía a enfrentarse
a otro domingo de chándal, sofá y helado. Una nueva
ruptura en su vida. Si es que se le podía llamar así. Había
perdido la cuenta de con cuántos hombres había tratado
de recuperar la ilusión, siempre con el mismo resultado.
Cuando ellos le proponían algo más serio, ella salía corriendo despavorida. La vida al revés.

No es que no quisiera enamorarse, al contrario, seguía buscando con desesperación alguien que le ofrecie-
ra el calor de un hogar, pero si lo encontraba, inevitablemente lo comparaba con Aarón o, más que con él, con lo

que le había hecho sentir y lo que aún seguía palpitando en su corazón ante la simple idea de volver a tropezarse con él en el metro, en la calle, en el fin del mundo. Ojalá pudiera volver a sentir una emoción tan intensa, mientras tanto, seguiría intentando ilusionarse y afrontando con madurez cada nuevo tropiezo. Quizá la vida ya le había puesto delante su única oportunidad de amar de verdad y la había dejado pasar. Quizá ya no le ofrecería otra.

Noche tras noche, una idea la martirizaba hasta el punto de desvelarla de madrugada e impedirle volver a conciliar el sueño: «Si le hubiese pedido que se quedara en alguna de las dos ocasiones que tuvimos de estar juntos, ¿lo habría hecho? ¿Y si él también quería pedírmelo, pero no se atrevió porque suponía que mi respuesta iba a ser un no?». Después de todo, siempre ocurre lo mismo: la vida nos ahoga con las palabras que no pronunciamos cuando deberíamos haberlo hecho. Las evitamos, nos las tragamos, creyendo que así nos salvamos de una gran caída, pero ignoramos que tarde o temprano tendremos que saltar al precipicio y que para entonces la distancia hasta el suelo será mucho más grande. Y la caída, mortal.

En esos dos años no había sabido nada de Marcos. Él no la llamó y por fortuna no se le ocurrió volver a chantajearla. Amanda se había cuidado bien de cambiar todas sus contraseñas, y aunque nada demostraba que el paseo con Aarón había acabado en su habitación, no quería ser la responsable de que algo malo pudiera pasarle. Tal vez Marcos llevaba razón y con Aarón divorciado las circunstancias habrían sido más propicias, pero no quería hacer las cosas así. Nunca le haría a Aarón ningún daño intencionadamente. Incluso a distancia, sentía que con ese gesto lo había protegido de un sufrimiento asegurado.

Realmente la apenaba cómo había terminado lo de Marcos. Habían tenido una relación bonita y él siempre se había portado como un caballero, si bien al final demostró tener muy mal perder. Aun así, no le guardaba rencor, sabía que él también había sufrido mucho. ¿Quién puede sobreponerse sin rasguños en el corazón a una pedida de mano que acaba en ruptura? En el fondo, a pesar de su inexcusable comportamiento, había sido otra víctima.

Un amigo en común le había contado que estaba con otra chica; Amanda esperaba que alguien lograra hacerle feliz, que su herida estuviera cerrada. Nunca quiso hacerle daño, simplemente se dio cuenta a tiempo de que no era el amor de su vida. Y mucho se temía que quien sí lo era tenía nombre, apellido y una vida plena en Berlín.

Aquel domingo lo aprovechó para empacar las pocas pertenencias que Braulio había llevado a su casa en los apenas dos meses que duró su intento de relación. Comprendía que no había hecho bien dejándolo por teléfono, pero un error más en su lista de pecados no iba a acelerar su entrada en el infierno. Probablemente a estas alturas ya le estaban reservando una plaza.

Los domingos no dejan indiferente a nadie. Para unos son el día que por fin pueden descansar y dedicarles tiempo a sus seres queridos; para otros son una sucesión de horas inconclusas aliñadas con Ibuprofeno y café. Sin embargo, cuando cae la noche y el lunes amenaza con llegar, todos nos vamos a la cama con una extraña sensación en el cuerpo. Aquello en lo que pensamos un domingo por la noche es lo que de verdad deseamos.

Amanda pasó el día en pijama y decidió pedir algo de

comer para no tener que gastar sus escasas energías en cocinar. Mientras esperaba al repartidor, para matar el tiempo llamó a su mejor amigo, el confidente perfecto al que acudía cada vez que su cabeza y su corazón no se encontraban en sintonía. Él no conocía la segunda parte de la historia de Aarón, pero aunque le faltaba la pieza más importante del puzle, sabía cómo devolverle la sonrisa cuando advertía que las cosas no le iban del todo bien.

La conversación no duró más que un par de minutos, y su amigo le prometió que la llamaría por la tarde para que le contara mejor qué estaba pasando por esa cabecita loca. Tras colgar el teléfono y acercarse a la cocina para picar unos frutos secos, se tumbó en el sofá para echar una ojeada al periódico mientras se recolocaba la manta. Este era todo su plan de domingo.

En la portada vio que ya había salido la lista de nominados a los Premios Goya. Buscó el artículo completo para ver quiénes habían sido los agraciados y sobre todo para apuntar la fecha de la entrega en la agenda; seguramente le encargarían un reportaje gráfico de la gala. Los trabajos en este tipo de eventos estaban muy bien pagados.

El periódico había decidido dedicar varias páginas a tal acontecimiento. Faltaban menos de dos meses para la cita, que sería a principios de febrero, y Amanda sabía que en las próximas semanas no se hablaría de otra cosa. «Los mismos nombres de siempre», pensó, pero al pasar la página, abrió unos ojos como platos. No podía ser verdad.

La cara de Aarón, exactamente igual a como la recordaba, le sonreía desde las páginas del periódico dominical. En el pie de foto leyó que su tema *Lo que nunca fue* optaba al Goya a la Mejor Canción Original. La sangre se le heló, se le cortó la respiración. Había escuchado esa canción miles de veces y, sin querer ser pretenciosa, estaba segura de que Aarón la había compuesto pensando en ella. Era su historia convertida en arte.

Se lo veía feliz. Se alegraba tanto por él... De pronto, su imperfecto mundo volvió a acabar en ruinas al reparar en un dato importante: si Aarón acudía a la gala de entrega de los premios, significaba que visitaría Madrid. Volverían a compartir ciudad. Volverían a...

Movió la cabeza de un lado a otro intentando apartar esa idea. No, no podía irrumpir en su vida otra vez. Seguramente, él iría con Claudia. Seguramente, su mundo estaba tranquilo de nuevo, como antes de que el metro de Berlín los reuniera, y otro encuentro no les haría ningún bien a ninguno de los dos.

Acarició la foto con las yemas de los dedos y una sonrisa triste invadió su rostro. Lo echaba tanto de menos...

Berlín, 2018

La felicidad absoluta debía ser algo parecido a esto. Aarón acababa de colgar el teléfono y las piernas aún le temblaban. Brad, su mejor amigo y representante, lo había llamado, eufórico, y Aarón, entre gritos y palabras indescifrables, había logrado entender que estaba nominado al premio a la mejor canción original de los próximos Goya, en España. La película española que llevaba el mismo título que su canción había sido un verdadero éxito de taquilla y ya le había generado una buena cantidad de euros en concepto de derechos de autor por la banda sonora, pero esta nominación significaba la recompensa definitiva a diez años de esfuerzo y dedicación, en los que había tenido que renunciar a muchas cosas por la música. Todos tenemos un gran sueño al que no nos atrevemos ni a llamarlo así por lo inimaginable que nos parece conseguirlo, y, sin duda, el de Aarón era un reconocimiento como este.

No pudo contener la alegría y fue a despertar a Claudia. Era domingo y, aunque el sol ya comenzaba a colarse por la ventana de su apartamento de Windscheidstrasse, su dulce mujer dormía plácidamente sin importarle que el reloj indicara que pasaban varios minutos de las nueve de la mañana. Él se había levantado bastante antes para comenzar a trabajar en la reforma de la que hasta ahora era la habitación de invitados. Le quedaban todavía muebles por armar, paredes por pintar y unas cuantas tareas más para acondicionarla a su nuevo uso, pero no había querido despertar a Claudia. Desde que había entrado en el segundo trimestre del embarazo se pasaba el día durmiéndose por las esquinas. Seguía empleada en la misma empresa, aunque hacía bastante tiempo que había logrado bajar el ritmo de trabajo. Había conseguido salir a la hora de la oficina, no regalar más horas extras y no llegar a casa a las tantas día sí, día también. Aarón agradecía poder disfrutar más de ella. Llevaba una buena temporada sin que el recuerdo de Amanda le doliera y se había resignado a vivir lejos de ella, decidido no obstante a disfrutar de todo lo bonito que la vida le estaba regalando. Sí, aquellos maravillosos días junto al que algunos dirían que fue el amor de su vida había sido una de las cosas más bellas que le habían pasado, pero por fin había logrado encontrar el equilibrio entre echarla de menos y gozar de cuanto tenía, que no era poco.

Antes de publicar en las redes sociales la gran noticia entró en la habitación de matrimonio para contársela a Claudia. Quien nos ha acompañado en nuestros fracasos merece ser parte de nuestros éxitos. Volvió a meterse en la cama, se arropó con las acogedoras sábanas, que aún conservaban el calor de haber pasado toda una noche entre ellas, y, con unas caricias, despertó a su esposa. Esta le respondió con un sonido gutural, que bien podría haber sido enviado por su futuro bebé, y entreabrió los ojos mientras le devolvía la sonrisa.

—¿Qué hora es?

—La hora de ganar un Goya.

—¿Qué?

—Me han nominado al premio a la mejor canción original en los Goya españoles.

—Pero... ¡¿qué?! —Ahora sí se había despertado—. ¡Es increíble!

—Me acaba de llamar Brad para contármelo. Me esperan unas semanas de locos. Hoy se publican las nominaciones en la prensa española y ya me ha avisado de que tengo la agenda a tope. Me llamarán de mil medios, tendré que dar un montón de entrevistas y las ganancias por las reproducciones de la canción se van a disparar. ¡Nos ha tocado la lotería! —Vio en la cara de su mujer una mezcla de ilusión, felicidad y un poco de preocupación—. Tranquila, Brad sabe que tu embarazo es de alto riesgo y que no te puedo dejar sola ahora. Va a organizar las entrevistas para que las hagamos en Berlín, luego las agencias de comunicación enviarán el material a España. Solo tendré que viajar para la ceremonia de entrega.

—¿Cuándo es?

—A principios de febrero.

—Oh, no...

—¿Qué ocurre?

—Para entonces estaré de ocho meses, no podré volar.

—No había caído en eso... —A Aarón lo contrarió de verdad no poder compartir una de las noches más importantes de su vida con Claudia—. Supongo que Brad me acompañará. No te preocupes, si gano el premio, te lo dedicaré. A ti y a nuestra pequeña.

Le dio un beso en la frente, de esos que van cargados de cariño, y le acarició la tripa para compartir también con el bebé el momento tan importante que estaba viviendo.

Cuando Claudia se levantó para ir al baño y Aarón se quedó a solas con sus emociones, el fantasma de Amanda irrumpió en su memoria. Madrid. Después de diez años sin pisar su ciudad natal, iba a regresar adonde empezó todo. Y por circunstancias de la vida, lo iba a hacer sin Claudia.

Amanda no lo había buscado en los dos años que habían transcurrido desde que Alemania los volvió a juntar. Suponía que para ella su historia se había quedado en un bonito recuerdo. Quizá había encontrado a quien lo sustituyera en su corazón, quizá otro hombre la había removido por dentro más que él, quizá a esas alturas de la vida se había dado cuenta de que su reencuentro fue una ilusión, un bonito cuento salpicado de la magia con la que solo Berlín sabe encantarnos. Probablemente estaría casada o a punto de hacerlo, quién sabe si con una circunferencia en su vientre igual que la que portaba Claudia.

Se movió nervioso. El revuelo mediático que iba a causar su nominación al Goya llegaría a oídos de Amanda. Si ella quería, si realmente había estado recordándolo y soñando con él estos dos años, lo buscaría... No le costaría averiguar el lugar exacto donde encontrarlo, y con su condición de fotógrafa de eventos no tendría ningún problema para acceder a él. ¿Acaso el destino les daba otra oportunidad para volver a reunirse? Sin duda, así era. Solo que esta vez les permitía elegir lo que quisieran: verse o continuar como si nada.

La serendipia de nuevo se colaba en sus vidas. Y en esta ocasión, la pelota estaba en el tejado de Amanda.

A decir verdad, Aarón ni siquiera sabía si realmente quería verla otra vez. Por una parte, era lo que más anhelaba en el mundo: verse reflejado en sus ojos, saber que su sonrisa se curvaba gracias a él, sentirse capaz de todo por unas horas, compartir con ella un éxito tan grande como el que estaba a punto de saborear. Por la otra, no quería volver a caer en aquello. Volar en sus brazos aquella noche había sido su mejor error. Benditos errores que nos revuelven las entrañas y la vida y de los que estamos dispuestos a pagar las consecuencias una y otra vez. A fin de cuentas, ¿la vida no es eso? ¿Disfrutar equivocándonos? ¿Sentirnos humanamente imperfectos?

Tal vez por su condición de artista o por la extremada sensibilidad que poseía, Aarón siempre tuvo claro que el día que se encontrara en su lecho de muerte, entre las imágenes de los mejores momentos de su vida aparecerían las de las locuras de juventud (y no tan de juventud), los errores inconfesables y los sueños cumplidos que tanto sudor le costaron. Porque si de algo estaba convencido era de que los tiempos de descanso, las rutinas absurdas y banales autoimpuestas y los días grises y planos nunca aparecerían en el tráiler de su vida. Y quería que este tráiler durara mucho, que fuese un corto o, quién sabe, un largometraje con una reedición de escenas especiales. Vivir es el precio que pagamos por equivocarnos, por cometer errores.

¿Volver a ver a Amanda sería un error? Gracias al fugaz encuentro en el hotel De Rome y a la despedida en el aeropuerto de Schönefeld, Aarón había logrado alcanzar la paz interior de la que hasta entonces había carecido. Ahora ya no le cantaba a su musa con desesperación, con el dolor de una herida abierta, sino que lo hacía con la nostalgia de quien pudo y no quiso ser. Había escogido, había podido decidir. Sus letras eran más melancólicas, pero menos rabiosas, como el discurso de quien asume que permanecer en tierra a veces es mejor que naufragar, por mucho que siga acudiendo cada día a ver el atardecer desde el malecón.

Claudia salió del baño y le propuso celebrar de algún modo aquel día.

—Hagamos algo especial, no sé, algo que te recuerde a la canción, algo que quieras que quede eternamente ligado a este día, a esta banda sonora que va a suponer tanto para tu carrera.

—¿Por ejemplo?

—Imagínate que la canción es un lugar. ¡Elige! Tienes carta blanca para ir donde quieras, te lo has ganado.

Y entonces Aarón lo supo. Propuso ir a comer al Windburger y después a tomar unos cócteles en la terraza del hotel De Rome. Porque siempre se vuelve a los lugares donde has sido feliz. Quizá, después de todo, sí quería reencontrarse con Amanda en Madrid...

21

Nunca te diré que aquella noche
yo también soñé contigo.
Nunca te diré que resucitaste a mis
*   mariposas,*
que me diste alas y caí.
Nunca te diré que yo también quería,
solo si tú querías. Y si no, también.
Nunca te diré que perdimos el tren
mientras soñábamos con volar.
Nunca te diré que este valiente,
a fin de cuentas, solo es un cobarde más.

Madrid, 2019

Llegó el gran día. Los meses previos a la gran gala de entrega de los Goya ni siquiera habían pasado lentos. Las Navidades en familia, los pequeños sustos que el embarazo de Claudia les había dado, la apretada agenda a consecuencia de su nominación y las interminables horas de estudio habían conseguido que febrero llegara antes de lo previsto. Despedirse de Claudia fue más duro de lo que pensaba; hacía varios años que no salía del país sin ella, la vida del músico itinerante ya no le llamaba la atención y vivir nuevas experiencias sin ella había dejado de merecer la pena. Claudia se reía y le recordaba que podrían vivir separados durante dos días, pero algo en el interior de Aarón se mantenía alerta.

Brad y él aterrizaron en el aeropuerto de Barajas, en Madrid, a primera hora de la mañana del sábado. Alguien de la Academia del Cine fue a recibirlos y, entre risas, les preguntó si estaban preparados para el maratón que les esperaba.

Al tratarse de un artista internacional y haber despertado un gran revuelo con su canción, número uno en diferentes radios y uno de los grandes éxitos del año, los medios españoles habían saturado la agenda de Aarón para el sábado. Todos querían entrevistarlo y tomar la foto de rigor en exclusiva por si aquel emigrante regresaba a Berlín el domingo con la estatuilla bajo el brazo. Era uno de los favoritos en las encuestas, aunque él no quiso confiarse. De hecho, llevarse el premio era una posibilidad que tenía tan poco espacio en sus sueños que fue a la gala con la ilusión de vivirla intensamente, pero sin ninguna esperanza de subir al escenario. Simplemente, la fiesta sería una bonita anécdota que explicar el día de mañana, y en ningún momento contó con que la vida le pudiera regalar tal triunfo. Era demasiado para él.

A pesar de que no le gustaba dar entrevistas ni ser el centro de atención, sabía que no podía eludir la obligación de hacerlo. Quería devolver al público y a los medios el cariño que le estaban dando. En condiciones normales se habría quedado más tiempo en Madrid para atender sus compromisos profesionales, que no iban a ser pocos, sin embargo, incluso Brad comprendió que no eran las mejores fechas para alejarse de Claudia, a punto de dar a luz. Pidió disculpas a los escasos periodistas que se quedaron sin cita y, para poder atenderlos, pactó con ellos una entrevista telefónica.

El embarazo se estaba desarrollando con algún que otro contratiempo y, aunque los médicos aseguraban tenerlo todo bajo control, no descartaban la posibilidad de que el bebé llegara antes de tiempo. Ni un Goya ni un Óscar ni siquiera un Grammy, valían lo suficiente para que Aarón se perdiera el nacimiento de su primer hijo. Llega un punto en la vida en el que las prioridades cambian. El chófer los condujo hasta el Madrid Marriott Auditorium Hotel, ubicado junto al aeropuerto. El trayecto duró menos de diez minutos. Tras descargar la pequeña maleta de mano que llevaban consigo, Brad y Aarón tomaron las llaves que ya les había dado el representante de la Academia y se dirigieron a su habitación para dejar sus pertenencias y comenzar el trabajo.

La comodidad de alojarse en el mismo hotel donde tendría lugar la celebración nocturna los ayudaría a cumplir la programación establecida. Aarón miró su reloj: las diez y diez de la mañana. Le quedaban por delante siete horas de contestar a las mismas preguntas una y otra vez. Los periodistas a menudo demostraban tener muy poca imaginación, por eso le encantaba cuando alguno rompía todos los cánones introduciendo una cuestión políticamente incorrecta o, al menos, medianamente inteligente que lo pusiera contra las cuerdas. Siempre que lo hicieran con respeto, esos desafíos le divertían. Cuando esto ocurría, con menor frecuencia de lo que desearía, le gustaba guardar silencio unos segundos, escudriñar los ojos del entrevistador y tratar de devolverle la provocación. Llevaba muchos años en su profesión y había aprendido a reconocer quién plantea preguntas embarazosas con la seguridad que aporta una dilatada experiencia y quién actúa movido por las ganas de comerse el mundo, tan propias de los que están empezando.

El hotel Marriott había habilitado una suite para la prensa, dividida en diferentes boxes donde los periodistas pudieran hacer su trabajo sin molestar a los demás.

—Sonríe, estás muy tenso. —Brad le dio una palmadita en la espalda y ocupó su lugar como representante, detrás de los focos, para observar atentamente todo lo que ocurría alrededor de Aarón.

Para él también iba a ser un día largo, aun así, compartir este momento tan importante en su propia carrera con su mejor amigo era un auténtico regalo de la vida. No sabía si se alegraba más por él mismo o por Aarón. Los dos habían ganado mucho con la sola nominación. «Tenso» era un adjetivo que en aquellas circunstancias a Aarón le quedaba corto. Ese día debía ser uno de los más felices de su vida, y no cabe duda de que en cierto modo lo era. Aarón adivinaba que atesoraría en su mente cada palabra, cada olor y cada detalle de aquella jornada por insignificante que fuera. Tenía muy buena memoria y la capacidad de viajar de vuelta a cualquier instante de su vida solo cerrando los ojos. Quizá por eso era tan buen compositor: aparentaba ser una persona normal, incluso quienes no habían llegado a conocerlo bien podían decir que era un poco frío, pero por dentro le brotaba un caudaloso manantial de sentimientos provocados, la mayoría de las veces, por sus recuerdos. Esencias de una vida vivida siempre con el vello erizado, cuyas emociones Aarón sabía trasladar al papel cuando se trataba de crear una nueva canción.

No podía decir que hubiera fantaseado muchas veces con una oportunidad como la que tenía por delante. No se había atrevido, un Goya era algo que le parecía tan fuera de su alcance que ni siquiera formaba parte de sus metas. Porque, por encima de todo, a Aarón le gustaba decir que tenía metas, no sueños. Solo así percibía que existía la posibilidad de llevarlos a cabo.

Las palabras de su amigo y mánager consiguieron aliviar un poco su tensión. No se trataba de nervios, pues controlaba bastante bien las entrevistas. Ni siquiera de incomodidad por no saber a qué preguntas se enfrentaría; nunca las pedía anticipadamente, aunque algunos personajes públicos lo hicieran, a él le parecía un insulto al trabajo del periodista.

Lo que realmente lo desasosegaba era regresar a Madrid después de tanto tiempo. Saber que al girar la cabeza en cualquier momento podía encontrarse con aquellos ojos color café que consiguieron llevarlo al cielo y al infierno a la vez le generaba una inquietud difícil de dominar.

El día transcurrió con absoluta normalidad: de nuevo los periodistas demostraron estar todos cortados por el mismo patrón. Qué has estado haciendo estos años, por qué te fuiste a Alemania, qué te dio Berlín profesionalmente que no te dio Madrid, cómo te va en el plano personal, te has planteado regresar a España... Las preguntas se fueron repitiendo hasta que apareció la última periodista.

Una chica joven, en cuya tarjeta de identificación se leía el nombre de Ainhoa, de veintipocos años, con una actitud algo prepotente a pesar de la poca experiencia que por su edad cabía suponerle. Era la última cita de su agenda y Aarón estaba cansado, apenas había podido parar diez minutos para degustar un par de los pinchos que el catering del hotel les había servido en la suite. Deseaba terminar con aquellos interrogatorios insustanciales y regresar a su habitación para ducharse, llamar a Claudia y respirar frente al espejo antes del gran momento.

Tras empezar con las preguntas de rigor, la joven periodista lanzó un misil directo al corazón de Aarón:

—¿Hablarás alguna vez de esa historia que nunca fue? —Sus vivarachos ojos lo miraron deseosos de encontrar el titular que convertiría su artículo en viral.

—¿Perdona?

—La canción se titula *Lo que nunca fue*. Cuéntanos, Aarón, ¿quién es tu musa? ¿Cuándo sucedió?

—La vida, mi musa siempre es la vida en todo su esplendor. A veces salgo a la terraza a componer, observo a cualquier desconocido que en ese momento atraviesa la calle para dirigirse quién sabe dónde, o a esa pareja de amigos que toma una cerveza en un bar, o incluso al conductor que mueve nervioso las manos parado en el semáforo de la esquina, mientras habla por teléfono con alguien a través del manos libres del vehículo. Me encanta imaginar sus vidas, preguntarme hacia dónde se dirigen y, lo más importante, si realmente es ahí donde les gustaría estar o si su mente fantasea con otro lugar.

—Eso está muy bien para temas como *Cuando el olvido vino a verte*, *No basta una vida*, *La chica de los ojos tristes* o *Cosas que nunca te dije*, pero si me permites hacer una apreciación personal, soy seguidora de tu carrera desde que tengo uso de razón y creo sinceramente que *Lo que nunca fue* es un tema escrito con el corazón. Y para ser más concretos, con el corazón roto.

—Agradezco tu valoración, significa que he hecho un buen trabajo, pero no es así.

—La escribiste hace un par de años. ¿Qué ocurrió en tu vida entonces?

Tanta insistencia comenzaba a importunarlo. Trató de mantener el tipo, de no tragar saliva ni bajar la mirada para no exteriorizar ninguna flaqueza que pudiera confirmar las sospechas de la chica, que ya no le caía tan bien como antes. Le gustaban las preguntas comprometidas, no obstante, era muy celoso de su intimidad, y que alguien tratara de revolver en sus entrañas, en su vida personal, no era plato de su gusto. Siempre se había mantenido alejado de este tipo de prensa: quería vender su música, no su vida. Seguramente aquella periodista sería de algún medio relacionado con la prensa del corazón. Nota mental: matar a Brad por citarlo con ella.

—Por suerte o por desgracia, absolutamente nada. La vida del artista, al menos la mía, es mucho más dura de lo que puede parecer de puertas afuera. Cuando no estoy trabajando, estoy en casa con mi mujer, que es maravillosa. Llevo una vida más plana de lo que imagina la gente. Siento no poder darte el titular jugoso que te gustaría —remató con una sonrisa, encantadora pero forzada.

Antes de que la chica pudiera replicar, Brad interrumpió la entrevista para salvar a su amigo, que se lo agradeció en silencio con una respiración profunda. Pidió disculpas y, con la excusa de que se había hecho tarde, dio por finalizado el día de encuentros con la prensa. Las siguientes entrevistas serían detrás del escenario, con un poco de suerte, con el Goya entre las manos.

—Gracias, tío, te debo una.

—Tenía que hacerlo. Te ha faltado poco para darle al botón del pánico y salir corriendo.

—Exagerado. —Aarón trató de sonreír, pero su sonrisa a medio gas dejó a Brad confuso.

Recorrieron el pasillo hasta llegar al ascensor que los devolvería a su habitación. Se les echaba encima la hora de salir y tenían que darse prisa si querían llegar a tiempo a la alfombra roja. A pesar del revuelo que se vivía ese día en el hotel, un establecimiento habitualmente tranquilo, lugar de acogida para viajeros procedentes del aeropuerto o empresas que utilizaban sus salones para pequeñas reuniones, tuvieron la suerte de encontrar el ascensor vacío. Aarón aprovechó para desabrocharse los botones superiores de la camisa. Hacía rato que tenía una sensación de ahogo en la garganta. Aquel gesto no le pasó inadvertido a Brad; conocía bien a Aarón y sabía que algo le ocurría a su amigo.

—¿Todo bien?

—Sí, claro, ¿por qué no iba a estarlo?

—Aarón, yo... —Aquella conversación le resultaba bastante violenta a pesar de la confianza ganada con los años—. Bueno, me he quedado un poco sorprendido con tu reacción en la última entrevista. Me ha dado la sensación de que la pregunta te afectaba de forma exagerada, como si...

—Estaba agotado después de todo el día sin parar de hablar. Además, no me gusta que se intenten meter en mi vida. Es muy difícil mantener separado lo personal de lo profesional.

—Lo entiendo, pero ya sabes cómo es este mundo. La gente solo te conoce por tus letras, y a través de ellas intentan llegar hasta ti. Tómatelo como un halago.

—Supongo... —Suspiró resignado mientras entraba en la habitación. Bajó un par de grados la calefacción y se deshizo de los zapatos en cuanto cruzó el umbral, antes de cerrar la puerta. Brad seguía mirándolo preocupado desde fuera—. Te veo ahora, ¿vale? ¿Nos llamamos cuando estemos listos?

—Claro. No tardes, vamos mal de tiempo.

A Brad no lo había convencido la respuesta de Aarón, pero decidió que era mejor dejar que enfriara su mente bajo el chorro de agua de la ducha. Distinguía perfectamente cuándo hablaba su corazón y cuándo una respuesta sincera rebotaba contra la coraza que absurdamente a veces levantaba también frente a él. Jamás lo juzgaría: todos necesitamos guardarnos algo para nosotros, por poco que sea, para sentirnos menos vulnerables frente al mundo. Aun así, no pudo evitar sentir curiosidad por lo que su amigo escondía. Sin embargo, fuese lo que fuese, no le incumbía a él.

En la habitación de Aarón sonó el teléfono mientras él apuraba los últimos minutos de calma en la ducha. Era Claudia, que quería desearle suerte y decirle que sus amigos ya habían llegado a casa para ver con ella la retransmisión de la entrega de premios en el canal internacional de la televisión española, con un buen cargamento de salchichas Bratwurst y cerveza Pilsen. Aarón oyó la llamada, pero abstrajo su mente para disfrutar de aquel rato a solas. Con el ajetreo de los preparativos y el propio viaje casi no había tenido tiempo de pensar y ahora, en ese momento de paz, los recuerdos asaltaron su memoria y su corazón. ¿La vería aquella noche? Su pulso se aceleró. ¿Podrían intercambiar algo más que miradas en la lejanía? Suspiró. ¿Y si Madrid se transformaba en un nuevo guardián de sus secretos? Quizá era por la niebla que envolvía la ciudad aquella fría noche de febrero, pero Aarón empezaba a sentirse confundido. Confundido y nervioso, impaciente... Deseoso. Sabía que si Amanda aparecía en escena, que si la veía tras los flashes de la alfombra roja, su luz podía volver a cegarlo de nuevo.

Limpió el vapor que se había formado en la mampara

y miró a través de ella. El reloj que había dejado sobre el mueble del baño lo devolvió a la realidad. Había llegado la hora. Salió de la ducha, tomó el albornoz blanco con el logotipo del hotel y se pasó una toalla por el pelo mojado mientras observaba en el espejo su rostro cansado e ilusionado a partes iguales.

«A por todas, Aarón.» Suspiró. Su carrera profesional al completo se resumía en este momento. No por el galardón, ni siquiera por el reconocimiento público ni el dinero que seguiría ganando gracias a él, sino porque sería la prueba definitiva para saber que su esfuerzo había valido la pena. Sería una palmadita en la espalda para aquel chico de veintidós años que renunció a todo solo por ser fiel a sí mismo.

Terminó de vestirse y, contemplando por la ventana la bonita noche, en la que la luna forcejeaba con la niebla en una silenciosa pelea de amantes nocturnos, lo asaltó el sentimiento de culpa. Ahora que volvía a notarla cerca, aquella sensación había regresado. Malditas mariposas, ¿cuándo aprenderemos a silenciarlas?

Apoyado en el pequeño saliente de la ventana, le envió un mensaje a Claudia como respuesta a la llamada que no pudo contestar y que ya no tenía tiempo de devolver: «Comienza el espectáculo, ojalá estuvieras aquí. Gracias por ser lo que sí pudo ser. Te amo». Silenció el teléfono, se lo metió en el bolsillo interior de su elegante traje y salió al pasillo, donde un impaciente Brad le esperaba eufórico.

—¡Vamos, artista! No querrás llegar tarde a la alfombra roja. He hablado con Claudia, ¿la has llamado?

—Me he entretenido en la ducha y se me ha ido el santo al cielo. Pero le he mandado un mensaje. ¿Qué te ha dicho?

—Nada, solo quería hablar contigo, pensaba que estábamos juntos. Me ha dicho que te diga que te quiere, que siente mucho perderse esto y que ya están todos allí con la tele puesta. —Le rodeó los hombros con el brazo y, con un entusiasmo desmedido, trató de aflojar la tensión que comenzaba a apoderarse de su cara—. ¡Vamos, Aaroncito! ¡Hoy nos coronamos!

Esperando su turno para posar en la alfombra roja, Aarón comenzó a preguntarse si el mundo no se había vuelto un poco loco. Y absurdo. Aquellos personajes tan conocidos que posaban con una sonrisa, un peinado y un maquillaje impecables, vestidos con trajes de miles de euros, eran un referente para mucha gente, que los idolatraba sin ni siquiera conocerlos. Conocían su trabajo, no su persona. La vida perfecta que mostraban en las redes sociales, no las miserias que salían a relucir cuando la puerta del hotel se cerraba.

En cierto modo, le disgustaba participar en esto. Dentro de unos segundos saldría a la pasarela y sonreiría con su pose estudiada sin que nadie, absolutamente nadie, supiera que cuando mirara a un lado y a otro no lo hacía para ofrecer a todos los fotógrafos una buena postura para sus instantáneas. No había nadie en el mundo a quien le pudiera contar su historia real, sin filtros. Y al constatarlo lo embargó una tremenda soledad. Tragó saliva y se prometió que si cuando fuera un adorable viejecito que veía la muerte cerca aún sentía algo por ella, le contaría su historia a sus nietos para dejarles como legado su mejor y mayor secreto. Imaginarse la escena le hizo reírse por dentro de lo absurda que sería y logró relajarse un poco, justo cuando el encargado del evento le hizo un gesto para indicarle que era su turno.

Tal y como había planeado, salió, sonrió y la buscó...

Pero ella no estaba.

Repitió el escaneo visual de las personas congregadas frente a él tras sus cámaras, sin éxito. No había acudido. A pesar de su creciente desilusión, mantuvo la serenidad hasta que terminó la ronda de fotografías y continuó caminando con paso firme y la espalda erguida hacia el patio de butacas, donde Brad, que había tomado un camino alternativo, lo esperaba. No pudo evitar preguntarle a uno de los organizadores por ella, de forma indirecta:

—Perdone, además de la prensa del *photocall*, ¿hay más fotógrafos cubriendo el evento?

—Sí, cómo no, hay otros aquí dentro, que gozarán de una posición privilegiada cuando comience la gala para poder hacer un buen reportaje. Y creo que alguno ha pedido exclusivamente cubrir la parte del *backstage* con los ganadores... Todo el que quiera venir, puede hacerlo. —Se calló un momento, como si estuviera rebuscando en su memoria datos adicionales—. Sí, así es, algún que otro medio ha pedido cubrir solamente esa parte. ¿Necesita ayuda? ¿Hay algún problema?

—No, para nada, era solo una curiosidad. Muchas gracias, ha sido muy amable. —Volviéndose hacia Brad, que lo miraba con cara de estupor, trató de relajarse—. En fin, que comience el espectáculo...

—Definitivamente hoy estás muy raro. —Brad no pudo más que reírse al notar a su amigo tan diferente. Serían los nervios—. ¿Preparado?

—No, pero... ya que hemos venido a jugar, jugaremos.

Después de media hora interminable de espera, la iluminación del auditorio cambió radicalmente. El desfile de caras conocidas había finalizado y todas las butacas estaban ocupadas. Las luces y la música comenzaron su función y el presentador salió al escenario entre vítores y aplausos. Las actuaciones musicales y los discursos con demasiada carga política se sucederían ante una sala plagada de estrellas internacionales y algún que otro novato en la cita anual más importante del cine español. Curiosamente, la categoría de mejor canción original había sido designada para abrir la ronda de entregas de premios. Sería la encargada de romper el hielo, cosa que ponía a Aarón más nervioso de la cuenta. Nunca tuvo miedo escénico, por suerte para él y para su carrera, pero inevitablemente aquello lo cargaba con una gran responsabilidad.

Tal y como había sospechado, las pulsaciones se le aceleraron cuando quienes debían llamar al ganador de su categoría nombraron a los nominados y apareció su rostro en la cuadrícula de la pantalla que tantísimas veces había visto desde casa. Aquello superaba todas sus expectativas. Surrealismo en estado puro.

—Pellízcame, Brad, esto no puede ser real —dijo sin apenas mover los labios y en voz tan baja que su amigo ni siquiera lo oyó.

Se suele decir que cuando estás al borde de la muerte ves toda tu vida pasar ante tus ojos. Algo similar le ocurrió a Aarón en aquel momento. Su carrera entera desfiló por su mente: las primeras notas que le arrancó a la guitarra que de pequeño le regaló su abuelo, las letras que enseguida se atrevió a escribir, las noches en vela componiendo, la desesperación cuando la señora Inspiración lo abandonaba y tenía un plazo de entrega que cumplir, los conciertos en escenarios grandes y pequeños, la emoción de cada lanzamiento, la ilusión de cada logro... Y entre tantos recuerdos apareció la noche en el hotel De Rome de Berlín gracias a la cual compuso esta canción. Y entonces sucedió:

—Y el ganador del Goya a la Mejor Canción Original es para... *¡Lo que nunca fue!*

La cuadrícula de rostros en la que se encontraba dividida la pantalla se abrió para dejar paso a una única imagen: la de un Aarón totalmente en shock. La nominación era ya mucho más de lo que esperaba lograr nunca, y, sin embargo, ahí estaba la vida, sorprendiéndolo una vez más.

El fuerte abrazo de Brad lo sacó de la conmoción (y, probablemente, también le podría haber roto un par de costillas), y Aarón, como si caminara entre nubes de algodón, avanzó por el pasillo enmoquetado de rojo para subir al escenario, más resbaladizo de lo que se podía intuir por televisión. Por un momento, tuvo la impresión de ser actor, más que músico, como si hubiera ocupado el cuerpo de otra persona, como si aquello no le estuviera pasando a él. Estaba flotando.

Tras las felicitaciones de los presentadores del premio, tomó la estatuilla con ambas manos y la miró, mientras se pasaba nervioso la lengua entre los labios, tratando de recuperar la voz en una garganta que se había quedado seca y muda.

Miró al público, que había dejado de aplaudir esperando escuchar sus palabras, y observó a los fotógrafos congregados en primera fila. Sonrió con amargura al comprobar que ella tampoco estaba allí y perdió toda esperanza de verla aquella noche en Madrid. Se sintió muy estúpido de ensombrecer un momento como aquel por una mujer que evidentemente ya no sentía lo mismo que él. No era, nunca fue. Había hecho su vida, estaba claro.

El carraspeo del presentador le hizo volver en sí y, acercándose a los micrófonos, comenzó a hablar. Aunque no creía que fuera a ganar, había preparado un emotivo discurso por si acaso, pero de pronto era incapaz de recordar ni una sola palabra. Así que, con la voz quebrada, decidió dejar hablar a su corazón:

—Gracias, muchísimas gracias a todos por este regalo que me acaba de dar la vida. Quiero dedicarles este premio, por supuesto, a mi familia y a mis amigos —miró a Brad, quien asintiendo con la cabeza le sonrió y lo invitó a seguir; desde el escenario no pudo ver las lágrimas de emoción en los ojos de su amigo—, a todos los que de una manera u otra me habéis acompañado a lo largo de mi camino. Sois parte del puzle de mi vida y sin ninguna duda estaría incompleto si faltara alguno de vosotros. Pero, si me lo permites, antes de terminar me gustaría dirigirme a ti, que te sientes perdido, que crees que estas cosas solo les pasan a los demás, que no te atreves a soñar. Hazlo. Sigue soñando, a lo grande o pequeñas cosas, da igual, pero nunca pierdas la capacidad de creer en un mundo mejor. Ese es el único secreto del éxito.

La sala rompió en aplausos mientras la figura de Aarón se perdía por la parte trasera del escenario. Más felicitaciones en el *backstage* y una nueva ronda de entrevistas y fotografías, esta vez con el ansiado galardón entre las manos.

Cuando el segundo ganador de la noche apareció en escena, por fin pudo apartarse de la mirada pública. La organización le indicó que podía pasar a una de las salas habilitadas para los ganadores si quería estar más tranquilo para llamar a su familia o relajarse un poco. Lo agradeció enormemente. Necesitaba estar solo.

Entre aquellas cuatro paredes blancas, de repente, le pareció estar vacío, inconcluso. Su mente no podía dejar de pensar en que ella no había acudido a la cita. Qué infantil fue creer que aquella noche Madrid les daría una tercera oportunidad. El recuerdo de su historia, la más bella historia del mundo, era unidireccional. Mientras en Berlín él continuaba escribiéndole canciones cada madrugada, ella había regresado a su vida y lo había desterrado para siempre al cajón de los errores.

22

¡Qué bonitas las estrellas!
Tan fugaces, tan calladas.
Ellas aún creen que tú y yo...

Madrid, 2019

Tenía los pelos de punta y las lágrimas amenazando con
navegar por sus mejillas. La salita de estar, tenuemente
iluminada por una lámpara de mesa, dejaba todo el protagonismo a un televisor en el que se proyectaba la gala
de los Premios Goya del cine español. Ni la abrigada
mantita de cuadros con la que se tapaba las piernas ni la
estufa que caldeaba la habitación pudieron evitar que un
escalofrío le recorriera el cuerpo al ver a Aarón lograr el
gran reconocimiento.

Lo había conseguido. Y ella estaba orgullosa y triste
a la vez. Su intensa mirada se le clavó en el alma y, tratando de silenciar su agitada respiración, concentró toda su
atención en el discurso.

Al oír su voz, ver su sonrisa e imaginárselo recorriendo Madrid y respirando el mismo aire que ella volvió a enamorarse de aquel chico que le robó el corazón un verano de hacía ya tantísimos años. Si es que en algún momento había dejado de estarlo.

Amanda apagó el televisor y, en una especie de ritual masoquista y autodestructivo, encendió la tableta para ver las fotos de los días que compartió con él en el norte de Alemania. Hacía mucho tiempo que no las miraba porque los recuerdos le hacían daño, pero hoy necesitaba más que nunca empaparse de él. Repasó cada instantánea, cerrando los ojos y concentrándose en ella para revivir en su mente la que, probablemente, fue la mejor noche de su vida. Cómo se arrepentía de haber salido del hotel dando un portazo después de la noche de amor que se había regalado. Y qué fácil le pareció la despedida en el aeropuerto, cuando se prometieron olvidarse y seguir como si nada.

La primera vez que escuchó *Lo que nunca fue* no pudo dejar de llorar. Era una canción preciosa. Y lo mejor de todo es que era su historia. Si con el resto de las canciones le parecía un poco narcisista pensar que hablaban de ella, con aquel tema no le cupo ninguna duda. Había perdido la cuenta de las noches que había cerrado los ojos escuchándola, de las mañanas de lluvia que había desayunado con un café y su melodía. Le parecía que su gran tesoro, la suerte de su vida, era el secreto compartido en silencio por dos almas que a pesar del tiempo y la distancia mantienen en su interior algo indestructible. «¿Por qué no pudimos ser, Aarón?»

Se detuvo en su foto preferida, una instantánea distraída de un momento feliz bajo las estrellas de Berlín. No había vuelto a la ciudad. No podía hacerlo. Había rechazado las ofertas que le hicieron para cubrir de nuevo el IFA; no quería arriesgarse a encontrarse de nuevo con él. ¿Y si esta vez la miraba con indiferencia?

En ocasiones es mejor convertirse en un bonito recuerdo que en un error que se repite con demasiada frecuencia. No quería ser una piedra en el camino de Aarón. Le constaba que era muy feliz, y ella... Bueno, ella al menos respiraba.

Debía sentirse afortunada. Tenía un trabajo que la llenaba y le daba una buena estabilidad económica, además de unos amigos con los que nunca le faltaba una grata compañía, pero su corazón era incapaz de amar a nadie que no fuera él.

Había pasado bastante tiempo desde que dejó a Marcos y, aunque intentó volver a ilusionarse, sus difuntas mariposas siempre le recordaban que aquellos labios, aquellos ojos y aquellas manos no eran los de ninguno de los que pudieran llegar. Cuando atisbaba una mínima posibilidad de entusiasmarse con alguien, el recuerdo del fantasma de Aarón reaparecía, implacable.

La noche de los Goya la reconcomía por dentro la idea de no estar haciendo lo correcto. Uno de sus clientes le había pedido que cubriera el evento en el *backstage*; de entrada, ella aceptó, alborotada como una colegiala al imaginar el instante de encontrarse allí frente a frente con él. Desde que se despidieron en el aeropuerto no había pasado un solo día en que no se hubiera despertado con su recuerdo, algo que, lejos de entristecerla, le daba fuerzas para continuar.

Quién sabía si la vida les tenía guardadas más sorpresas, quién sabía si al final de sus días no sería su mano la que sostendría la mano anciana de Aarón. Todos tenemos una luz que ilumina nuestro camino. Y la suya, sin duda, era la esperanza de volver a verlo, de poder ser.

Algún día. Pensar en su sonrisa y en el breve tiempo de su vida que compartieron era suficiente para echarle coraje a la vida. El amor, su amor, siempre fue su más poderoso motor. Y eso que nunca fueron... Se sorprendía de las muchas cosas que quería ser gracias a él.

Miró el reloj. No vivía lejos del lugar donde se celebraba la gala. Aún podía llegar a tiempo para verlo. ¿La estaría esperando? ¿Habría llegado a España pensando en la remota posibilidad de volver a encontrarse con ella en las calles de Madrid? En la que probablemente estaría siendo la noche más feliz de su vida, ¿le habría gustado verla tras la cámara?

Las preciosas letras que le escribía deberían haber sido suficientes para que Amanda obtuviera una respuesta, sin embargo, ella no podía evitar cuestionarse si Aarón querría volver a jugársela por ella.

Desde que vio su cara en los periódicos el día que se publicó la lista de los nominados no había dejado de buscar información sobre él. Había leído todas las entrevistas que le habían hecho y, a esas alturas, estaba más que informada sobre su vida. Aarón iba a ser padre dentro de poco, y probablemente esa era la razón por la que había decidido dejar las cosas como estaban y no presentarse en el hotel Marriott Auditorium. Él no la había buscado en todo este tiempo, quién sabe si pensando exactamente lo mismo que ella.

Volvió a mirar el reloj. Aún estaba a tiempo, aún podía arriesgarse, decirle que no había pasado un solo día sin echarlo de menos. Podía reescribir la historia. Su historia. ¿Y si este era su verdadero momento?

Apagó la tableta, se levantó del sofá y se dirigió al dormitorio de su amplio apartamento para uno. Tomó una decisión. Se puso el pijama y se metió en la cama, buscándolo una noche más en los brazos de Morfeo y pensando en si ésta era la última oportunidad que la vida les quería dar.

A apenas cinco kilómetros de allí, Aarón entraba de nuevo en su habitación con el busto de Francisco de Goya y Lucientes entre sus manos. Había abandonado la fiesta de después de la gala muy pronto, disculpándose con los compañeros de profesión y alegando que le dolía la cabeza y que a la mañana siguiente tenía que coger temprano el avión. Era cierto que no se encontraba bien, pero era su corazón el que reclamaba algo de atención. Brad, que tenía más ganas de juerga que él, se quedó.

Se sentía afortunado y solo, tremendamente solo, curiosa contradicción. Sabía que a tres mil kilómetros de allí, Claudia lo esperaba orgullosa, en cambio, solo podía pensar en por qué Amanda no había acudido. Mientras se deshacía por fin de los Clarks que se había comprado especialmente para la ocasión, revisó las notificaciones de su móvil, pero no encontró ni rastro de ella. Con cada mensaje de felicitación de un número desconocido, le daba un vuelco el corazón, hasta que comprobaba que no eran los dedos de Amanda los que se escondían tras la nota.

Y entonces, quién sabe si por la soledad que nos inspiran los hoteles cuando regresamos a ellos sin compañía o por la fiebre del éxito para la que nuestra alma no siempre está preparada, hizo aquello que se había prometido no hacer.

La buscó. Un par de búsquedas en las redes sociales le bastaron para encontrarse de nuevo con aquella chica que le hacía sentirse tan pequeño, aunque el resto del mundo lo viera como alguien muy grande, alguien que lo había conseguido todo. Sus ojos, su sonrisa. Estaba radiante y guapa, tal y como la recordaba. Maldijo a aquel niño de veintidós años que no se dio cuenta de qué era lo realmente importante. Volvió a mirar los ojos desafiantes de la escultura de Goya y se preguntó de qué le servía el premio si ella no estaba esa noche a su lado. Le entró una gran tentación de contactar con ella, de enviarle un mensaje privado y decirle que no podía existir mayor premio en el mundo que saber que alguna vez su piel y su corazón llevaron su nombre.

Sin embargo, él tampoco dio el paso. Por cobardía, por miedo, por Claudia. Por algún motivo, a veces decidimos hacer justamente lo contrario de lo que, en realidad, desearíamos hacer. Apagó el móvil y como tantas noches sacó su vieja libreta y comenzó a escribir la letra de otra canción de desamor, sin saber que a cinco kilómetros de allí Amanda volvía a desvelarse por él. Una noche más.

A la mañana siguiente, sin apenas haber pegado ojo, Aarón recorrió despacio el *finger* que lo conducía a su avión. Era el momento de regresar a la vida que había elegido.

23

Hay lugares que siempre llevarán
nombre de persona.
Aunque no queramos.
Aunque no podamos.

Berlín, 2021

La vida en ocasiones no avisa de los cambios. Ni de las vueltas que da. Ni de las sorpresas, unas amargas y otras preciosas, que nos esconde tras el próximo amanecer. A veces, cuando ya lo tenemos todo hecho, o eso creemos, cuando pensamos que podemos bajar la guardia, que hemos alcanzado nuestros objetivos (que suelen ser aquello tan original de casa-coche-bebé), nos da un tirón de orejas, nos saca de nuevo a bailar bajo la lluvia sin darnos tiempo a coger el paraguas. No lo necesitamos.

Si quieres hacer planes, adelante, hazlos. Puede que sean los mismos que la vida tiene preparados para ti. O puede que no, que estés navegando en dirección contraria sin darte cuenta y que enderezar el camino hacia tu verdadero destino te cueste demasiados golpes de remo. No te preocupes, de todos modos, porque al final siempre se llega. Siempre.

Aarón y Claudia tenían la vida encarrilada. Se habían mudado a una casa más grande, había comprado un monovolumen espacioso y había llenado de alegría sus días la llegada de la pequeña Marta, un precioso bebé que dormía más de lo esperado, por lo que sus padres daban gracias a diario. Los dos tenían muy mal despertar. Gozaban de estabilidad profesional y disponían de un colchón de ahorros que les permitiría no tener que preocuparse por el dinero en varios años incluso si las cosas se torcían en exceso. Contaban con sus bares de confianza, sus cafeterías preferidas e incluso una panadería donde comprar el pan cada domingo. Eran personas de costumbres. Por ahora, con ayuda de los abuelos, habían evitado que su hija pasase por la guardería, a pesar de que los dos seguían trabajando de forma activa, aunque a un ritmo un poco más relajado que antes de tener descendencia. El colegio ya lo habían buscado. Incluso conocían a un par de los profesores, amigos de unos amigos, que les inspiraban bastante confianza.

Aarón había logrado mantener a sus fantasmas tranquilos, en un lugar privilegiado de su memoria, sí, pero sin puertas al exterior. El recuerdo de Amanda se había hecho un ovillo en su interior y solo despertaba cuando llegaba la hora de soñar. Entonces, su vida le pertenecía. Por el contrario, cuando estaba totalmente lúcido, Aarón era un hombre ejemplar, un buen marido y un padre maravilloso. No había vuelto a caer en la tentación de buscarla y había tratado de convencerse de que así lo había decidido y así lo haría hasta el final de sus días. Lo consiguió.

Aquel día todo sucedió como era habitual. La misma rutina de cada martes. Claudia y Aarón se despertaban a las siete menos cinco de la mañana para pasar cinco minutos observando a su pequeña dormir plácidamente, un lujo que sabían que no duraría toda la vida. A las siete, el segundo despertador les indicaba la hora de desperezar a su retoño. Aarón la despertaba mientras Claudia comenzaba a preparar el café. Después, con la niña ya en pie, entretenida en la alfombra del salón con cualquier juguete, hacían un baile de tareas y él se encargaba de preparar el resto del desayuno para que ella pudiera asearse, lo más rápido posible. Las siete y cuarto en el reloj. Se sentaban a desayunar los tres y aprovechaban para contarse qué les tocaba hacer durante la jornada, bajo la atenta mirada de Marta, que todavía no hacía construcciones verbales complejas. A las siete y media empezaba el turno de Aarón en el baño, y Claudia se quedaba recogiendo la cocina y vistiendo a la niña. Finalmente, con puntualidad, a las ocho menos cuarto sonaba el timbre. Eran los abuelos, que venían a pasar el día cuidando y disfrutando de Marta.

A las ocho cerraban la puerta y salían en diferentes direcciones. Aarón, al estudio; Claudia, al edificio de oficinas que acogía a su empresa farmacéutica; los abuelos, de vuelta a casa con parada en el parque.

Llega un momento en la vida de cualquier mortal en que todos los días parecen iguales. Hasta que una mañana la rutina se rompe y todo vuelve a cambiar.

Claudia estaba tomando un café en el descanso de las once de la mañana cuando una de sus compañeras se acercó a ella con semblante serio. Se tocaba repetidamente el botón superior de su blusa color mostaza y le habló en una voz más baja de lo habitual. Claudia la conocía muy bien y sabía que algo no iba bien.

—Claudia, el señor Ackermann quiere verte.

—De acuerdo, ahora voy. En cuanto me termine el café. ¿Te ocurre algo, Margaret?

—Creo que no tiene buenas noticias. Ven a mi mesa cuando termines de hablar con él, ¿vale? —Margaret dio media vuelta y volvió a meterse entre tubos de ensayo y microscopios sin que Claudia, que se quedó con la palabra en la boca, tuviera opción a sacarle más información.

Claudia no pudo terminarse el café. No tuvo la sangre fría de agotar su tiempo de descanso como si nada, cuando el corazón ya comenzaba a latirle por encima de sus pulsaciones normales. Solía ser una persona tranquila, pero aquello que no podía controlar la ponía especialmente nerviosa. Tuvo un mal presentimiento, la sensación de que estaba a punto de recibir una noticia inesperada.

Dejó el café a medias sobre su mesa, consciente de que se le iba a enfriar y terminaría tirándolo, y se dirigió con paso rápido al despacho del señor Ackermann, su jefe directo, un hombre originario de Frankfurt que había llegado a aquella división cuando todavía tenía pelo en la cabeza. El señor Ackermann ya la esperaba. Nunca habían llegado a ser amigos por la diferencia de edad entre los dos, pero mantenían una relación cordial.

—¿Puedo pasar?

—Adelante, por favor.

—¿Me buscabas?

—Sí, sí... Disculpa el lío de papeles... —Alargaba las sílabas como si necesitara tener algo de qué hablar mientras daba con aquello que estaba buscando—. Llevo un día de locos y necesito, bueno, ya sabes, ordenar un poco... ¡Ajá! ¡Aquí está!

Miró el sobre blanco por encima de sus lentes con más dioptrías de las que nunca confesaría. Jamás tuvo una vista de lince, y los años se la estaban castigando sin piedad. Repasó letra a letra el nombre que tenía escrito para asegurarse de que era el que le correspondía a su-bordinada.

Claudia se iba alterando cada vez más. Hubiese deseado arrancárselo con sus propias manos y mirar de una vez qué contenía. Aunque no le hacía falta mucha imaginación para hacerse una idea. Su finiquito, probablemente. Una carta de despido con alguna trillada excusa, como «por motivos de producción» o «por reajuste en la estructura de la organización». Un cheque por una cantidad pactada por convenio que no le compensaría perder el trabajo por el que tanto había peleado y que tantas horas le había costado. No sabía qué tenía que hacer a continuación. ¿Firmar y acatar todo lo que le dijeran? ¿O tal vez debía permanecer en silencio hasta hablar con un abogado sindicalista?

—Aquí tienes, Claudia. El traslado que solicitaste ha sido concedido.

—¿Perdón? —No salía de su asombro. Tenía que ser un error.

—Tu traslado. A Madrid. ¿Tu marido no es madrileño?

—Sí, pero...

—Y tú pediste el traslado a la central de Madrid hace unos años, ¿verdad?

—Sí, pero...

—¡Vamos, chica! ¡Despierta! —El señor Ackermann era una persona muy noble, pero no tenía los nervios de acero precisamente—. Coge el sobre y léelo tú misma. Ay, Dios mío, qué paciencia he de tener a veces.

Claudia acertó a extender la mano para recibir el sobre que la había cogido totalmente por sorpresa.

En respuesta a su solicitud de un cambio permanente de ubicación geográfica, el Departamento de Recursos Humanos tiene el placer de comunicarle que su petición ha sido aceptada. Por la presente, tiene usted derecho a mantener las mismas condiciones salariales y desempeño profesional en su nuevo lugar de destino.

Podrá incorporarse a nuestra central ubicada en MADRID en un plazo de treinta días desde la recepción de esta comunicación escrita, la cual es vinculante y definitiva.

Tuvo que leerlo tres veces. Cuando terminó, el señor Ackermann había salido del despacho para dar nuevas órdenes sobre alguno de los compuestos que estaban manipulando en el Departamento de Toxicología. Cuando regresó parecía algo más tranquilo.

—¿Todavía estás ahí plantada?

—Verá... Yo... No lo entiendo. Pedí este traslado hace años, recién casada.

—Ajá. Querías ir a Madrid, ¿verdad?

—Sí, quería.

—¡Pues ya está! ¡Ya lo tienes!

—Pero verá, señor Ackermann —Claudia tomó asiento para sincerarse con su jefe y este resopló, pues parecía que escucharla iba a llevarle un buen rato—, quería, usted lo ha dicho bien. Ahora ya no quiero. En aquel momento estábamos recién casados, nos encantaba España y Aarón anhelaba volver. Ahora tenemos nuestra familia aquí, acabamos de instalarnos en una casa nueva y deseamos que nuestra pequeña crezca en Alemania.

—Entiendo. ¿En algún momento anulaste la solicitud?

—No... —Claudia comenzaba a caer en su error.

—Pues eso es lo que ha ocurrido. Si habías cambiado de planes, tenías que haber enviado una nueva solicitud que anulara la anterior. Cuando se da curso a una solicitud de movimiento geográfico no se desestima en ningún momento. Simplemente se espera que exista una idoneidad entre candidato y destino. Suele tardar, a veces no se da nunca, pero se puede decir que tú has tenido suerte.

—Vaya...

—Y al no expresar por escrito tu deseo de permanecer en la sede, en Berlín, el procedimiento ha seguido su curso habitual.

—Entiendo, pero ¿no puedo enviar una especie de renuncia?

—Me temo que no. Cuando se otorga un destino, también se libera el puesto de origen. Así que tu puesto ya lo ha ocupado otra persona, que llegará cuando tú te vayas.

—Es decir, o me voy a Madrid o me quedo sin trabajo.

—Así es. Dale la enhorabuena a tu marido de mi parte. Aarón se llama, ¿no? Estoy seguro de que le alegrará la noticia. Volver a casa siempre es un placer.

Claudia salió del despacho sin ser consciente de dónde se encontraba. Sus piernas siguieron caminando casi por inercia y la llevaron a su mesa de trabajo. El café frío que había dejado hacía unos minutos sobre la mesa la miraba, burlón.

Poco a poco su mente recobró la lucidez y recordó el

momento en el que pidió el cambio de destino. Recién casados, más jóvenes, más locos, con menos apego a eso que los adultos llaman «estabilidad». Habían estado unos días en España y Claudia había vuelto totalmente enamorada del país. Fue ella quien convenció a Aarón de que era una buena idea vivir una temporada allí, cambiar de aires, arriesgarse ahora que todavía no tenían una carga de responsabilidad mayor. Aarón se dejó llevar por su entusiasmo, como siempre. Accedió cuando ella dijo: «Es muy difícil conseguir el traslado, no se lo dan a casi nadie, podemos pedirlo por probar». Por probar. Rellenó un par de papeles y a las pocas semanas se olvidó de ello. Ni siquiera sabía que había que enviar una nueva petición anulando la susodicha solicitud en caso de querer parar el proceso. Y ahora ya estaba metida hasta el cuello.

Ignoraba por qué la asustaba tanto la idea. Quizá porque somos animales de costumbres. Tal vez porque la noticia había llegado como un rayo, partiendo en dos su ansiada estabilidad. O porque había un fantasma acechando en Madrid, aunque ella no estuviera al tanto de ello.

—Claudia —Margaret se acercó a su mesa y la sacó del abismo en el que se encontraba—, ¿todo bien?

—Supongo que sí.

—He visto un sobre con tu nombre y...

—No, no me despiden, tranquila, si es eso lo que estás pensando.

—Uf —respiró aliviada, y relajó el rostro—. Entonces ¿algo bueno? ¿Un ascenso?

—Un cambio de vida.

Hacía tiempo que Claudia no echaba horas extras. Desde que había nacido su hija separaba con férreo carácter alemán cada una de las parcelas de su vida. Ya no le interesaba ganar más dinero a fin de mes ni aspiraba a un ascenso. Ahora prefería llegar puntual a casa y disfrutar de la hora del baño de su bebé. Preparar una cena sabrosa junto a su marido, aunque ganase algunos kilos, o tener tiempo para pasar por el supermercado a comprar algo saludable cuando precisamente estos kilos comenzaban a desbordar su blusa.

Aquel día no es que rechazara las horas extras, es que se tomó el lujo de recoger sus cosas quince minutos antes de la hora y fichar a la salida cinco minutos antes de tiempo. No recordaba haber hecho nunca eso, pero necesitaba salir al mundo real, tomar aire fresco, llegar a casa y soltar la bomba, como si la noticia compartida fuese a pesar menos. Necesitaba descargar sus hombros.

No sabía cómo se lo iba a tomar Aarón. Era feliz en Berlín. Tal vez se ilusionaría, las raíces siempre tiran. O quizá, como ella, sentiría que su mundo se derrumbaba. En el fondo se sentía culpable. Todo aquello estaba sucediendo por su culpa.

Sí sabía bien cómo se lo tomaría Marta, y eso la tranquilizó. Tal vez diría un par de palabras inconexas y volvería a sus quehaceres con sus peluches preferidos. Se adaptaría pronto a la vida en España, tenía la edad perfecta para ello, además se estaban esforzando en enseñarle el español como segunda lengua. Se consoló con la idea de que podría ser peor, de que si el traslado hubiera llegado más adelante habría tenido que lidiar con una adolescente que no querría alejarse de sus amigos, y comprendió que acaso no era tan mala noticia. Acaso la vida les estaba dando una gran oportunidad.

El tintineo de las llaves esa noche no sonó igual. Desde el salón, Aarón no oyó el repiqueteo nervioso de las llaves contra la cerradura, ni el roce del felpudo contra el suelo al limpiarse Claudia los zapatos en él, ni siquiera su voz alegre llamando a su *kleines küken* («pequeño pollito» en alemán) para anunciar su llegada a casa. No hubo beso despreocupado de bienvenida cuando Aarón se acercó a recibirla, pero sí un corto abrazo, sin demasiados aspavientos, como si una carga enorme le impidiera romper ciertas barreras.

—¿Qué ocurre?

—Tenemos que hablar.

Con la chaqueta aún puesta y sin quitarse los zapatos, Claudia se sentó en el sofá, junto a Aarón, y le soltó el chaparrón de golpe. Le contó la llamada del señor Ackermann a su despacho, el sobre en el que ella pensaba que había un finiquito de despido, pero que, en realidad, contenía el nombre de su nuevo destino, la imposibilidad de dar marcha atrás, la taza de café fría sobre su mesa e incluso los cinco minutos que había estafado a la empresa. Lo escupió todo como si quemase, como si ya lo hubiese aguantado ella sola más tiempo de lo que podía soportar.

—¿Qué te parece? —preguntó preocupada cuando concluyó su monólogo.

—Bueno... La verdad es que me ha pillado por sorpresa. No sé, no esperaba este cambio de rumbo ahora.

—Lo siento, tenía que haber sabido que la solicitud no caducaba sola o, en cualquier caso, que si la mandaba no tenía opción a rechazar el traslado una vez me lo concedieran.

—Eh, eh, tranquila. Nos las arreglaremos. Eso era lo que queríamos entonces ¿no? Pues ya está. Vamos con ello.

—Pero, Aarón, eran otras circunstancias. No teníamos a Marta, vivíamos en una casa más pequeña, éramos más jóvenes... No sé...

—¿Éramos más jóvenes? No te confundas, todo lo demás me vale, pero eso no. Nunca es tarde para hacer lo que queramos hacer.

—¿Cómo nos las apañaremos con la niña?

—Lo haremos bien, ya veremos cómo, pero lo haremos bien.

—¿Y tu estudio?

—Buscaré otro allí, ya no soy ese niño que se vino sin ninguna experiencia. Ahora tengo contactos y más posibilidades económicas. Eso tampoco es un problema.

—Entonces ¿lo hacemos?

—Nada me puede hacer más ilusión que seguir sumando experiencias a nuestra vida en común —respondió Aarón sonriendo y acariciándole la cabeza—. En Berlín, en Madrid o en Saturno.

—Gracias por ser tan bueno. Voy a cambiarme de ropa, ¿vale?

Aarón la vio salir al pasillo para dirigirse al dormitorio, no sin antes colgar, por fin, la chaqueta en el perchero del recibidor y ponerse las zapatillas, que solían dejar en la entrada.

En cuanto se quedó a solas consigo mismo se quitó la careta de persona valiente capaz de superar cualquier bache y un suspiro de preocupación se escapó de sus labios.

Porque en el momento en que su mujer había pronunciado el nombre de Madrid el corazón se le había acelerado.

Porque, por mucho que le pesara, seguía atado a un recuerdo.

Porque las ciudades a veces llevan nombre de persona.

Porque donde ella dijo «Madrid», él escuchó «Amanda».

24

He pensado mucho en ti.
Tanto que muchas veces ya no eras
placebo.
Dolías. Dueles. Mucho.

Madrid, 2021

La noción del tiempo es absolutamente subjetiva. Treinta días pueden ser eternos cuando estamos esperando un reencuentro, un desenlace o una cita que nos desvela, pero también pueden pasar volando cuando no queremos que pasen, cuando advertimos que vamos descarrilados por las vías de un tren que no tiene intención de frenar.

Antes de que pudieran darse cuenta, ya tenían media vida guardada en varias cajas de cartón y alguna que otra maleta de dimensiones indecentes. A pesar de haber acumulado tanto como se puede llegar a acumular, se propusieron viajar solo con lo imprescindible y comprar en Madrid el resto de las cosas que necesitaran para lo que podía ser el resto de su vida. Querían dejar sus pertenencias menos personales en Berlín, a fin de cuentas, volverían a la ciudad al menos un par de veces al año. Deseaban seguir sintiendo que su casa era su casa.

Desde la gala de los Premios Goya, Aarón no había vuelto a Madrid. Un escalofrío le recorrió la espina dorsal cuando volvió a poner los pies en su ciudad. Probablemente era el sueño de muchas personas: volver a casa, después de más de una década fuera, con una familia de la mano y una maleta llena de sueños cumplidos. A la vista de los demás, él era un triunfador, aunque nunca se había considerado tal.

Los elevados alquileres impidieron hacer realidad el deseo de Aarón de vivir en el centro, y optaron por regresar a su barrio, Alameda de Osuna, donde habían transcurrido los veintidós primeros años de su vida. Era un lugar agradable para una familia como ellos: alejado del centro, lleno de zonas verdes, bastante tranquilo y con todos los servicios que necesitaban: centro médico, colegios, tiendas de alimentación, restaurantes y cafeterías. Además, estaba perfectamente conectado con el centro; en el barrio estaba la primera parada de una línea de metro que iba directa a puntos como Gran Vía o Alonso Martínez. En treinta minutos podían pasar de estar dando un paseo por su apacible barrio residencial a disfrutar de una velada en la bulliciosa plaza de Callao.

Claudia se adaptó rápidamente a su nuevo centro de trabajo. Desempeñaba la misma labor que en Berlín y solo tuvo que acostumbrarse a los nuevos horarios para comer, más tarde de lo que su estómago deseaba, y a un par de compañeras demasiado parlanchinas que a veces la distraían de sus fórmulas químicas y sus experimentos. Le gustaba su nueva vida, aunque había algo que la preocupaba.

En ocasiones notaba a Aarón un poco inquieto. Sabía que, desde que se habían instalado en Madrid, le costaba conciliar el sueño. Creía que sería algo pasajero, pero tras varias semanas no parecía lograr el sosiego suficiente para dormir a pierna suelta. Tenía alguna preocupación en la cabeza, solo que ella no sabía cuál era y, por más que le preguntaba, Aarón no soltaba prenda.

Esta preocupación era Amanda. En Madrid, Aarón temía encontrársela por cualquier calle. Se ponía nervioso al imaginársela en la mesa de al lado en algún restaurante, en compañía de otro. Le quitaba el sueño pensar que ella pudiera ir a buscarlo, que le contara su aventura a Claudia.

A la vez, anhelaba un reencuentro, un abrazo, un «Ya ha pasado todo, ya he vuelto, ya estoy aquí de nuevo, contigo, con nosotros».

Su yo adulto no quería repetir la historia. Ya no era solo por Claudia, ahora también estaba en juego Marta. Aun así, su corazón seguía llevando la voz cantante, especialmente por las noches, cuando le recordaba lo cerca que estaba de su verdadero amor.

«¿Dónde vivirá? ¿Seguirá en Chamartín o habrá conseguido un ático en el centro? ¿Tendrá unas vistas bonitas?» En más de una ocasión había tenido la tentación de ir a buscarla, de espiar sus redes sociales para descubrir una ubicación etiquetada, una cafetería que frecuentase con asiduidad o incluso un indicio sobre su lugar de trabajo habitual. Pero la resistió.

Resistió la tentación hasta que esta, un buen día, lo alcanzó. Siempre lo logra. Puedes esconderte de ella cuanto quieras, pero al final encuentra el modo de empujarte hacia lo que, sobrio de realidad, habías jurado no hacer.

Era una mañana que amenazaba lluvia, de esas en las que las nubes no terminan de decidirse a descargar y nuestro ánimo no consigue volar alto. Tal vez eso fue lo que incitó a Aarón a ser débil. Se despidió con un beso de Claudia y Marta y retomó su café, mareándolo más de lo que debería con la cucharilla. Había pasado una noche horrible, con los recuerdos de Berlín intercalándose entre las fantasías sobre un reencuentro. Luchó contra sus fantasmas, peleó con ellos hasta que, implacables, lo dejaron exhausto y ganaron la partida.

Fue fácil dar con ella en las redes sociales. Vio algunos de los proyectos en los que había trabajado y también fotos suyas, más personales, con amigos, con sus padres y con bonitos paisajes de fondo. En una de las fotos encontró la pista que necesitaba. Parecía frecuentar una cafetería llamada Miga Bakery, junto a Nuevos Ministerios, a la hora del desayuno. Tal vez vivía cerca.

Cerró el portátil, cogió la chaqueta y salió a la calle a buscarla.

A las ocho y media se encontraba ya frente a Miga Bakery. El local todavía estaba despejado y apenas había un par de mesas ocupadas. Las camareras colocaban en las vitrinas deliciosos pasteles y tartas de *fondant* y merengue, mientras algún *cupcake* reclamaba el protagonismo en las bandejas. Se notaba que llevaba poco rato abierto.

Se fijó en la bonita decoración de la cafetería y sonrió al pensar en el buen gusto que seguía teniendo Amanda. Los tonos madera, blanco y menta la convertían en un oasis de paz. Le apeteció sentarse y saborear el segundo capuchino del día, pero controló sus ganas. ¿Y si Amanda aparecía y lo veía allí sentado? No podría esconderse. Se dio cuenta de que su plan tenía lagunas. No podía encontrársela de frente en la puerta de su cafetería habitual sin una excusa, sin un pretexto. Tampoco podía pasar media mañana de pie, clavado en esa acera.

Decidió entrar, coger un periódico y ocultarse tras él, como ya había hecho en alguna ocasión. Pidió uno de los *cupcakes* con *topping* de limón y su anhelado capuchino y se instaló en una de las mesas del final, en una esquina discreta desde donde podía vigilar la puerta. Incluso el tacto de la madera nueva de la mesa era agradable en aquel lugar que olía a azúcar, a pan recién horneado y a caramelo.

Mientras repasaba los titulares de la sección de Tecnología se abrió la puerta una vez más. Miró despreocupado, por inercia, sin mucha esperanza. Los clientes acudían en un flujo continuo; no era para menos, la cafetería estaba en un concurrido lugar de paso y la magia de la repostería casera se colaba entre las rendijas de la puerta de entrada y atrapaba a los paseantes como un canto de sirena embriagador.

Con el aroma del azúcar, el pan y el caramelo se mezcló un nuevo perfume que Aarón conocía bien. Ella había acudido a su cita no planeada, pero no iba sola.

No la había visto desde su encuentro en Berlín. Cinco años habían pasado sin tenerla frente a sus ojos. Y habría jurado que cada día estaba más guapa. La felicidad le sentaba bien. Estaba preciosa.

Con el rostro compungido observó cómo dejaba su bolso en una de las mesas del otro extremo de la sala y se aproximaba a la vitrina de dulces para elegir su desayuno. Acercó la nariz al cristal, como una dulce niña escogiendo su tarta de cumpleaños, y, mordiéndose suavemente el labio inferior, señalando con el dedo índice, dijo:

—Un *cupcake* de limón para mí, por favor...

A Aarón se le escapó una sonrisa. Cuando pidió su desayuno lo hizo pensando en lo que habría escogido ella. No había fallado.

—... y un cruasán de mantequilla para él.

«Él.» La sonrisa desapareció de la cara de Aarón cuando este oyó cómo hacía referencia a su acompañante.

—Buena elección. ¿Desean algo de beber?

—Dos cafés con leche, si es tan amable.

—Enseguida se lo llevo a su mesa.

—Gracias.

—A usted.

Amanda tomó asiento, de espaldas a Aarón y sin reparar en su presencia, algo que a él le permitía admirarla a distancia sin ser visto. Temía que en algún momento sus relojes se volviesen a acompasar y ella se diese la vuelta, pero no ocurrió nada. Amanda estaba demasiado pendiente de su acompañante para escuchar ningún tic-tac silencioso en su interior.

A Aarón no le cupo ninguna duda de que el hombre era su pareja cuando vio que se acariciaban las manos por encima de la mesa, sin nada que esconder, sin miedo. Escuchar su risa espontánea le cosió el corazón a la vez que se lo volvía a fisurar, y en la mirada de aquel chico distinguió nobleza, amor, cariño. Sabría cuidarla bien.

Se quedó tras el periódico, como un *voyeur* cualquiera, hasta que se levantaron, apenas veinte minutos después. Eran la imagen más idílica de una pareja feliz. Se cogieron por la cintura al salir y se alejaron en dirección a Cuatro Caminos.

Sin miedo a ser descubierto, reposó el periódico sobre la mesa y dejó que su mirada se perdiera en el umbral de aquella puerta color menta que su Amanda acababa de traspasar. No permitió que lo viera. No quiso saludarla. Nunca le diría nada. No volvería a aquella cafetería ni trataría de buscarla más.

Amanda había logrado ser feliz de nuevo y eso era lo único que importaba.

Tenía que dejarla ser feliz y vivir su vida. Sin él.

25

Con el corazón dañado ya solo nos
*   queda reflotarnos,*
seguir, aunque el futuro no nos guste,
aunque la vida no haya sido, al final,
el baile que esperábamos.
Si esto ocurre, si alguna vez te sientes así,
es porque en algún momento
has bailado como nunca te habías
*   imaginado.*

Madrid, 2021

Desde que supo que Aarón había vuelto a Madrid, a
Amanda le parecía como si la ciudad se mofara de ella a
cada instante, en cada rincón. Lo veía en todos los lugares. En la cara de los maniquíes de los centros comercia-
les, en la canción que entonaba un músico itinerante en
el metro, en el olor de la cebada, en ese corredor del Retiro que, al acercarse, no guardaba ningún parecido con
su fantasma.

Cuando descubrió su cambio de ubicación en las redes sociales le dio un sobresalto. Supo que había vuelto a Alameda de Osuna y, desde entonces, ese barrio quedó vetado para ella. Al principio deseó que hubiese regresado solo, que hubiese buscado refugio en la casa de su infancia, abrumado por un matrimonio fallido. Pero no había sido así: unos pocos días después Aarón publicó la foto de una escena familiar en el parque del Capricho.

Deseaba no toparse con él nunca más. No quería volver a hurgar en una herida que ni siquiera el tiempo había conseguido terminar de cicatrizar. Mentiría si dijera que en ningún momento tuvo la tentación de escribirle, de pedirle un café, de saber de él. Pero no nos engañemos: es imposible tomar un café con tu alma gemela sin que el corazón sufra daños irreparables. Y el suyo ya llevaba más de los tolerables.

Cuando Aarón volvió a Madrid, Amanda tenía pareja. Fran, un chico estupendo que la hacía reír más que ninguno de los anteriores y del que, en cierto modo, se enamoró. Fue un amor fugaz: tal como vino se fue. Duraron un año. Él quería casarse y tener hijos. A ella no le ilusionaba el plan. Y Amanda, a esas alturas de su vida, no estaba dispuesta a hacer nada solo para satisfacer a otro. Ese fue el detonante que le hizo ver que, en realidad, no estaba enamorada de él y que esa relación no tenía futuro. Lo dejó.

Continuó su vida dedicada de lleno a su profesión, en la que volcaba todos sus esfuerzos. Consiguió crear su propia agencia de fotografía y recursos digitales y la dirigió con acierto, de modo que se convirtió en una de las mejor valoradas de Madrid. Se divertía con las cervezas de los viernes por la noche con sus amigos de toda la vida, esos que iban y venían según cómo estuviese su vida sentimental y se presentaban cuando tenían el corazón roto o una nueva desilusión que pedía ahogarse en alcohol. Amanda era fija en la plantilla. Los domingos por la tarde acudía al teatro. Los sábados eran para ella. Se quedaba en casa, organizaba el desastre que iba acumulando durante la semana, se daba un baño de espuma, ordenaba papeles o simplemente disfrutaba de un buen libro.

Un día, unos meses después, vio a una mujer en el metro que le pareció que era Claudia. Podría ser, fue en la Línea 5 y en dirección a Alameda de Osuna. Le dio la impresión de que estaba embarazada. Sin mirarla a los ojos ni intercambiar ninguna palabra con ella, se levantó para cederle el asiento y se bajó en Diego de León, una parada antes de su destino. Allí esperó al siguiente tren. Se sintió incapaz de permanecer en el mismo espacio que la mujer a la que Aarón había elegido. A ratos lo odiaba por no haberla buscado nunca. Ahora compartían ciudad, ahora todo sería mucho más fácil. ¿Por qué él ya no y ella todavía sí?

Amanda tuvo una buena vida, a pesar de todo. Las cosas en su agencia fueron bien y pudo mudarse a un apartamento mejor en pleno centro. Conoció a mucha gente, por suerte contó con amigos de verdad y logró llenar sus días de calma. Nunca estuvo sola: el recuerdo de su fantasma la visitaba cada noche. A veces soñaba con él.

26

Todos merecemos saber cuándo vamos a
morir. Un día antes.
Porque no es nuestra vida lo que pasa
ante nosotros
en esos dos segundos que transcurren
justo antes de partir,
cuando sabemos que ha llegado la hora,
que ya no hay más, que se acabó. Time
over.
Son las cosas que no hicimos y sobre todo
que no dijimos
las que llegan para atormentarnos ahora
que ya no queda tiempo.
Todos deberíamos tener un crédito de
veinticuatro horas
para saldar cuentas pendientes, para
irnos en paz
y para que no pasemos el resto de la
eternidad
con un nudo en la garganta. Para no
arrepentirnos.

Todos estamos de acuerdo con esto
y afortunadamente, todos tenemos
tiempo aún.
Entonces ¿por qué no lo hacemos ahora?

Madrid, 2073

Hoy hace un día precioso. Lo sé porque los rayos del sol se filtran por la ventana del hospital. Acabo de abrir los ojos tras una siesta a deshora y veo a mi preciosa hija Marta mirando con gesto preocupado al exterior. Apoya los hombros en la pared, dejando descansar el cuerpo unos instantes. Sé que no lo están pasando bien y me mata más pensar que ellos no son felices que el maldito cáncer que está ganándoles la batalla a mis fuerzas. No siento pena por mí mismo, no me compadezco de mi situación. A los ochenta y siete años podría morir de mil maneras; sé que será un tumor lo que acabará con mi vida, pero podría haber sido cualquier otra cosa. Una caída tonta, un paro cardíaco o, sencillamente, la edad. Nada es eterno, ni siquiera nosotros, aunque en más ocasiones de las convenientes creamos que sí. Si nos percatáramos de lo rápido que pasa la vida, si realmente fuéramos conscientes de que este momento en el que estoy ahora llega antes de lo que pensamos, sin duda nuestra existencia tomaría otro rumbo.

¿Habría hecho yo algo diferente? Probablemente no, o quizá sí, quién sabe, ahora ya es tarde. He sido muy feliz, mucho. He sido muy afortunado. Lo he tenido todo. Miro con los ojos entreabiertos la escena de mi habitación y no cambiaría por nada del mundo a las personas que están conmigo, sufriendo incluso más que yo.

No querría ver a nadie más, ni siquiera a ELLA. El día que me muera, tal vez hoy, lo haré completamente satisfecho de la vida que he tenido y de todas y cada una de mis decisiones. Estoy seguro de que volveré a verla, en otro cuerpo, en otro siglo, en otro mundo. Y espero que cuando esto ocurra nos encontremos a tiempo, sepamos reconocernos y la vida nos deje ser felices juntos. Esta vez no era nuestro momento. En esta vida, no.

Siempre he pensado que hay una serie de personas con las que vamos encontrándonos vida tras vida. Y que si miramos atentamente, sabemos reconocerlas. Son esas personas con las que nos sentimos extrañamente cómodos, con las que podemos ser nosotros mismos en todo nuestro esplendor, sin pensar en las posibles consecuencias. Son esas a las que no querríamos perder por nada del mundo y a las que, por mucho que la vida nos lleve por diferentes caminos, nos une un hilo imperceptible e inquebrantable. La leyenda del hilo rojo.

Toso un par de veces y noto como todos los pares de ojos de esa habitación se giran hacia mí, preocupados. No puedo evitar reírme, lo que provoca que la tos vaya en aumento.

—Cariño, ¿estás bien? —Claudia se levanta rápidamente de la butaca en la que está leyendo uno de sus libros preferidos, *Pasiones romanas*, un libro que pese a haber sido publicado a principios del milenio, a ella la sigue fascinando. Es envidiable lo bien que se conserva mi mujer a su avanzada edad—. Llama al doctor, Pablo, dile que venga; tu abuelo no se encuentra bien.

—No es nada. —Vuelvo a toser—. Estoy bien, no os preocupéis tanto. Id a descansar un rato, ¡me voy a morir igual, estéis aquí mirándome o no!

—No seas tan cabezota, abuelo. —Mi nieta Amanda

se sienta a mi lado y le pide a Yolanda, la mujer de mi hijo pequeño, Adam, que le acerque un poco de agua—. No nos iremos hasta que el médico no nos asegure que estás bien.

—¡Qué pesados sois! —Me río, divertido por el exceso de atención, y acomodándome sobre mi costado izquierdo, les pido—: Dejadme descansar otro rato, tengo un poco de sueño.

No es sueño y yo lo sé perfectamente, pero no quiero alarmarlos más de la cuenta. Noto que mi cuerpo se está apagando. De día en día me apetece más dormir y sé que una de esas veces que cierre los ojos, será para siempre. Y no me da miedo. Como he dicho antes, he tenido una vida plena y feliz. A pesar de Amanda, la espinita que llevo clavada en el alma. Todavía me sorprende que su recuerdo siga llegando a mí en los momentos más importantes de mi vida. Maldito hilo rojo.

De todas maneras, la paz que siento en este instante tan cercano a la muerte es la mejor prueba de que no me he equivocado. He sido dichoso. Aposté por la música y gané. Tuve una gran carrera profesional que me permitió no solo vivir con todas las comodidades que una persona puede desear, sino también alcanzar unos logros personales que para mí han sido más valiosos que cualquiera de las estatuillas que adornan la vitrina de mi amplio salón, al que sé que probablemente nunca volveré.

La música me ha llevado a vivir experiencias que nunca estarán al alcance de aquellas personas «corrientes» que pasan su vida encerradas en una oficina de ocho a tres. He viajado mucho, muchísimo; me quedo corto si digo que he conocido a miles de personas, no todas con buenas intenciones; he tenido la oportunidad de expresar mis emociones a través de mi música, de contarle al mundo mi verdad; me consta que he podido ayudar a otros, incluso hay quien me ha dicho que mi música lo ha salvado. Exageran, lo sé, pero eso siempre me ha hecho sentirme mejor.

Y por encima de todo, he tenido amor, muchísimo amor. De mi familia de sangre, mis padres, mis hermanos, mis hijos, mis sobrinos, mis nietos... De Claudia; la miro y aún doy gracias a la vida por haberla encontrado y haber podido disfrutar de ella hasta mi último aliento. Y de Amanda, la dulce niña que me enamoró aquel verano inolvidable y con la que tuve la suerte de vivir la mejor noche de mi vida bajo las estrellas de Berlín. También estoy agradecido por haber podido amarla a pesar de que la vida no nos ha permitido estar juntos. ¿Fue la vida o fuimos nosotros, que no quisimos ser? Qué importa... Lo cierto es que nuestro amor fue tan grande que darlo todo por ella se quedó corto. Quizá por eso nunca le di nada. Contradictorio, ¿verdad?

Doy gracias también por haber podido mantener mis recuerdos intactos hasta el fin de mis días. No me habría gustado olvidar mis mejores momentos, ni, sobre todo, mis sensaciones. La felicidad del día de mi boda con Claudia, el nerviosismo del nacimiento de nuestros hijos y nietos, la descarga de adrenalina antes de las actuaciones o la placidez absoluta del día después del estreno de cada canción.

Quizá sí me arrepiento de haber dejado demasiado pronto los escenarios para dedicarme a escribir para otros y contemplar la vida con la tranquilidad que nos dan las barreras. No sé hasta qué punto el fantasma de Amanda influyó en mi decisión. Cuando su recuerdo dolía y picaba por igual, cantar nuestra historia buscando su rostro entre una marea de desconocidos me afectaba excesivamente. Daba igual si estaba a cien o a mil kilómetros, si habían pasado dos o dos mil lunas, en cada actuación, en cada concierto, mi guitarra seguía sonando a ella. Para ella. Bajo las luces azules de los focos, yo aún la buscaba entre los ojos de la multitud. Pero no estaba. Y cuando mi micrófono se apagaba y el lujo y el glamur bajaban del escenario, volvía a sentirme solo. Una sensación injusta e irreal a partes iguales: por suerte, nunca estuve solo, pero no soportaba sentirme así.

Toso de nuevo, con menos fuerza, haciendo tan poco ruido que mi familia ya ni siquiera me oye. Esto me tranquiliza, no me gusta verlos el día entero pendientes de mí.

Al final de todo, la decisión de ser músico fue la más acertada. Ahora que mi cuerpo agoniza, tengo la tranquilidad de saber que un pedazo de mí se queda aquí, en mis canciones, un legado y un regalo que le dejo al mundo, ese que tanto me ha dado a lo largo de mis ochenta y siete años. Mientras alguien me escuche, seguiré vivo.

Intento respirar, pero cada vez el aire pesa más.

Me gustaría poder decirle a mi familia que me voy en paz, que no lloren ni sufran por mí, que he vivido con todas las letras y toda la plenitud con que se puede conjugar este verbo que no siempre sabemos cómo afrontar y que tanto miedo nos da. Sin embargo, no quiero que mis últimos minutos se conviertan en una balsa de lágrimas. Dedico los instantes de consciencia que me restan a rememorar el rostro de las personas que han pasado por mi vida. Mi familia, mis amigos, todos aquellos que han compartido una o varias de las etapas de mi vida. Incluso me acuerdo de mis mascotas. Con esfuerzo, mis labios dibujan una imperceptible sonrisa al recordarlos. Por fin vamos a volver a vernos, pequeños.

Pienso en Claudia, y es lo que más me duele en este momento. Prometí que nunca la dejaría sola y Dios sabe que he renunciado a muchas cosas en mi vida para mantener la promesa. Pero permanecer junto a ella ya no está en mis manos.

Un escalofrío me recorre de arriba abajo. Ahora sí noto que comienzo a perder el sentido de la orientación. Me pesan los ojos. Alguien ha apagado la luz. No encuentro el interruptor.

¿Veré un túnel?

Una escala de grises pasa frente a mi vista. Sé que es el final y, aunque debería tener miedo porque mi tiempo se agota, estoy contento de haber disfrutado de estos bonitos recuerdos hasta el último instante.

Trato de despedirme, de emitir un sonido para decir adiós, pero mi micrófono se ha silenciado. No queda tiempo ni siquiera para una canción. Ha llegado la hora de abandonar el escenario de mi vida, y estoy seguro de que toco los acordes de remate. Una última nota, un último golpe de guitarra y se acabó.

Los ruidos llegan a mis oídos como envueltos entre algodones. Un pitido de fondo, cada vez más lejano, y el suave rumor de las voces de las personas que fueron lo más importante de mi vida. Nos vemos pronto. En otro mundo. En otra vida. Sé que con ellos también me une un hilo rojo.

27

Márcate la vida,
juega con fuego,
apuesta a perder.
Cae, cae todo lo que puedas,
desciende al inframundo
y después regresa (o no).
Vuélvete un yonqui de las emociones,
de las montañas rusas,
de la felicidad y la tristeza.
Esas que a veces van de la mano.

Madrid, 2073

Los rostros fatigados de los familiares y los amigos de Aarón delataban que la noche había sido larga. Velar a un ser querido nunca es fácil, y a la tristeza se sumaba el cansancio de toda una noche sin dormir y de los días pasados en el hospital desde que el adorable anciano, a quien todo el mundo quería, empeoró.

Aarón había sido el mejor marido, padre, hermano,

abuelo y amigo del mundo. Lo probaba que en el tanatorio no cupiera un alfiler. No se trataba solo de hacer acto de presencia en la despedida de un personaje conocido y muy popular en sus tiempos, sino que todo el que se acercó a darle el pésame a la familia lo sentía de verdad. Quienes tuvieron la suerte de conocer a Aarón lo quisieron sinceramente y, sin duda, lo echarían de menos. Había sido una de esas personas que dejan huella, de las que se habla bien en vida, no solo cuando crían malvas.

La ciudad de Madrid lucía esa mañana más bonita que nunca. Un espléndido sol, acunado por la suave brisa que rebajaba la sensación térmica un par de grados respecto a lo que marcaba el termómetro, ponía el telón de fondo perfecto para darle el último adiós a Aarón.

Claudia había envejecido en veinticuatro horas más que en los últimos cinco años. Se había ido su gran amor y su cuerpo había comenzado a evidenciar que quería irse con él. Sus hijos, Marta y Adam, vigilaban continuamente a su madre para impedir una caída, o algo peor, si le daba otro bajón de tensión. A esta edad cualquier traspié podía ser fatal.

El coche fúnebre, con una larga comitiva de vehículos tras él, llegó al cementerio de la Almudena pasadas las seis y media de la tarde. Solo los familiares y los amigos más cercanos participaron en la íntima ceremonia; los demás se habían despedido en el Tanatorio Norte, ofreciéndole sus más sinceras condolencias a la viuda, y se habían marchado a casa con un nudo en el estómago por la pérdida de aquella gran persona.

Los empleados de la funeraria ayudaron a bajar el féretro del coche y acto seguido se lo cargaron a hombros los hombres más allegados al difunto: su hijo, su nieto, su hermano y su yerno. Un río de lágrimas corrió por las mejillas de todos los presentes cuando depositaron el ataúd en la tumba y los operarios del cementerio procedieron a cerrarla. Era curioso que, a pesar de haberse considerado toda la vida un alma libre, en los días previos a su muerte el propio Aarón hubiera pedido un entierro convencional. Siempre había pensado en que esparcieran sus cenizas entre Berlín y Madrid, las dos ciudades en las que había sido feliz, pero finalmente decidió quedarse en Madrid. Aquí nació y aquí debía morir: fin del ciclo.

Cuando el macabro ritual terminó, los allí presentes fueron saludando y abrazando a la viuda y los descendientes directos del fallecido y empezaron a marcharse uno a uno. Marta y Adam, junto con sus parejas, sostenían a una débil Claudia, que no quería regresar a casa. Sus piernas se negaban a aceptar que su marido se quedaba allí, solo, sin ella.

—Disculpadme un momento, os alcanzaré en el aparcamiento.

Algo le había llamado la atención a Pablo, que decidió regresar sobre sus pasos. Amanda lo acompañó.

—¿Qué ocurre, Pablo?

—Mira a esa mujer, está llorando sobre la tumba del abuelo. ¿No te resulta familiar? Hay algo en ella que...

—No. —Mientras se acercaban, Amanda escrutó a la anciana, que sollozaba desconsoladamente. Tenía que haber querido mucho a su abuelo, pero no lograba reconocerla—. La verdad es que no.

—Creo que la conocemos de algo, pero no sé de qué.

Los dos jóvenes llegaron al lugar donde ahora descansaba su abuelo. Se quedaron de pie, erguidos, sin saber qué hacer ni qué decirle a la desconocida que seguía acariciando el suelo y llorando mares de amargura.

El crujir de las hojas devolvió a la realidad a la anciana mujer, que se llevó un pequeño susto al levantar la vista y encontrarse de frente con los muchachos.

Fueron unos incómodos segundos de silencio, quizá dos o tres tan solo, los suficientes para que la mujer reparara en el gran parecido de aquel chico con el Aarón de la época en que lo conoció. Debía tener más o menos su edad. Nadie podía imaginar cuánto daría por volver atrás, regresar al momento en el que tenía el lujo de disponer de toda una vida por delante.

Amanda se tapó los ojos con las manos y volvió a llorar mientras los chicos la miraban con un gesto extraño, mezcla de confusión y empatía con su llanto. Los años tampoco habían pasado en balde por ella: tenía las rodillas débiles, las manos le temblaban a consecuencia del párkinson y la diabetes había aparecido en su rutina. Sin embargo, podía estar orgullosa de que si algo tenía en común con Aarón, era que sus recuerdos se mantenían intactos. ¡Y qué recuerdos!

Trató de enjugarse las lágrimas e incorporarse, avergonzada ante la mirada inquisitiva de los desconocidos, pero las piernas le flaquearon y estuvo a punto de perder el equilibrio.

Pablo hizo gala de sus buenos reflejos y la levantó al vuelo, ayudándola a estabilizarse.

—¿Está usted bien? —le preguntó, preocupado—. Apóyese en mí, por favor, no se caiga.

—Sí... Gracias... Perdonadme, no debería estar aquí —se disculpó con voz temblorosa, y sosteniendo su bastón en posición vertical, dio media vuelta para marcharse.

—Perdone. —Amanda interrumpió sus pasos—. Creo que no la hemos visto en el velatorio ni en el entierro. ¿Conocía a nuestro abuelo?

La anciana se volvió. Abuelo. Aquellos dos jóvenes, guapos, educados y llenos de vida, eran parte del legado que el amor de su vida había dejado en este mundo. Los miró a los ojos, repasó cada rasgo de sus caras, observó con atención sus ademanes y expresiones, y, sin duda, reconoció a Aarón en muchos de ellos. Sonrió y no pudo evitar pensar que ojalá aquellos chicos maravillosos fueran también sus nietos.

Bajó la vista y abrió unos ojos como platos al reparar en la pulsera que la muchacha llevaba puesta. Siempre había sido muy observadora. No logró detener el impulso de tomar la mano de la chica entre las suyas y acariciar el nombre que formaban las letras de plata.

—Amanda... Amanda... —Los ojos de la anciana volvieron a llenarse de lágrimas—. ¿Te llamas Amanda?

—Señora, ¿está usted bien? —La chica apartó la mano con desconfianza. La mujer comenzaba a darle un poco de miedo—. Vámonos —le pidió a su hermano, pero este la frenó.

Pablo se armó de valor, atónito ante lo que creía que estaban viviendo, y se lo jugó todo a una carta.

—Usted también se llama Amanda, ¿verdad? —se atrevió a decir tras entender lo que ocurría. Por fin había caído en la cuenta de por qué le sonaba el rostro de la mujer: lo había visto en la foto que su abuelo guardaba de aquel amor de verano y que le enseñó tras contarle su historia.

Amanda abrió los ojos y los miró con atención. ¿Cómo...? ¿Cómo podían saber quién era ella? No podía creer que Aarón les hubiese hablado de ella, aunque si no era así, no se lo explicaba.

Miró a su alrededor, estaba soñando, eso era. Trató de recuperar la consciencia, de despertar de aquella pesadilla en la que Aarón ya no existía, pero no encontró ningún elemento que le indicara que estaba en el mundo de los sueños. Todo era demasiado real. Todo menos la conversación con los dos muchachos que decían ser nietos de su amor y parecían conocerla y el hecho de que la chica se llamara igual que ella.

—¿Es usted Amanda? —insistió Pablo.

—No sé... Yo... no debería estar aquí.

—Por favor, confíe en nosotros. ¿Es usted Amanda?

—Así es. —Se secó las lágrimas con el pañuelo de tela que llevaba en el bolsillo de la chaqueta—. Me llamo Amanda.

El párkinson se manifestó con mayor fuerza y se hizo patente ante los chicos, que seguían mirándola como quien acaba de toparse con un extraterrestre. Estaban aturdidos y emocionados a la vez, jamás se habrían imaginado aquel desenlace. Al final iba a ser verdad que el amor es lo más fuerte del mundo, incluso más fuerte que la muerte.

—Yo también me llamo Amanda. —La hermana de Pablo volvió a tomar el control de la conversación. Comenzaba a sentir ternura por aquella viejecita que no dejaba de llorar. A ella se le estaban saltando también las lágrimas—. Me llamo Amanda por usted.

—No puede ser... No puede ser... —dijo, llorando amargamente—. ¿Puedo abrazaros?

Los tres se fundieron en un bonito abrazo ante la tumba de Aarón, el protagonista de todo aquello. Pablo pensó en su abuelo y en lo mucho que le hubiese gustado vivir este momento.

—Pero ¿por qué sabéis quién soy?

—Verá, cuando se enteró de que estaba enfermo, nuestro abuelo nos dijo que nos quería contar el mayor secreto de su vida para que no se fuera con él a la tumba. Y su secreto era usted.

—¿Aún se acordaba de mí después de tantos años? ¿Aún me quería?

—Muchísimo. Nunca la olvidó.

—¿Fue feliz?

—Sí... —respondieron bajando la voz, con miedo a hacerle más daño a la pobre anciana, que inmediatamente se dio cuenta de aquel detalle y quiso liberarlos de cualquier culpabilidad.

—Oh, no os preocupéis. Asumí desde... bueno, no sé qué os habrá contado exactamente.

—Todo, incluida la parte de Berlín. —Los chicos le enviaron una sonrisa cómplice, que ella les devolvió ruborizándose.

—Vaya... ¡Veo que después de todo no supo mantener la boca cerrada! —Se rieron sorbiéndose las lágrimas; aflojar la tensión les estaba sentando muy bien a los tres después de tantas horas de dolor—. En ese caso, confieso que desde que nos encontramos aquel septiembre en Alemania, asumí que debía renunciar a él si sabía que ya era feliz. Me alegro de que lo haya sido.

—¿No le apena que no haya podido serlo a su lado? ¿No se arrepiente ahora de no haberlo intentado? Quiero decir... —Pablo, tan poco políticamente correcto como siempre, trató de escarbar en la verdad de aquella desconocida; su abuelo acostumbraba a decirle que tenía alma de periodista—, le agradecemos mucho que respetara a nuestra abuela, nosotros no estaríamos aquí si no hubiera sido así, pero tanto amor... tanto sentimiento... No sé, no entiendo que no lo intentara en ningún momento.

—Creedme si os digo que lo pensé mil veces. Qué

digo mil, un millón. —Se secó las lágrimas, haciendo un esfuerzo por continuar—. Pero me daba pánico no saber hacerle feliz, obligarlo a abandonar su vida por mí, que a fin de cuentas solo era una ilusión, un bonito recuerdo...

—¿Por qué nunca lo buscó? Él se murió con esta pregunta en la cabeza. —Amanda, menos delicada que su hermano, lanzó aquellas palabras directamente al corazón de su tocaya, que apretó los labios tratando de evitar derramar más lágrimas—. Por ejemplo, al poco tiempo de vuestro encuentro él regresó a Madrid, ganó un Goya con vuestra canción...

—Lo sé, estuve toda la noche viéndolo por televisión y pensando en hacer una locura. ¿Os dijo algo sobre esa noche?

—Sí, se quedó esperándola también. Como no la vio, pensó que ya lo había olvidado.

—Qué tonta fui, qué tonta... ¿Creéis que si hubiese ido habría cambiado algo? —Volvió a sonrojarse y se sintió algo estúpida—. Perdonadme, no sois las personas más adecuadas para que os haga esta pregunta.

—Tranquila... Quién sabe si aquella noche se podría haber reescrito la historia. Quizá sí, quizá no. Sabemos en qué dirección va el tren al que estamos subidos, pero ignoramos adónde llegaríamos si nos bajáramos y cambiáramos de andén.

Durante unos segundos se quedaron en silencio. Los chicos dejaron que la anciana procesara la información que estaba recibiendo antes de lanzar la siguiente pregunta.

—¿Cómo sabía que nuestro abuelo había muerto?

—He seguido sus pasos todos estos años. No me malinterpretéis, no he sido una psicópata. Pero me gustaba escuchar su música, estar al día de sus novedades, saber, en definitiva, que le iba bien...

—Es normal.

—Cuando leí que había fallecido, simplemente me derrumbé. —Hizo una pausa y continuó—: Siento muchísimo que me hayáis visto. He observado el entierro a una distancia prudencial, no me parecía correcto entrometerme, mucho menos con su viuda aquí. Por eso esperé a que os fuerais, pero habéis vuelto y... Bueno, lo siento, de verdad.

—No se preocupe, nos alegra haberla conocido.

—Solo tengo una duda: ¿por qué regresó a España?

—Cuando nuestra madre era una niña, a nuestra abuela la destinaron a las oficinas de su empresa en Madrid.

—Entiendo... ¡Qué curioso es el destino! Una semana en Berlín y nos encontramos... Más de treinta años en Madrid y no nos cruzamos ni una vez.

—Bueno, en realidad..., sí se cruzaron. Solo que usted no lo vio.

—¿Cómo?

—Fue a una cafetería que usted frecuentaba y esperó a que apareciera. El caso es que cuando llegó iba del brazo de otro hombre y los vio felices. O al menos eso le pareció. No quiso molestarla más.

Amanda se quedó sin palabras. Ojalá lo hubiese hecho, ojalá la hubiese rescatado de una vida sin él.

—Qué lástima que en Berlín no nos decidiéramos a dar un paso más... Qué lástima...

—Supongo que su momento fue aquel.

—Supongo.

—Y usted, ¿se casó? ¿Tuvo hijos? —Pablo quería saber más.

—No, desafortunadamente no —dijo negando con la

cabeza y adquiriendo de nuevo una expresión triste—. No porque yo no quisiera y me cerrara en banda. Nada más lejos de la realidad. Fue porque nunca encontré a nadie que me llenara tanto como él. Nunca.

El rumor de unos pasos acercándose hizo que los tres se volvieran para ver quién venía a interrumpir aquel bonito encuentro.

Era Claudia, del brazo de Marta y Adam.

Los chicos se miraron, incómodos, y Amanda, que sabía perfectamente quién era esa mujer, bajó los ojos.

—Pablo, Amanda, ¿por qué tardáis tanto? —Claudia se soltó del brazo de sus hijos para coger a sus nietos. Miró con gesto curioso a la tercera en discordia—. Hola, no me suena su cara. ¿Conocía usted a Aarón?

—Sí.

—Encantada —saludó Claudia, tendiéndole la mano—. Yo soy su mujer.

«Yo, el amor de su vida», quiso responder Amanda, pero si había guardado silencio durante los sesenta y cinco años que llevaba amando a ese hombre, podía tragarse sus palabras unos minutos más.

—Igualmente. Soy una vieja conocida. —Obvió su nombre, no quería dejar ningún cabo suelto.

—Chicos, ¿vamos a casa? —Esta vez fue su madre, Marta, quien interrumpió la hermosa escena que estaba teniendo lugar a los pies de la tumba de Aarón—. La abuela necesita descansar y vosotros también.

—Sí, ya vamos. —Mientras su abuela, su madre y su tío se daban la vuelta y regresaban al coche, Pablo y Amanda se despidieron de su nueva amiga—. Cuídese, Amanda, ha sido un honor conocerla. Prometemos guardarle el secreto igual de bien que lo hicieron usted y mi abuelo.

—Gracias. —Sonrió levemente con un breve movimiento de cabeza—. El honor ha sido mío.

Tras un afectuoso encuentro de sus manos, Pablo y Amanda echaron a andar deprisa. Alcanzaron a su abuela cuando ya estaba montándose en el coche. Adam arrancó el motor y salió rumbo al lujoso ático donde vivía, en un acomodado barrio madrileño; Claudia se pasó todo el trayecto mirando por la ventanilla, con actitud ausente y pensando en aquella mujer.

Sin duda, era ella. La había reconocido por lo mucho que había oído hablar de ella a la guitarra de Aarón. La mujer de la que no sabía el nombre ni la procedencia, ni siquiera qué había significado en la vida de su marido ni cuándo se habían cruzado sus caminos. Nunca quiso explicaciones, tampoco cuando encontró su foto y la volvió a guardar; ella era la primera que tenía cosas que callar, a fin de cuentas, todos somos el secreto y el error de alguien.

Y, aunque le dolió sin remedio saber que había compartido un pedacito del corazón de su marido con otra mujer, tenía la prueba de amor más grande posible, la que le dio Aarón al decidir pasar cada uno de los días de su vida a su lado, hasta su último aliento. Y eso era suficiente.

Por su parte, Amanda decidió quedarse un ratito más con su Aarón. Y, junto a la tumba aún caliente de aquel hombre al que tanto amó, comprendió que fue un error dejar en manos del destino lo que pudiera pasar. Porque, al final, lo que había pasado era la vida.

28

Y con cada encuentro
las mariposas volvían a renacer.
Nunca habían muerto,
solo esperaban dormidas
a que otra sonrisa suya las despertara.

Madrid, 2083

—¿Ya están todos?

—Está la sala hasta los topes, no cabe un alfiler. ¿Nervioso?

—Un poco. Me impone bastante todo esto.

—Es lo que querías, es tu sueño. Disfrútalo. Y, además, con la historia del abuelo. —Amanda sonrió dulcemente—. Estaría muy orgulloso si pudiera verte.

—Lo sé. Y también sé que puede verme.

Los dos hermanos se abrazaron tiernamente. Era un día importante para Pablo. La presentación en sociedad de su nuevo libro, *Lo que nunca fue*, algo que lo tenía inquieto e ilusionado a partes iguales desde hacía semanas. Quería que todo saliera bien.

Habían pasado diez años desde la muerte de su abuelo, y Pablo se había convertido en un hombre de los que merecen la pena. Estudió Periodismo, tal y como deseaba desde que era apenas un adolescente, y cursó el último año en Roma, gracias a una beca Erasmus. Aprobó todas las asignaturas con buenas notas, aun así, no consiguió trabajo de lo suyo. Sin embargo, se quedó en Roma. La culpa, como siempre, el amor.

A pesar de que nunca pudo ejercer de periodista, desarrolló su pasión por las letras en otra vertiente que también lo satisfacía: la literatura. Un familiar cercano de la chica por la que se había quedado en Roma era editor en una importante editorial, y a Pablo no le costó colocar su primera novela. La relación fracasó; su libro, no.

El éxito de Pablo Fernández, el joven escritor de padre español y madre alemana, vino a parar en que las jovencitas de media Italia suspirasen por la historia de amor de los protagonistas de la novela. Forraban sus carpetas con la portada del libro y aguardaban durante horas al sol para conseguir una firma del autor. Pablo escribía novelas románticas, y para la segunda que publicaba, la que ratificaría su éxito o lo llevaría a apartarse definitivamente del mundo de las letras, no pudo encontrar una historia mejor.

Nunca olvidó los acontecimientos que su abuelo Aarón le relató cuando era apenas un adolescente. Él también deseaba vivir un episodio así, un choque de trenes, la certeza de haber encontrado a su alma gemela. Sin embargo, ni su última chica, la preciosa italiana que le hizo amar Italia, ni los anteriores ligues de facultad lo habían sacudido así.

Sabía que tenía que llegar. Su abuelo le había dejado un legado maravilloso, el de haberle inculcado la bondad de creer en el amor. Era el mejor regalo que podía haberle hecho. Él vio con sus propios ojos como, después de varias décadas y con la piel arrugada, Amanda acudió a la última cita con el amor de su vida, aunque tuvo que ser en su funeral. No habían dejado de amarse ni de recordarse un solo día. ¿Cómo no iba a creer en el amor después de haber visto eso?

Su éxito en Italia como escritor y lo mucho que le gustaba Roma llevaron a Pablo a quedarse en la ciudad a pesar de haber finalizado la relación con Fiorella. Otra cosa en común con su abuelo: él también era un emigrante.

Cada vez que podía, su hermana Amanda iba a visitarlo. Ella sí había encontrado trabajo en Madrid. Estudió Relaciones Públicas y terminó con matrícula de honor un Máster en Comunicación Corporativa e Institucional, que la ayudó a conseguir hacer las prácticas en una agencia de comunicación de renombre, donde finalmente se quedó, con un contrato indefinido bastante bien remunerado, como responsable de equipo. En el fondo, le hubiese gustado ser como su hermano, tener la valentía de coger la mochila, echarse el mundo por montera y cambiar de país. Sin embargo, era un poquito más cobarde. Y menos soñadora.

Aquel fin de semana no quiso perderse la presentación de la segunda novela de Pablo. Su hermano mellizo la miraba ilusionado y ambos contenían las lágrimas, postrados ante el espléndido expositor en el que se mostraba la portada del libro. *Lo que nunca fue.*

Pablo le había puesto a su libro el mismo título que su abuelo, hacía casi setenta años, le dio a su canción. Le pareció un homenaje precioso y, aunque nunca contaría públicamente que era la historia de su abuelo —a nadie le importaba la que fue su vida privada—, sabía que Aarón estaría orgulloso de ver su historia contada al detalle para la eternidad.

Además de la escritura, Pablo tenía otra pasión: todo aquello relacionado con la reencarnación. Había estudiado a fondo el tema, incluso de vez en cuando lo invitaban a dar conferencias en calidad de experto. Las ponencias le seguían dando un poco de miedo, pero disfrutaba tanto hablando de esta cuestión que no le importaban los nervios con que se ponía delante del atril de orador. Podría tirarse horas y horas charlando sobre reencarnación, almas gemelas, la vida, la muerte y el hilo rojo, su parte preferida.

Había tenido la oportunidad de codearse con grandes entendidos sobre el tema y consultar varias investigaciones secretas que demostraban empíricamente que el alma pasa por varias vidas antes de su desaparición final y que, si bien el cuerpo cambia, los sentimientos se mantienen. Y este punto era donde el hilo rojo, que podía ser de cualquier otro color, encontraba su justificación.

—Hazte así, tienes una arruguita en la camisa. —Amanda ejercía de madre provisional cuando acudía a verlo, a pesar de que ambos tenían la misma edad.

—¿Cómo está mamá? Está bastante distante por teléfono.

—Bueno, sigue afectada por la muerte de la abuela, ya sabes. Dale tiempo.

—La abuela Claudia también era una gran mujer, ¿verdad?

Ambos sonrieron, melancólicos. Amanda sabía a

qué se refería Pablo. En el fondo, aquel homenaje al abuelo, de algún modo, lastimaba a la abuela. No era la intención de Pablo, ni mucho menos. Había tratado con sumo cuidado el papel de Lia, el nombre ficticio que le puso al personaje de Claudia, no obstante, era indiscutible que Lia aparecía como la gran víctima de la historia.

—Lo era. Sin duda, lo era. ¿Te acuerdas de los bocadillos de mantequilla y azúcar que nos preparaba al salir del colegio?

—¡Cómo no! Aunque mis preferidas eran las torrijas.

—Sí... Tuvimos suerte de disfrutarla tanto tiempo. Fue una viejecita muy longeva, pero nadie es eterno. —Sonrió con un deje de tristeza y rápidamente recuperó la compostura—. Solo tú, Pablete. ¡Tú lo vas a ser! Así que venga, sal ahí fuera y enamóralos a todos.

—¿Estoy bien?

—Estás guapísimo.

Pablo le hizo un gesto mudo a uno de los encargados de la organización del evento y oyó como alguien pedía silencio en el patio de butacas. El show iba a comenzar.

Salió al pequeño escenario entre aplausos, que aumentaron de intensidad cuando en la pantalla que tenía a sus espaldas se desveló la portada del libro. La demostración de cariño le sirvió para relajarse un poco; parecía que había gustado al crítico que más le importaba: su público. Primer punto para él.

El resto de la sesión continuó de forma agradable. El moderador fue dándole el pie para que hablara del argumento de la novela, los escenarios donde se desarrollaba, los personajes protagonistas y el efecto que esperaba conseguir con ella. Sesenta minutos después, la presentación se dio por concluida, pero Pablo se quedó un rato más en el salón para hacerse fotos con aquellos seguidores que se lo pedían. Nunca se atrevía a negarle a nadie una firma o una foto. Le parecía descortés.

Cuando por fin terminó, alguien propuso salir a tomar algo para celebrar el éxito de la jornada. Los demás dijeron que era una gran idea y a la comitiva se sumaron el agente de Pablo, su editor, un par de responsables de la editorial a los que no conocía y su hermana.

—¿Nos vamos? —preguntó Pablo, que había llegado el último y no sabía por qué seguían plantados en la puerta.

—Un segundo, estamos esperando a Bianca. Es la responsable de los informes de lectura.

—Ah, sí, nos hemos escrito varios correos electrónicos, pero nunca hemos hablado cara a cara.

—Mira, por allí viene. —El editor alzó un poco la voz para llamarla—. ¡Bianca! ¡Estamos aquí!

Pablo se giró, curioso por conocer a la chica que había sido la primera persona, después de su agente y su hermana, una fan incondicional, en leer su manuscrito cuando aún estaba bastante en pañales. Había sido la responsable de que la editorial diera el visto bueno a su segunda novela, y también le dio un par de consejos sobre algunos puntos que no quedaban claros dentro de la historia. Miró en la dirección en la que venía la chica, dispuesto a agradecerle su gran trabajo.

Lo primero que vio fue su larga melena rizada de color negro azabache. Sus ojos azules ligeramente achinados le daban un aire muy dulce. Era muy guapa. Debía de tener más o menos su edad. Quizá un par de años más, como mucho. No creía que llegara a los treinta.

—Hola, soy Pablo. Encantado.

—Por fin te conozco. Yo soy Bianca. Es un placer.

Acercaron sus cuerpos para darse los dos primeros besos, con la mano de Bianca apoyada sobre su hombro.

Y entonces Pablo lo comprendió todo. Las historias de su abuelo. Lo que él llamaba «choque de trenes». El amor que te hace entornar los ojos porque no entiendes cómo te puede estar sucediendo eso a ti.

Hay personas que son capaces de reconocer a su alma gemela en el primer encuentro. Otras tardan un poco más. Pablo resultó ser de los primeros.

Porque desde el primer momento en que vio a Bianca supo que algún día se casaría con aquella mujer.

29

No somos más que el resultado
de todo lo que hemos vivido.
O, mejor dicho, el resultado
de con quién lo hemos vivido.

Roma, 2083

Amanda se tumbó en el sofá en cuanto entró en el apartamento de su hermano. A su derecha, apiladas en una columna perfecta, había una cantidad desproporcionada de revistas de todo tipo; la cultura, los deportes, la tecnología y los viajes eran las especialidades más numerosas. Con ellas había construido una improvisada mesa auxiliar junto al reposabrazos del sofá que a su hermana le hacía mucha gracia. Cada vez que iba a visitarlo era un poco más alta. Se preguntaba cuándo pensaba parar de hacerla crecer y, sobre todo, de cuándo serían los ejemplares de la base. Imposible saberlo, nunca le dejaba tocarlos para que su perfecta obra de ingeniería hecha de papel no se fuera al garete.

En el salón se abrían dos puertas; una conducía a la cocina y la otra, a la zona de los dormitorios, junto al baño. No era un apartamento grande, pero estaba muy bien aprovechado. Lo mejor eran las vistas. Desde el dormitorio de Pablo se veía la cúpula de San Pedro. Lejos, muy lejos. Vale, solo una parte de la zona más alta de la cubierta, aunque para él era suficiente. Se sentía un privilegiado por poder admirar cada mañana ese trocito de historia desde su habitación.

—Me encanta verte feliz —le dijo Amanda cuando su hermano le ofreció una copa de vino, un pequeño ritual con el que siempre cerraban las noches que ella pasaba en su casa. Por muy tarde que fuese, como aquel día—. Te he visto pletórico durante la cena.

—No ha sido por el libro.

—Ah, ¿no? Pero ¡si la presentación ha ido genial!

—Sí, lo sé, pero verás... —Pablo sonrió.

—Ay, miedo me das. Escupe.

Pablo solo era dos minutos más pequeño que ella, pero Amanda se comportaba como la hermana mayor. Alguien tenía que asumir ese rol y, por aquellos dos minutos, le tocaba a ella.

—¿Recuerdas cuando el abuelo nos contó su historia?

—Claro. —Amanda sonrió con nostalgia—. Fue una tarde... curiosa, digamos. Quizá fui un poco dura con él al principio, pero tengo un recuerdo muy bonito. Fue muy tierno.

—Lo fue. Amanda, ahora que ya eres adulta, ¿qué opinas de esa historia? ¿Crees realmente que existe el hilo rojo?

—¿Por qué me lo preguntas?

—Porque el mío se ha tensado esta noche.

Amanda se quedó con la boca abierta.

—Me lo vas a tener que explicar mejor.

—Verás, cuando he visto a Bianca, la chica morena del pelo rizado...

—Sí, muy simpática. Continúa.

—Cuando he visto a Bianca he sentido exactamente lo que se describe en todos los estudios que he leído sobre las almas gemelas y las diferentes vidas. He sentido, al verla, que la conocía de toda la vida. En cierto modo, como si ya la estuviera esperando.

—Pablo, cariño —Amanda era mucho más pragmática que su hermano—, todo eso está muy bien, pero a mí me parece más bien que el hilo se construye y se refuerza cuando vas conociendo a la persona. La chica es muy guapa, habrá sido eso.

—No, no, que sea guapa no tiene nada que ver. Es como si... No sé explicártelo, pero va mucho más allá de lo físico.

—Yo creo, y no te ofendas, que has pasado mucho tiempo preparando la novela y que tal vez estás un poco sugestionado. Además, has tenido que rescatar los recuerdos de la historia del abuelo, y quizá tu cabeza ha forzado ese... «sentimiento» porque realmente es lo que quieres vivir. ¿Me explico?

—Perfectamente, pero no es mi caso.

—¿Y qué piensas hacer?

—Mañana la llamaré con cualquier excusa y le pediré una cita. Si su alma no me ha reconocido, bastará con darle un poco de tiempo para que lo haga. Puede que tenga que volver a enamorarla también en esta vida, entonces acepto el reto.

Pablo lucía una sonrisa de oreja a oreja que dejaba ver su perfecta dentadura blanca, mientras que Amanda ponía los ojos en blanco, risueña, pero pensando que Pablo necesitaba alejarse de las novelas románticas una buena temporada.

—Está bien —dijo por fin, levantándose del sofá con las palmas de las manos hacia arriba—. Haz lo que quieras, pero por favor, no la asustes. No me gustaría que se extienda el rumor de que el escritor Pablo Fernández es un acosador.

—Dame esa copa, ya la llevo yo a la cocina.

Apoyada en el quicio de la puerta de la cocina, Amanda veía a su hermano más ilusionado que nunca. Parecía a punto de echar a volar. Ojalá llevase razón.

—¿Y tú qué, hermanita? ¿Cuándo vas a ser capaz de reconocer a tu alma gemela? Porque me da que eres de las que no saben verla y necesitan que alguien les abra los ojos a la fuerza.

—¿Yo? Quizá nunca. Creo que mi vida está más encaminada a repetir la historia de mi tocaya Amanda. Ya sabes, vivir sola, viajar mucho y ser la tía enrollada de los hijos que tengáis Bianca y tú.

A Pablo se le escapó una sonora carcajada.

—¡Oye! No te rías de esto, es un tema mucho más serio de lo que crees.

—Seguro que sí. Me voy a la cama. ¿Pones tú la alarma para llevarme mañana al aeropuerto?

—Claro. ¿Fiumicino?

Amanda asintió.

—Cuenta con ello. Descansa.

—Tú también. Y no hagas ninguna tontería, que te conozco.

Pablo la vio entrar en su habitación con paso tranquilo, recogiéndose el cabello en una coleta alta. Él terminó de apagar las luces del salón y se fue a la suya.

Miró por la ventana y sonrió. La ciudad parecía tener otro color. O tal vez solo era el filtro con el que ahora veía la vida.

A la mañana siguiente, Pablo dejó a Amanda en el aeropuerto, tal y como ella le había pedido. Se despidieron con un beso y un abrazo y la intención de volver a verse pronto.

—Te toca venir a ti —le dijo Amanda.

—Iré, no te preocupes.

Pero no fue así. Pablo incumplió su promesa, no tuvo tiempo de regresar a Madrid. Ninguno de los dos podría haber imaginado que la siguiente vez que se reunirían sería delante del altar de la pequeña iglesia de San Carlo alle Quattro Fontane.

30

Nos pasamos la vida hablando de
   felicidad,
cuando no hay nada más relativo que
   esta.
Buscamos el éxito, el reconocimiento, el
   dinero o el lujo.
Pero no está ahí:
la felicidad es transformar en viernes
   cada lunes,
es disfrutar de una compañía como si
   fuera la primera vez,
pero siendo conscientes de que puede ser
   la última.
La felicidad es ese licor que te recuerda a
   algo... o a alguien.
La felicidad es escuchar tu canción
   preferida
o ver aquella película que hace décadas
   te conmovió,
es ver una foto y querer volver a aquel
   instante,

es desear nuestro bien, pero sobre todo el
de los demás.
Deja de hablar de felicidad y,
simplemente, vívela.

Roma, 2083

Bianca era una mujer fantástica. Ella no creía en absoluto en almas gemelas ni hilos rojos, y siempre bromeaba con que, si a duras penas podía con esta vida, le parecía un horror que existieran hasta siete. «Ojalá esta sea la última», decía cada vez que Pablo le contaba el último hallazgo de alguno de los estudiosos de la materia a los que seguía. «Ojalá me queden seis más para volver a enamorarte en cada una de ellas», le respondía él.

No le resultó difícil conquistarla. Era un chico encantador. Después de aquella cena informal tras la presentación de su libro, quedó con ella el siguiente fin de semana. Tres semanas después y con varias citas de por medio, a solas, en las que lo pasaron estupendamente y comprobaron lo mucho que tenían en común, se decidió a pedirle que salieran juntos, al modo tradicional, que estaba cada vez más en desuso, y ella aceptó.

Cuando le habló de la existencia de su hilo rojo, Bianca simplemente se rio y le contestó que no le importaban las demás vidas, que sabía que en esta lo quería y eso era lo importante. La respuesta le encantó a Pablo, quien no se proponía cambiar a Bianca y mucho menos sus creencias o su forma de pensar. Le gustaba sin reparos, tal y como era.

La historia de su abuelo había marcado su forma de concebir las relaciones. Ninguna de las chicas con las que había estado le llenaba al cien por cien, y pasó varios años temiendo que cuando llegara la suya, la definitiva, estuviera condenado a no tenerla, al igual que le pasó a Aarón.

Él, sin embargo, tuvo más suerte. Desde el principio lo suyo con Bianca fue correspondido y, como se suele decir, fueron felices y comieron perdices. No le hizo falta ningún drama para saber que Bianca era su alma gemela. A veces la vida nos permite tenerla a nuestro lado, si sabemos abrir bien los ojos y el corazón y tomar las decisiones necesarias para ello.

Eran una pareja normal de veintimuchos años. Salían a los restaurantes, les gustaba pasar las tardes de los domingos en el sofá viendo una película, compartían los amigos y cenaban sin televisor, para poder contarse con pelos y señales lo que les había sucedido durante el día. Aunque fuesen detalles tan insignificantes como la cantidad de semáforos rojos que se habían cruzado en su camino o que el café de las nueve les había quemado la lengua porque tenían prisa y llegaban tarde a una reunión que tenían programada a esa misma hora.

Se compenetraban a la perfección. Confiaban el uno en el otro a ciegas y hacían planes de futuro juntos. Los dos esperaban lo mismo de la vida: seguir siendo felices en su trabajo, vivir en una casa grande cuando se les presentara la oportunidad y tener una preciosa familia formada por un niño y un perrito. Se quedarían en Roma, la ciudad natal de Bianca y de acogida de Pablo, y viajarían cada verano a España. Tratarían de jubilarse pronto para disfrutar de las rentas de toda una vida de esfuerzo y aprovecharían hasta la última brizna de energía para viajar. Y, entonces, un día tendrían que despedirse, hasta su siguiente vida, donde Pablo siempre aseguraba que la volvería a encontrar. Bianca se limitaba a sonreír y, en el fondo, deseaba que así fuera. Aunque no lo reconociera nunca en voz alta. No necesitaba leyendas japonesas para dar una explicación a su amor.

Sin embargo, la vida a veces tiene otro guion para nosotros. Pablo y Bianca estaban preparando las que serían sus primeras vacaciones como pareja cuando todo cogió otro rumbo. Aunque la mayor parte del tiempo estaban juntos, en casa del uno o del otro, aún no habían dado el paso de buscar un hogar común. Después de cuatro meses saliendo, no era por falta de ganas, de hecho ya lo habían hablado y no querían esperar mucho más, pero todavía no habían comenzado la búsqueda.

Una mañana de domingo todo se aceleró. El teléfono móvil vibró en la mesita de noche de Pablo, quien se desperezó y, al ver que se trataba de Bianca, contestó:

—Buenos días, enana

—Buenos días, bonito mío. ¿Estabas despierto?

—Ahora sí. —Pablo sonrió, restregándose los ojos para tratar de acostumbrarse a la claridad que comenzaba a filtrarse por la ventana—. Me ha despertado la vibración del móvil.

—Vaya, lo siento.

—No pasa nada, escuchar tu voz es una bonita forma de despertar.

—Es que... bueno... —Bianca dudó, no sabía cómo empezar—. ¿Voy a tu casa y desayunamos juntos?

—Claro, pero ¿no habíamos quedado más tarde en la cafetería de al lado de tu calle?

—Sí, sí, pero verás..., tengo algo que decirte y prefiero que estemos más tranquilos.

—Bianca, ¿va todo bien?

—Sí, no te preocupes.

—Ven, claro, no tienes que preguntarlo. Voy a meterme en la ducha para espabilarme un poco antes de que llegues. Entra con tu llave por si no puedo abrir la puerta, ¿vale?

Se despidieron. Pablo sabía que algo raro pasaba, pero quiso pensar que se trataría de una de las pesadillas que a veces tenía su chica y que le dejaban tan mal cuerpo. Confiaba en que lo hubiera llamado porque quería un par de abrazos de domingo en el sofá. Era especialista en dar los mejores, o al menos eso decía ella. Preparó café para que estuviera listo cuando ella llegara y a continuación cogió ropa limpia y su toalla de ducha y entró en el baño.

Bianca se apresuró. Por suerte vivían cerca, a apenas diez minutos andando, pero necesitaba soltar pronto la noticia que a ella la había cogido totalmente desprevenida. Se vistió con una sencilla camiseta blanca con rayas grises y unos tejanos desgastados en la parte de las rodillas, unas deportivas azul marino y sus gafas de sol tamaño XXL, y en el recibidor cogió el bolso. Metió en él el monedero, el móvil, el libro que estaba leyendo (nunca salía de casa sin algo de lectura) y el test de embarazo que acababa de dar positivo.

Diez minutos después estaba entrando en casa de Pablo.

—¡Ya estoy aquí! —Elevó la voz para que no se asustara, pero no obtuvo respuesta.

El apartamento olía a café y sobre la encimera de la cocina su chico había dejado una flor y una nota escrita a mano con letra pulcra: «He dejado el café preparado. Estoy en la ducha, no tardo. ¿Te he dicho alguna vez lo feliz que soy contigo?».

Sonrió. Le encantaban estos detalles. Algo tan insignificante como una nota escrita en treinta segundos, un mensaje espontáneo con un «te quiero» o una pequeña flor, aunque fuese arrancada de cualquier jardín al volver del trabajo, la llenaba de una enorme alegría. Detalles para los que no se necesita ni tiempo ni dinero, pero que consiguen hacer la vida más bonita. Pablo era experto en ello. Le salía solo.

Mientras esperaba a que terminara, tomó las riendas de la cocina y terminó de preparar el desayuno para que su chico encontrase la mesa puesta al salir de la ducha. Estaba un poco nerviosa y necesitaba ocupar los minutos de espera de alguna forma. El paseo le había sentado bien, había conseguido aclararse las ideas, y no hay nada que parezca demasiado malo cuando el sol brilla con fuerza. Aun así, no se quedaría tranquila hasta que no se lo contara a Pablo. Además, le afectaba directamente y quería ver su reacción.

No le había ocurrido ninguna desgracia, por supuesto, pero la noticia había sido una verdadera sorpresa. Querían ser padres, ya lo habían hablado en alguna ocasión, aunque no tan pronto. No ahora, sin haber podido disfrutar de varios años de pareja sin más obligaciones que las que cada uno acarreaba sobre sus hombros.

No sabía cómo se lo iba a tomar Pablo; intuía que bien. Se quedaría descolocado al principio, pero Bianca esperaba que, tras el choque inicial, la noticia le ilusionara.

Terminó de poner la mesa y colocó la flor que acababa de encontrar en la cocina en el centro, metida en un vaso de cristal para que presidiera el acontecimiento que estaba a punto de producirse.

Sin previo aviso, el sonido del agua cayendo que provenía del baño paró. Bianca escuchó la mampara abrirse con el chirrido que conocía bien, y en apenas un par de minutos Pablo entró en el salón, vestido con un pantalón pirata de lino y una camiseta negra que resaltaba su metro ochenta de altura. Bianca le sonrió desde la mesa.

—No te he oído entrar. ¿Llevas mucho esperando?

—Nada, muy poco tiempo, no te preocupes. Me he entretenido en terminar de preparar el desayuno.

—No tenías que haberte molestado. ¿Qué tipo de anfitrión seré si te invito a desayunar a casa y tienes que preparar tú las cosas?

—El mejor. Eres el mejor.

Tomó asiento a su lado, cogiendo con una mano las tostadas que su chica había preparado mientras con la otra le acariciaba la pierna. Tenían por delante un domingo maravilloso y pensó en proponerle ir hasta Villa Borghese para remar en las barcas junto al templo Esculapio, tomar algo en la Terrazza del Pincio o simplemente pasear por las amplias zonas verdes de los alrededores de la piazza di Siena.

—Te noto inquieta, ¿de verdad que va todo bien?

—Sí, va bien, aunque diferente.

—¿Diferente? ¿Qué ocurre?

—Verás, Pablo, no sé cómo contarte esto.

Pablo dejó el vaso en la mesa y le cogió la mano.

—Tranquila, cariño, sea lo que sea me lo puedes decir.

—¿Recuerdas que esta semana me encontraba un poco rara? Como más cansada, con dolor de estómago y menos hambre de lo normal, ¿te acuerdas?

—Sí, claro. ¿Qué pasa?

—Olvidé mirar el calendario y esta mañana me di cuenta de que llevo varios días de retraso. No creía que fuese eso, pero como me he despertado pronto he aprovechado para bajar a la farmacia y comprar un test para no pasarme el resto de la semana preocupada.

—¿Y qué ha salido?

—Lo tienes en mi bolso.

Pablo se levantó, con rostro serio. Tal y como se estaba encaminando la conversación no parecía que hubiese otra respuesta posible que no fuera un positivo, pero tenía que verlo con sus propios ojos.

En el departamento pequeño del bolso de Bianca había un test de embarazo cuidadosamente envuelto en papel y metido en su caja. En esta estaban las instrucciones: un palito, negativo; dos palitos, positivo.

Volvió a mirar el test: dos palitos.

Pestañeó, con los ojos fijos en las dos líneas rosas. Un par de segundos después volvió a la realidad y levantó la vista para mirar a Bianca, que aguardaba sin respirar, con el alma en vilo, la reacción de Pablo. Él vio el miedo en su rostro y en su interior todo se relajó. No era del modo en que lo deseaban ni el momento en que lo habían imaginado, pero su pequeña familia ya había empezado a formarse. Y eso le hacía feliz. Bianca se merecía que aquel fuera un día especial.

Dejó el test de nuevo en el bolso, volvió a la mesa, tomó a Bianca de las manos y la levantó. Le puso una mano en el vientre y la otra en la mejilla, y una sonrisa preciosa la tranquilizó.

—Vamos a ser papás.

Bianca, por fin, se relajó.

—¿Estás contento?

—Mucho. —La estrechó entre sus brazos, emocionado—. No lo esperábamos, pero va a ser genial. Nuestro amor crece. Este niño será un pequeño ángel.

31

Miro al resto de los pasajeros y pienso
que ellos
no tienen ni puta idea de lo que es volar.
Suerte la mía.

Roma, 2083

Las campanas doblaron aquella tarde de agosto para celebrar la unión entre Pablo y Bianca. A pesar de la popu-
laridad de Pablo y de la gran cantidad de conocidos que
tenía la pareja, los novios habían optado por una boda
sencilla, con una treintena de invitados. No habían tenido mucho tiempo para organizar el enlace. Dos semanas
después de recibir la feliz noticia, Pablo le había pedido
la mano a Bianca junto a la Fontana di Trevi, y antes de
entrar en el segundo trimestre del embarazo ya se estaban dando el sí quiero. El calendario les impidió convo-
car una gran celebración con cientos de invitados, pero
tampoco la habrían querido.

Eligieron la iglesia de San Carlo alle Quattro Fontane por su reducido tamaño. Tenía capacidad para unas cuarenta personas, aparte del personal eclesiástico, los novios, los padrinos y los fotógrafos. La iglesia, ubicada en una esquina de la via del Quirinale, era el lugar con el que siempre habían soñado. Un templo acogedor, íntimo y muy luminoso, que ese sábado de agosto se vistió de gala para recibir a la feliz pareja y al pequeño *angelo* que crecía en su interior.

A la celebración acudió la familia de Pablo, desde España. Su madre, Marta, recorrió con él, orgullosa, el pequeño pasillo del templo. Su padre, Alejandro, y su hermana, Amanda, ocupaban el primer banco, felices de ver a Pablo pletórico en el mejor día de su vida. Las sobrinas de Bianca, Astrid y Laeticia, precedieron a la novia en su entrada en la iglesia. El amor inundó las blancas paredes interiores de la que muchos consideraban una de las más valiosas joyas del barroco en Roma. Construida por Borromini entre 1638 y 1641, permanecía indiferente al paso del tiempo, en una pequeña calle, y era el refugio de aquellos que querían sellar su amor sin conceder ninguna importancia a las dimensiones del escenario. Se solía decir que las parejas que se daban el «sí, quiero» en San Carlo eran las que tenían el corazón más grande, porque no necesitaban hacer de su amor un gran espectáculo.

El *Éxtasis de San Miguel de los Santos*, el *Éxtasis de San Juan Bautista de la Concepción* y *San Carlos Borromeo y los fundadores de la Órden adorando a la Trinidad* eran las tres obras pictóricas que decoraban el interior de la iglesia, testigos de primera, junto a los familiares y los amigos más cercanos, de la formalización de ese amor eterno que se había fraguado de manera veloz. En solo siete meses, Bianca y Pablo habían pasado de ser dos desconocidos que apenas habían intercambiado algunos correos electrónicos sobre cuestiones de trabajo a ser una pareja de esas que se admiran y envidian a partes iguales.

Cuarenta y cinco minutos después de la entrada de Bianca en San Carlo alle Quattro Fontane salieron de la mano, convertidos en marido y mujer, envueltos en una nube de vítores de júbilo.

Retrasaron la luna de miel unos días para poder disfrutar de la presencia de la familia de Pablo en Italia y, cuando estos regresaron a Madrid, tomaron un tren rumbo al lago de Como. Eligieron este destino por la paz que se respiraba en él. Bianca lo había visitado de pequeña con sus padres y siempre había deseado volver. Pablo no lo conocía a pesar de llevar varios años en el país.

Era el lugar ideal para dos enamorados que tanto tenían que celebrar. Su boda, el pequeño bebé que crecía en su interior y el inicio de una vida en común. Se alojaron en el Grand Hotel Campione, uno de los establecimientos de cinco estrellas más económicos de la zona (si es que hay alguno que se pueda considerar económico), con una multitud de servicios para disfrutar de sus instalaciones y unas vistas de esas de las que hay que gozar al menos una vez en la vida.

Fue precisamente allí donde decidieron cómo se llamaría su bebé, del que ya sabían que iba a ser niño.

—Tengo un presentimiento. Me gustaría llamarle Aarón, como mi abuelo.

—Para mí es un ángel, un milagro inesperado. Mi pequeño Angelo.

No se pusieron de acuerdo hasta la última noche. Con las manos apoyadas en el vientre de Bianca, Pablo le susurró:

—Para mí también eres el mayor milagro de mi vida. Te llamarás Angelo.

32

Lo mejor de la vida
es lo que menos dura.
Los amores que no se quedaron,
los viajes que nunca planeamos hacer,
las noches que vencieron demasiado
*   rápido*
o las locuras que no volveremos a repetir.
Quizá por eso,
aunque veamos el firmamento lleno de
*   estrellas,*
siempre confiamos nuestros deseos
más importantes a las fugaces.
Porque sabemos que lo efímero,
al final, es lo que dura para siempre.

Roma, 2084

Angelo llegó al mundo a mediados del mes de febrero. Era un bebé risueño, con los ojos muy abiertos desde el primer día y con hambre, mucha hambre. «Este niño se comerá el mundo», dijo Amanda la primera vez que vio a su sobrino.

La distancia entre Roma y Madrid hizo que la familia paterna del niño no pudiera acompañarlo físicamente en los momentos más importantes de su vida, pero Pablo se encargaba de que estuvieran presentes de una forma u otra. A medida que Angelo iba creciendo, los iba poniendo al día de los acontecimientos más recientes, les mostraba fotos y les contaba anécdotas. Su familia era parte de su historia y Angelo tenía que conocerla.

Angelo creció siendo un niño muy sensible. A diferencia de otros pequeños, que preguntaban cosas como por qué la pizza es redonda o por qué los perros no hablan, él hacía razonamientos mucho más complejos. Le interesaba saber de dónde vienen las notas musicales, por qué el amor no se puede tocar o por qué los humanos tenemos emociones buenas y malas. Ese tipo de preguntas le había costado ser el rarito de la clase; la sensibilidad del niño fascinaba a la profesora, pero los compañeros de clase la aprovechaban para reírse de él. Cuando Angelo agachaba la cabeza y se callaba, la maestra se le acercaba y le decía bajito, al oído, algo que le encantaba escuchar y que le daba fuerzas para seguir siendo como era:

—Vas a llegar lejos, Angelo; mientras que ellos son solo uno más entre tanta gente, tú tienes un brillo especial. Que tu curiosidad nunca desaparezca.

Al salir del colegio adoraba llegar a casa y sentarse con su padre a escuchar lo que para él eran cuentos de fantasía. Pablo se sentía tremendamente orgulloso de poder hablar con su hijo, que contaba diez años de edad, sobre los temas que más le interesaban. Disfrazaba de cuentos sus conocimientos acerca del mundo de la reencarnación y de las almas gemelas.

—¿Crees que cuando sea mayor seguirá creyendo en todo esto? ¿Crees que le servirá para reconocer a su alma gemela?

—No creo, cuando llegue a la adolescencia te encerrará en un manicomio y se avergonzará de su padre —bromeaba Bianca.

—¡No te rías! Esto es más serio de lo que piensas. No sé, Bianca, tengo un pálpito con este niño. Es especial.

—Mucho, hemos sido muy afortunados.

—A él también siento que lo conozco muy bien.

—Claro, es tu hijo. Tu único hijo.

—Al margen de eso... No sé, aunque parezca una bobada, tengo la sensación de conocerlo de otra vida.

Bianca sonreía. Después de más de una década con Pablo, seguía tan enamorada como el primer día. Le encantaba escucharlo hablar sobre ese tema que tanto le fascinaba, verlo leer cosas al respecto y entusiasmarse sin mesura. No hay nada más interesante que atender a un orador apasionado.

Otra de las aficiones de Angelo eran los libros. Era uno de los pocos alumnos que sacaban provecho de la biblioteca del colegio, y no había noche que se acostase sin antes leer un poquito, aunque solo fuese un capítulo.

Pablo le había escrito algún cuento cortito en ciertas ocasiones especiales, por ejemplo, para su séptimo cumpleaños o cuando volvía triste del colegio porque sus compañeros se habían vuelto a meter con él, Bianca estaba muy orgullosa. Ni la última videoconsola ni los mejores juguetes del mundo podían igualar un regalo así.

Pablo había dejado de escribir, al menos para el público, tras lanzar al mercado su tercera novela. Su éxito se había desinflado un poco y prefirió centrar todos sus esfuerzos en editar libros para otros. Además, eso le permitía trabajar codo con codo con Bianca. Se sentía un privilegiado.

Hubo un día concreto que Angelo recordaría toda su vida. Era un domingo de otoño. Las clases habían empezado hacía apenas unas semanas y las vacaciones se antojaban todavía demasiado lejanas. Los domingos, sin embargo, se sentía muy feliz. Sus padres estaban en casa y a veces salían todos a comer con sus primas y sus tíos. Ese día llovía y su madre le había prometido que por la tarde prepararía palomitas caseras y harían un maratón de pelis de dibujos animados. Él podría elegirlas. No le importó quedarse en casa, allí también se lo pasaba muy bien.

Por la mañana, mientras terminaba los pocos deberes que tenía pendientes, notó un escalofrío, como si una serpiente hubiese recorrido su cuerpo por dentro, desde el estómago hasta el corazón, y hubiese escupido su veneno hacia los brazos, donde la piel se le erizó. Se levantó y fue al salón, donde su padre escuchaba música.

—Papá, ¿qué escuchas?

—Mira, hijo, es tu bisabuelo Aarón.

Angelo había oído hablar mil veces del abuelo de su padre, sabía que se había dedicado a la música, que era artista, como papá, pero nunca había escuchado nada de él.

—¡Guau! Canta muy bien para ser un anciano.

Pablo rio.

—No, hijo, no siempre fue anciano. Él también fue joven, como yo, y niño, como tú. ¿Y sabes qué? Tuvo una historia fascinante. Te prometo que algún día te la contaré.

—¡Cuéntamela, papá! ¡Cuéntamela hoy!

—No, cariño, eres demasiado pequeño aún para entenderla.

—Jo...

—Los mejores tesoros de la vida solo podemos descubrirlos cuando estamos preparados para ello.

Angelo protestó. No le parecía justo. Su curiosidad, una vez más, vencía a la lógica.

—Está bien, hagamos un pacto —le dijo su padre.

Pablo se levantó y se dirigió a su dormitorio. Apareció apenas un minuto después con uno de sus libros en la mano. *Lo que nunca fue.*

—Mira, hijo, esta es la historia más especial que he escrito nunca. —Bianca sonrió, ella conocía el motivo—. Y creo que es uno de los mejores regalos que puedo hacerte. Pero, para entenderlo, necesitarás que te cuente algo más cuando seas mayor. Guárdalo bien en tu caja de recuerdos y no lo leas hasta entonces.

—¿Cuándo cumpla dieciocho años?

—No, más adelante. Cuando estés preparado de verdad para conocer una historia que, probablemente, cambiará tu forma de ver la vida. Angelo, la vida a veces no es justa, y algún día deberás saberlo.

—Pablo... —lo frenó Bianca con voz suave. Era solo un niño.

—Sí, llevas razón. —Volvió la cabeza de nuevo hacia Angelo y, con una sonrisa, le dijo—: ¿De acuerdo, campeón? ¿Lo guardarás en tu caja de recuerdos y lo leerás cuando seas mayor? No solo es un regalo de tu padre, es un regalo de familia. Te contaré por qué, ¿vale?

—¡Vale! —Angelo estaba entusiasmado; aquello le parecía un juego. Le habría gustado cerrar los ojos y que pasaran los años rápido para poder descubrir qué ocurría con ese libro—. *Lo que nunca fue...* Bonito título, ¿de qué me suena?

—Tal vez de esta canción, seguro que me has pillado escuchándola más de una vez. Espera un momento.

Pablo cambió la canción y las notas de aquel tema de su difunto abuelo llenaron la habitación.

—Pero... no es la misma voz de antes.

—No, no la canta el abuelo, pero él la compuso. ¿Sabes lo que significa componer?

—Sí.

Los tres disfrutaron de la preciosa canción, que nunca pasaría de moda en sus vidas. Pablo sonreía tristemente al recordar al loco de su abuelo; Bianca le acariciaba el pelo con ternura, pensando que le habría encantado conocer a ese gran hombre, y Angelo volvía a sentir la serpiente que antes había estremecido su interior.

Cuando terminó de sonar la última nota, Bianca atrajo la atención de todos con una palabra mágica, tanto para niños como para adultos: «Pizza».

—Bueno, ¿queréis que pidamos pizzas?

—¡Sí! —gritaron Pablo y Angelo al unísono.

Al llegar a los dieciocho, Angelo se parecía más que nunca a su padre. Había heredado muchos rasgos de él: su altura, sus ojos expresivos, su facilidad para manejar la palabra escrita y su interés por las vidas pasadas. Empezó un curso de arte dramático, pero lo dejó en la segunda clase. Lo suyo no era estar en el escenario, sino tal vez detrás, creando historias a los que otros pondrían cara y voz.

A los veinte empezó a escribir. Una noche tuvo una fuerte discusión con sus padres.

—¡No lo entiendo! He escrito un libro, como podría haber hecho cualquiera, y vosotros que trabajáis en una editorial no queréis ayudarme a publicarlo.

—Angelo, claro que queremos ayudarte, siempre y en todo lo que podamos —trató de explicarle su madre con cariño—. Precisamente por eso pensamos que tu carrera debe tener unas bases sólidas. Nadie arrasa con su primer libro y menos a los veinte años. Si de verdad quieres ser escritor, un escritor con éxito, te queda mucho por pelear todavía. Y cuando llegue el momento pelearemos contigo, no lo dudes.

—No queremos que entres en la industria gracias a tu apellido —replicó su padre—. Tienes talento para aspirar a mucho más. Eres bueno, muy bueno, pero debes madurar. Tanto en las letras como en la vida.

Angelo hizo caso omiso de los consejos de sus padres. Estos no le habían abierto las puertas de la editorial en la que trabajaban, pero nadie le podía impedir que llamase a otras. Si no lo querían en su equipo, se iría a la competencia.

Cuando empezó a recibir negativas, en algunos casos, o un silencio absoluto, en otros, por respuesta, comprendió que quizá sus padres llevaban razón y que su primer libro, que a él le parecía extraordinario, tal vez no lo fuera tanto.

Continuó escribiendo y empezó a aficionarse a los microrrelatos. Le robaban menos tiempo y le daban una satisfacción más inmediata. Aunque no olvidaba su sueño de publicar una novela, después de lo que para él había sido un primer fiasco bastante importante, había decidido aparcar ese deseo durante, al menos, un año.

Como cualquier chaval de su edad, disfrutaba de una tarde de cine con sus amigos, de una ruta en bici los domingos o de un partido de fútbol de su equipo favorito, el Lazio.

De vez en cuando quedaba con alguna chica y, al contrario que sus amigos, que solían ser bastante celosos de su intimidad cuando se trataba de temas de amor, se lo contaba a su padre, quien siempre le recordaba que no debía tener prisa en los asuntos del corazón.

—Mírame a mí, que conocí a tu madre a los veintisiete años.

—Pero antes tuviste tus ligues.

—Claro, sí, novias bastante estables, como seguramente te pasará a ti. O tal vez no, tal vez te llegue el amor de tu vida a la primera. Lo importante es que estés totalmente seguro de ello y que nunca te conformes con vivir con el piloto automático puesto.

—¿Y si nunca encuentro a la persona que sostiene el otro extremo de mi hilo rojo?

—La encontrarás, te aseguro que la encontrarás.

Un día cualquiera del mes de octubre, cuando tenía veintiún años, Angelo salió a saborear la noche romana en compañía de sus amigos, tras escuchar las advertencias de su madre de que tuviera cuidado y no regresara muy tarde. El muchacho no acostumbraba a salir de noche, por lo que, cuando lo hacía, Bianca se preocupaba.

Aquella noche, el destino quiso que a la quedada se sumaran unas jóvenes estudiantes de Enfermería. Angelo lo pasó realmente bien con ellas, sobre todo con una, Fabiana, una chica muy simpática e inteligente con la que intercambió el número de teléfono.

Al día siguiente la llamó.

33

Podemos engañar al mundo,
podemos interpretar el mejor papel ante
los demás,
ante nosotros mismos,
podemos intentar engañar a la razón,
pero nunca nunca engañaremos al
corazón.
Ese que lo sabe todo de nosotros y, aun
así, se queda.
Y, aun así, nos perdona una y otra vez.

Roma, 2105

El día de su primera cita, Fabiana lo pasó como cualquier chica de su edad: pegada al teléfono, hablando con su mejor amiga, para decidir qué modelito ponerse. No quería llamar demasiado la atención, ni parecer vulgar ni asustar al chico, pero tampoco deseaba darle una imagen sosa y aburrida. Elegir el vestuario para una primera cita puede llegar a ser un verdadero drama para una jovencita. Finalmente, Fabiana se puso un vestido azul de cuello de barco y unos botines planos de color marrón con un par de flecos en la parte trasera, a juego con el bolso, del mismo tono. Antes de salir envió una foto a su amiga para que le diera su aprobación. Cuando esta le dijo que iba perfecta, supo que estaba preparada para acudir a la cita.

Aunque Angelo insistió en pasar por su casa a buscarla, ella prefirió ser cauta y quedar en una plaza cercana; así, si tenía que salir corriendo, por lo menos no sabría dónde vivía. Tras los primeros minutos de conversación banal acerca del tiempo, de lo bien que lo habían pasado la noche anterior y de los desafíos de la universidad, finalmente se pusieron de acuerdo y decidieron ir a ver una película que se había estrenado ese mismo fin de semana. Era una comedia, con la que ambos rieron y que hizo que el tiempo volara. Al terminar, ella accedió a que la acompañara a casa. Algo le decía que aquel chico iba a pasar por su puerta muchas veces.

Y así fue. Lo que comenzó siendo una amistad con derecho a roce terminó evolucionando hacia una bonita relación afianzada en la confianza del uno en el otro y las largas horas de conversación, hasta que poco a poco se vieron haciendo planes de futuro a largo plazo.

Fue precisamente Fabiana quien lo animó a volver a escribir una novela. A ella la habían contratado en un hospital como enfermera. Era para cubrir una baja, pero había logrado meter la cabeza en el mercado laboral para ejercer su profesión tan solo unos meses después de terminar la carrera.

—¿Por qué no vuelves a escribir? —le preguntó mientras cenaban un día que él había ido a recogerla tras una agotadora guardia.

—Ya lo hago, escribo casi a diario.

—Ya sabes a lo que me refiero. Escribir una novela.

—Exige invertir mucho tiempo, y ¿para qué? Ya tengo una en el cajón cogiendo polvo. No es tan fácil.

—Claro que no es fácil, pero si no das los primeros pasos nunca llegarás a tu destino.

—Además, la vida de escritor es dura, tal vez no sea para mí. Mira mi padre, él sí consiguió tener éxito y lo dejó tras tres novelas. Colgó la pluma para dedicarse a corregir a otros.

—La vida va evolucionando. Puede que en aquel momento hubiera dejado de llenarle escribir sus propias historias. —Cogiéndole las manos, casi a modo de petición, le susurró—: Me gustaría que lo intentaras. Yo también quiero verte triunfar.

Angelo estaba locamente enamorado de Fabiana y aquello le dio fuerzas para volver a abrir su ordenador portátil y plantarse ante el temido folio en blanco. Empezó una nueva historia, también de género romántico; era innegable que llevaba los genes de su padre y que se manifestaban en todo lo que salía de la punta de sus dedos.

Pasó prácticamente la noche en vela escribiendo. Al día siguiente hizo lo mismo. Y al otro. Las noches frente al teclado se convirtieron en rutina, y no paró hasta que escribió «fin», ciento veinte mil palabras después. Ese día llevó a Fabiana a cenar a un sitio caro para celebrarlo.

—¡He terminado mi novela!

—¿En serio? ¡Enhorabuena! Es fantástico, te dije que lo conseguirías.

—Lo he logrado gracias a ti. La protagonista femenina está inspirada en ti.

—Estoy deseando leerla. ¿Me dejarás?

—Claro. Puedo pasarte el archivo digital. No sé si algún día se publicará en papel... —Angelo bajó la mirada, consciente de que tal vez había vuelto a perder el tiempo.

—¿Por qué te importa tanto que se publique en papel? Hoy en día casi nadie lee libros en papel.

—Lo sé, pero para los escritores sigue siendo importante tener la posibilidad de tocar su historia. Conseguir hacer tangible lo intangible es como un milagro.

—Ese momento llegará. Te lo aseguro. Mientras tanto, yo seré tu primera lectora. ¿Te apetece?

—No se me ocurre nadie mejor.

Fabiana era la única que sabía que había escrito otra novela. Una noche, mientras cenaba en casa, se lo contó a sus padres.

—He vuelto a escribir. Quiero decir, he terminado una novela nueva.

—Es fantástico, cariño. —Bianca dejó la ensaladera sobre la mesa para acariciar el hombro de su hijo en señal de aprobación—. ¿Me pasas el agua, por favor?

—¿Me dejarás echarle un vistazo? —preguntó su padre.

—Claro, luego te enviaré el archivo.

—¿Cómo te ha dado por volver a escribir?

—Me animó Fabiana, sabe que es importante para mí.

—Esta chica es maravillosa. —Su madre sonrió orgullosa—. Estoy muy contenta de que la hayas encontrado. Espero que sepas cuidarla. Y que ella te cuide a ti, claro.

—Tranquila, mamá. Lo hacemos.

—Estamos muy felices por ti, Angelo. ¿Cómo estáis? ¿Os va bien? Nos gustaría que vinierais más por casa.

—Sí, nos va genial. Cada día nos entendemos mejor y ya no concibo mi vida sin ella.

—Qué bonito, hijo. No olvides recordárselo a ella.

Aunque a veces demos las cosas por hecho, para los demás es importante escucharlas.

Pablo se emocionó.

—Me encanta oírte decir eso. Al final tú también encontraste tu hilo rojo.

—Supongo que sí —respondió Angelo sonriendo.

Tras la cena, Pablo se sumergió en la novela que había escrito su hijo. No pudo dejar de leer en toda la noche y a la mañana siguiente, los primeros claros del día lo sorprendieron con lágrimas en los ojos. La había terminado de un tirón, sin despegar la vista del lector electrónico en el que había descargado el archivo que su hijo le envió. Era sencillamente fabulosa. La obra maestra por la que había merecido la pena esperar. Pablo se había llevado un disgusto al tener que decirle a su hijo que no lo ayudaría a publicar su primera novela en su editorial, esperando que mejorase su escritura y madurase un poco más. Y esto era lo que por fin había sucedido. Lo que acababa de leer era asombroso, y más tratándose de un escritor novel. Con unos pocos retoques por parte de un corrector profesional, el manuscrito se convertiría en un libro de esos que hacen que la vida del lector sea un poco mejor.

Lo presentó en la editorial sin decirle nada a Angelo, compinchado con Bianca, quien también lo leyó y quedó tan fascinada como él. El libro debía pasar otro filtro más, y no quería crearle a su hijo falsas expectativas que después le hicieran volver a hundirse.

Angelo era especial. Igual que él. Igual que su abuelo Aarón. Había heredado la sensibilidad de su familia y la facilidad de expresar sus sentimientos mediante el arte, ya en forma de canción, ya en forma de libro.

En la editorial dieron el visto bueno a la novela un par de semanas después y la maquinaria comenzó a ponerse en marcha. Apostaron por dedicar una gran parte del presupuesto para publicidad a ese joven desconocido, que logró colarse en la lista de los libros más vendidos en Italia y permanecer en los primeros puestos una temporada.

Así fue como Angelo siguió los pasos de su padre y se convirtió en escritor, un escritor de los que llenan las páginas a golpes de corazón y no bajo el mandato de ningún guion.

Poco después de cumplir los veinticinco años se fue a vivir con Fabiana, con lo que alcanzó otro de los objetivos de su vida: empezar a formar su propia familia. Alquilaron un modesto apartamento en el centro cuando los *royalties* de sus libros empezaron a dar para vivir sin pasar apuros y cuando ella consiguió un puesto fijo en el mismo hospital donde había comenzado a trabajar recién salida de la universidad.

Ella esperaba una pedida de mano que parecía que no iba a llegar nunca. Él aguardaba una señal del destino, un indicio que lo empujara a comprometerse por escrito a compartir el resto de sus días con ella. Sin embargo, no vislumbraba ningún aviso.

Y, aunque nunca lo habló con nadie, no lo entendía. Si era feliz con ella, si la quería, si estaban tan bien compenetrados, ¿por qué no sentía la llamada?

La respuesta la tenía cerca. En la caja de recuerdos de la infancia que se había llevado a su nuevo hogar, que permanecía cerrada desde que él tenía doce años y empezó a sentirse mayor. Allí, la segunda novela de su padre, la única que no había leído, aguardaba, paciente, a que llegara el momento de que Angelo se adentrara en una historia que tal vez le resultaría muy familiar.

34

Volveremos a vernos.
En otros brazos, en otra piel, en otra vida.
Y te prometo que volveré a mirarte
como aquella noche
en la que las estrellas callaron por los dos.

Roma, 2115

El reloj del salón marcaba las siete de la tarde pasadas. Angelo hacía crujir sus nudillos sentado en el sofá mientras esperaba a que Fabiana saliera del baño. Siempre igual. Le sacaba de sus casillas su impuntualidad; cinco años de convivencia no le habían bastado para comprender cómo una mujer podía tardar tanto en arreglarse.

Era el día de su trigésimo primer cumpleaños y Fabiana había preparado una bonita velada para él. Primero, irían a ver la exposición de una artista emergente recién llegada de Nápoles, y luego cenarían en el restaurante Il Ponentino, en la piazza del Drago, en pleno corazón del Trastévere. No era el lugar más lujoso de

Roma, de hecho, a la hora del almuerzo el menú del día atraía a turistas que huían de otros restaurantes asustados por el *pane e coperto*, pero para ellos era un sitio especial: el lugar donde habían celebrado juntos el cumpleaños de Angelo por primera vez. Angelo la invitó a cenar allí el día que cumplía veintidós años, tras apenas tres meses de relación, y ahora a Fabiana le parecía el sitio ideal al que regresar casi una década después. ¿Enamorados como el primer día? Quizá más. O de una forma diferente. Ya no se amaban con la intensidad de las primeras veces, pero, sin duda, lo que tenían ahora era mucho mejor.

El piso de la via Rasella donde vivían era un lugar de paso, con un alquiler que se podían permitir a pesar de encontrarse en pleno corazón de Roma, a tan solo doscientos metros de la Fontana di Trevi. La antigua fachada del edificio anunciaba lo que se hacía evidente en el interior: el suyo era un apartamento ajado por los años, con demasiados siglos de historia a sus espaldas, pero que resistía estoicamente el paso del tiempo. Acogedor, templado en invierno y fresco en verano, les permitía desplazarse a pie al trabajo, lo cual era una de sus mayores ventajas. Por supuesto, entre sus planes inmediatos de futuro estaba el traslado a una vivienda mejor, una casa propia en las afueras que pudieran decorar a su gusto y donde ver crecer la bonita familia que querían construir.

Esperaban poder comenzar a cumplir sueños muy pronto. Fabiana, enfermera de profesión y de vocación, esperaba un inminente ascenso a responsable de urgencias, mientras que Angelo estaba a punto de cerrar un contrato más que generoso con una importante editorial, después de varias novelas publicadas con una excelente acogida por parte de la crítica y del público. La opinión de sus lectores era lo que más le importaba, por encima de lo que pensasen los expertos. Porque cuando son tus lectores los que te felicitan, es que tu obra ha conseguido emocionar, al margen de la teoría de si está bien escrita o de si la historia es comercial.

Le encantaba que su imaginación fluyera a través de sus dedos y que el teclado del ordenador fuera el espejo donde las palabras armonizadas en su mente encontraban su reflejo. Llevaba mucho tiempo especializándose en asuntos sobre la reencarnación; influido por su familia creía, desde pequeño, que el alma nunca muere, que los humanos vamos pasando niveles hasta llegar a nuestra última vida, de un modo parecido a un gato y sus siete vidas. Su padre le había transmitido su pasión por este tema, y él la había desarrollado a través de múltiples lecturas. La última, *Historia de dos almas*, era una bella novela del siglo pasado en la que Roma tenía un papel destacado.

Además de las enseñanzas de su padre, a su casi obsesión por la reencarnación contribuían, sin ninguna duda, las sensaciones que afloraban en su interior cuando veía determinados lugares en los que nunca había estado y que le producían sentimientos inexplicables, como si su alma hubiera estado ligada a ellos en vidas anteriores, como si ya los hubiera conocido antes.

¿Qué cosas habría vivido en esos sitios? Y sobre todo, ¿cuántas vidas le quedaban? Tras muchas investigaciones, había llegado a la conclusión de que, como el alma no muere jamás, vida tras vida seguimos amando a las mismas personas y a las mismas cosas. Quien es artista, lo continuará siendo en sus siguientes vidas, si bien no necesariamente en la misma disciplina; igual ocurre con aquellos que desean ser útiles a la sociedad, como los profesores, los médicos o los psicólogos, cuyo afán perdurará de una vida a otra. No obstante, las personas no siempre se ciñen al mismo rol. De hecho, Angelo aplaudía la teoría de que, vida tras vida, vamos cambiando de parentesco hasta completar el círculo. Con una excepción. La otra mitad de nuestro corazón corresponde, en todas las vidas, a la misma alma, ya que ninguna otra encaja en nuestro puzle perfecto. A veces no se nos permite vivir la vida con ella, pero siempre, absolutamente siempre, la encontramos. Y depende de nosotros que lleguemos a tiempo.

Las manecillas del reloj del salón marcaban ya las siete y veinte. Angelo resopló una vez más. Se levantó para coger las invitaciones para la exposición que iban a ver, si Fabiana decidía por fin qué modelito ponerse, y volvió a leer la dirección. Hasta ahora no había pensado demasiado en aquel acto, ni siquiera sabía quién era la artista. Iban a ir más bien por capricho de su chica, que le prometió compensarlo con una cena en un sitio que le iba a encantar. Se fijó en el nombre de la artista y algo se removió en su interior. Alessia Acampora. Le sonaba vagamente, pero... ¿de qué?

Cuando oyó abrirse por fin la puerta del cuarto de baño y los tacones de Fabiana resonaron contra el suelo de madera, respiró aliviado guardándose las invitaciones en el bolsillo trasero del pantalón.

—¡Ya era hora! Siempre me haces esperar.

—Pero ¿estoy guapa? —Fabiana dio una vuelta sobre sí misma, esperando ver la cara de tonto que siempre se le quedaba a su chico. Sí, justo esa con la que ahora la miraba.

—Muchísimo. Venga, que vamos a llegar tarde otra vez.

—Tranquilo, la galería está aquí al lado y no tenemos cita en el restaurante hasta las diez.

—¿Al restaurante vamos andando o en coche?

—En coche. —Vio como Angelo entornaba los ojos y, riéndose, añadió—: ¡Y no me preguntes más que al final vas a adivinar dónde es! ¡Vamos!

Tal y como le había prometido Fabiana, la galería de arte quedaba bastante cerca de su apartamento. Tras un corto paseo a pie, que se hizo especialmente agradable gracias a la buena temperatura que Roma les regalaba aquella noche, llegaron frente al gran edificio que, según rezaba en el cartel de la entrada, acogía durante unos días una exposición escultórica temporal sobre Berlín.

En la sala de exposiciones, Alessia andaba, nerviosa, de un lado a otro. Hacía apenas una hora que se habían abierto las puertas al público; era el primer día de exposición y quería que todo saliera bien, que los visitantes se sintieran cómodos y pudieran disfrutar de su arte. Estaba muy cansada, pero la adrenalina del día del estreno se impuso a la flaqueza física. La noche anterior apenas había dormido, preocupada por si alguna de las piezas sufría algún daño durante el transporte. Por suerte, todo estaba en orden.

Aunque llevaba toda la vida dedicándose a la escultura en su Nápoles natal, primero como aprendiz, luego como ayudante y finalmente como artista en un pequeño taller que había alquilado junto al puerto, esta era su primera gran oportunidad.

Exponer en Roma, el sueño de cualquier artista italiano. Si sus obras gustaban, la muestra sería el despegue de su carrera; no podía evitar hacerse ilusiones e imaginar lo que se le podía venir encima.

Le hacía especial ilusión que la obra elegida hubiera

sido aquella serie de esculturas que había realizado un par de años atrás sobre Berlín. Figuras humanas que representaban magistralmente la majestuosidad de los edificios derruidos en el siglo XX y levantados de nuevo. Una ciudad que supo regenerarse, que resurgió literalmente de sus cenizas, que se limpió el polvo de las piernas, se levantó y volvió a la carga con más fuerza. Una ciudad con un gran empuje por vivir. Desde que descubrió en el instituto la historia de Berlín, Alessia quedó fascinada. Le gustaba compararla con esas personas fuertes a las que lo que pueda tumbarlas por un momento no logra destruirlas, y a las que la caída les sirve de aprendizaje para regresar a la vida con más ganas. Berlín tenía un atractivo que la cautivaba con demasiada fuerza, a pesar de que nunca había tenido la ocasión de visitarla. Uno de sus muchos sueños pendientes.

Tras saludar a una pareja de desconocidos que la felicitaron por la genialidad de la obra, su marido, Piero, le reclamó un instante de atención. Había viajado desde Nápoles con ella para acompañarla en este gran momento y sobre todo para ayudarla a controlar sus emociones cuando notara que los nervios se apoderaban de su pequeño cuerpo.

—¿Te acerco un par de canapés? He visto pasar una bandeja con unos enrolladitos de salmón ahumado y pesto que te encantarían.

—Si sobra algo cuando terminemos, asaltaré el carrito, te lo aseguro —respondió riéndose mientras se tocaba la tripa con las manos para expresar el hambre que tenía—, pero ahora no quiero entretenerme, quiero estar con el público.

—Ha quedado todo muy bien y la gente parece encantada, así que relájate y disfruta.

—Gracias por estar a mi lado, no sería capaz de enfrentarme a estas fieras sin ti.

—Claro que lo serías. Puedes hacer cualquier cosa que te propongas.

Le dio un beso en la frente y se apartó unos metros para ir en busca de los mini vasitos de pollo teriyaki que acababa de ver pasar hacía solo unos segundos. Alessia se giró y se topó con un par de periodistas que decían ser de la prensa local. Aceptó grabar un pequeño directo para su portal de comunicación, agradeciéndoles inmensamente que se interesaran por ella a pesar de trabajar para un medio pequeño. Hacía tiempo que los periódicos impresos habían desaparecido y las posibilidades del mundo digital por fin se estaban explotando al cien por cien. Alessia era una defensora del papel, una de las pocas que aún quedaban, que eran sobre todo gente de su edad, que había vivido justo en la frontera entre el fin del mundo del papel y la imposición de los contenidos digitales.

Eran casi las ocho de la tarde. Angelo y Fabiana comenzaron a pasear por la bonita exposición. Incluso a él, que no entendía demasiado de escultura, le fascinaron aquellas piezas. Eran la perfección hecha realidad. Había mucho talento en esas obras.

Alessia se encontraba de espaldas a ellos, comentando una de las esculturas, que representaba el Checkpoint Charlie, con un par de blogueras de moda, más interesadas en el camarero que les había servido dos copas de vino espumoso que en la exposición.

De pronto, alguien llamó a Fabiana.

—¡Fabiana! No puede ser verdad, ¡cuantísimo tiempo!

—¿Piero? ¡Qué sorpresa! ¿Qué te trae por Roma?

—Soy el marido de la artista —respondió el hombre con una evidente mueca de orgullo.

—Esto es genial, nos están gustando mucho sus obras, tiene muchísimo talento. —Volviéndose hacia Angelo, que hasta ahora había permanecido en un discreto segundo plano, sin querer molestar, añadió—: Oh, perdona, te presento a Angelo, mi chico.

—Encantado, Angelo, es un honor que hayáis venido.

—Gracias, pero el honor es nuestro. Como dice Fabiana, es impresionante esta exposición sobre Berlín. Es una ciudad que me llama mucho la atención, y nunca la había visto reflejada así.

—Os lo agradezco, pero decídselo a ella, por favor, le va a hacer mucha ilusión. Está aquí al lado.

—Piero y yo nos conocemos desde pequeños. —Fabiana intervino de nuevo para poner a su chico en antecedentes—. Nuestras familias son grandes amigas y cada verano coincidíamos en la casa que mi tía Antonella tenía en Motril, en el sur de España. Creo que te he hablado de ella en alguna ocasión. Cuéntame, Piero, ¿sigues viviendo en Nápoles? ¿También eres artista?

—Sigo en Nápoles, sí. —Y riendo, continuó—: Pero no, siento comunicarte que la única artista de la familia es ella. Yo dirijo una empresa pequeñita de marketing. ¡Qué pena que mi familia dejara de ir los veranos a España! Tengo muy buenos recuerdos de aquella etapa.

—Sí, fueron tiempos muy buenos. Nosotros también dejamos de ir al poco tiempo, cuando mi tía falleció.

—Vaya, lo siento, era una mujer extraordinaria.

—Y tanto. ¿Cuántos años teníamos la última vez que nos vimos? ¿Nueve, diez?

—Más o menos, sí. —Piero seguía atento a lo que sucedía a su alrededor y, en cuanto vio que su mujer se quedaba libre, la llamó para que se añadiera al grupo—. ¡Alessia! Ven, te quiero presentar a unos amigos. Ella es

Fabiana, ¿recuerdas lo que te he contado tantas veces de los veranos en España? Es la sobrina de Antonella. Y él es... ¿Angelo me habías dicho? Perdona, soy malísimo con los nombres.

Angelo, que se había distraído un momento admirando una pieza sobre Alexanderplatz, asintió mientras volvía la cabeza y atendía de nuevo a la conversación.

Al verla, todo cambió.

En su interior se despertó una fuerza, una explosión de energía que escapaba a todas las razones de la lógica.

¿Qué estaba sucediendo? Los ojos de Alessia se encontraron con los suyos e inexplicablemente los dos quedaron unidos por un magnetismo que nunca podrían explicar.

Por un instante, todo lo que formaba parte del mundo exterior desapareció: no había ruido, no había gente, no había nada. Tan solo estaban ellos dos y la magia de dos corazones que se vuelven a encontrar. Por fin encajaban las piezas del puzle. Sus relojes vitales movían las manecillas nerviosamente, de forma descontrolada, tratando de ajustar su ritmo, pero algo iba mal. Había vuelto a ocurrir: una vez más, habían llegado tarde a sus vidas.

Alessia fue la primera en recuperar el sentido de la realidad y tendiéndole la mano, se presentó ante aquel desconocido:

—Encantada, soy Alessia. Gracias por venir.

—Angelo, es un placer. Todo esto es... maravilloso.

No podían dejar de sonreír. Alessia no entendía lo que ocurría, mientras que Angelo empezaba a sospechar algo. «Así que son reales esas teorías que se cuentan sobre la reencarnación...», pensó. Era incapaz de recordar nada, pero, si hacía un esfuerzo, llegaba a oír el aleteo de las mariposas de su interior. Y aquello tenía que significar algo.

Piero y Fabiana se apartaron para buscar más canapés de parmesano; Alessia se giró para regresar al mundo real, pero la curiosidad pudo con ella y, volviendo la cabeza de nuevo hacia el hombre que tenía delante, entornó los ojos con gesto inquisitivo y le preguntó:

—Perdona, ¿nos conocemos de algo?

Angelo esbozó la sonrisa más bonita que le puede dedicar a alguien una persona y, con calma, le respondió:

—Tal vez... de lo que nunca fue.

35

Y si mañana se acabara el mundo,
yo, hoy, pasaría mi última noche entre
tus brazos.

Roma, 2171

La magia de los abrazos es que siempre salvan. Hoy, en el que sin ninguna duda es el peor día de mi existencia, nadie puede imaginar cómo reconforta ese apretón sincero de las personas que han formado parte de mi vida. Y sí, lo digo en pasado, aunque yo todavía vivo o, mejor dicho, aunque yo todavía respiro. Mi vida se fue en el momento en que ella abandonó este mundo terrenal. Mi cuerpo, sigue aquí; mi mente y mi corazón volaron hasta ese lugar desconocido en el que todos queremos creer que nos espera algo mejor. Aunque yo intuyo que lo que nos espera después de la muerte no es otra cosa que una nueva vida. Y no es mi momento para volver a nacer. El de ella, sí. Sé que ya me está esperando dondequiera que sea el lugar en que nos volveremos a encontrar.

Me miran con pena, pero no saben que, en realidad, mis lágrimas solo encierran frustración, por todos los momentos que se me acaban de escapar entre los dedos. No más sonrisas, no más caricias, no más miradas. No más magia. Fin.

A pesar de que ahora me han arrancado todas mis sonrisas de un tirón, sin anestesia ni clases preparatorias, algo dentro de mí no puede dejar de estar agradecido por la vida que he vivido. Sentir es el precio que pagamos por vivir. Y otra cosa no, pero yo de vivir sé mucho.

Ahora que quiero que mi historia salga a la luz, sé que algunos me señalarán como a un villano; para otros, seré un héroe. Y así funciona todo: depende del color del cristal con que se mira. Yo, sin ningunas ganas de excusarme, puedo decir que todos hemos bailado alguna vez en ambos lados. Que todos hemos hecho un poco de daño. Que todos hemos jugado en el lado del bien y en el del mal. Que las cosas no son blancas o negras, que, si bien me dijeron que la vida es gris, yo la viví a todo color.

Los asistentes al funeral de mi mujer comienzan a marcharse, dándome de nuevo todo su apoyo mediante palabras y apretones de manos sinceros. Me quedo aquí, un ratito más, sabiendo que no hay en el mundo un castigo como esta forma de echarla de menos.

Ahora más que nunca estoy convencido de que ha llegado el momento de contarle al mundo lo que he vivido. Por el temblor de mis manos y los años con los que cuento ya, probablemente esta será mi última novela. Que así sea. Porque esta vez contaré mi propia historia. Como lo hizo Pablo, mi padre en esta vida y el que quiero pensar que fue mi nieto en una vida anterior. Como lo hice yo mismo a través de mis canciones en otro tiempo y en otro lugar.

Mientras camino de vuelta a casa pienso en cuáles serán las primeras palabras, esas que siempre cuesta tanto escribir. Quizá unas parecidas a estas:

«He tenido dos grandes amores a lo largo de mi vida. A uno lo perdí, por voluntad propia, hace muchos años; al otro acabo de perderlo ahora. Me llamo Angelo y quiero contarte con quien pasaría mi séptima vida».

36

Y, entonces, apareció.
Con su pelo despeinado y suave,
con su sonrisa de chico bueno
tras esa enorme dosis de chulería.
Con su encanto particular,
ese que no todos ven pero que,
cuando te toca, ya no te deja escapar.
Apareció para recordarme que la vida
*   siempre*
siempre nos puede sorprender.
Que no hay nada escrito, más bien
nosotros vamos elaborando nuestra
*   historia*
con los trazos de cada día.
Que darlo todo por sentado es un error.

Roma, 2115

Alessia se sentía pletórica. Feliz y cansada. Son estados
compatibles, de hecho, posiblemente van unidos el uno al

otro. Porque la felicidad precisamente la dan los pasos que andamos cada día. Nadie es feliz viendo pasar la vida desde la ventana, sin mover un pie, sin perseguir un sueño. Vivir derrapando siempre compensa. Aunque notemos que las piernas nos flaquean al final del día. Bendito cansancio.

La exposición había sido todo un éxito, algo que se reflejaba en el impacto que había tenido su presencia en Roma aquella noche. Era ínfimo comparado con el ruido que podía generar un gran artista, pero para alguien como ella, Alessia Acampora, todavía una perfecta desconocida entre los entendidos, un diamante sin pulir para la crítica, un titular, una mención a su nombre, un breve comentario de una persona que se había interesado por su obra era más que suficiente. El poder de las pequeñas cosas. Siempre pensó que el día en que estos detalles no le entusiasmaran abandonaría el arte. Crear habría perdido el sentido.

A pesar de que la noche se le había pasado en un suspiro, sus piernas pedían a gritos un poco de descanso. Su mente secundaba la petición. Cuando llegó al hotel se le escapó un suspiro de satisfacción: por fin a salvo, por fin en «casa», con el beneplácito del trabajo bien hecho y el deseo de descansar en una cama bastante más cómoda que la que tenía en Nápoles.

Una vez en la habitación, lo primero que hizo fue dejar el bolso y el maletín, bien ordenados, sobre la silla que acompañaba al escritorio color caoba. Caminó hasta el tocador, desde donde observó como Piero, su orgulloso marido, se deshacía de la camisa y la colocaba cuidadosamente encima de la cómoda de aquella habitación de hotel en la que se hospedaban durante su estancia en Roma. Siempre tan meticuloso, pensó ella. Y volvió a sonreír. De hecho, sonreiría por cualquier cosa.

Piero se dio cuenta del brillo especial que desprendían sus ojos aquella noche y la abrazó por detrás, frente al espejo, mientras ella se quitaba los pendientes y la pulsera a juego, regalo de él, que había lucido en la exposición.

Dándole un pequeño beso en el cuello, le dijo al oído:

—No sé qué te ocurre, al margen de lo evidente, pero hoy estás más guapa que nunca.

—Tengo una extraña sensación, Piero.

—¿Buen presentimiento con la exposición?

—Puede, supongo. Bueno, no lo sé, en realidad, pero tengo la sensación de que hoy me ha cambiado la vida. No sé cómo explicártelo.

—Artistas... —respondió él con gesto burlón y poniendo los ojos en blanco para mofarse—. Siempre tan bucólicos.

—Perdone usted, señor director de marketing, lamento que mis sensaciones no entren en sus cálculos de números y estrategias —le respondió enfurruñando el rostro.

—Sabes que en el fondo me encantaría tener tu sensibilidad, pero... no está hecha la miel para la boca del asno.

—En eso estamos de acuerdo.

Y rieron. Rieron como nunca, como siempre. Rieron mientras se envolvían en una nube de cosquillas. Rieron como llevaban tantos años riéndose. Porque Alessia y Piero todavía eran felices en su burbuja, en su eterna luna de miel. La envidia de todos sus amigos, la pareja perfecta. Si la palabra «compenetración» tuviera una definición gráfica en el diccionario, sería una foto de ambos en un momento cotidiano cualquiera como este. El amor eterno que se habían prometido ante un altar hacía tan solo unos meses aún no se había topado de bruces con la realidad. Porque, aunque ellos no lo sabían entonces, a veces, los amantes pasajeros dejan más huella en nuestro destino que el amor perfecto de manual.

—¿Qué te apetece hacer mañana? —preguntó Piero, siempre un paso por delante del momento presente.

—No lo sé —contestó Alessia metiéndose en la cama—. Por ahora, lo único que sé es que quiero dormir todo lo que el cuerpo me pida.

—¿No pongo el despertador, pues?

—Ni de broma.

A tan solo unos kilómetros de allí, también en la bonita ciudad de Roma, Angelo y Fabiana celebraban el trigésimo primer cumpleaños de él. El sitio elegido, el restaurante Il Ponentino, en el corazón de la piazza del Drago, en el Trastévere, era un homenaje a aquella celebración de hacía nueve años que recordaban con tanto cariño. Fue su primera cena en un restaurante «de verdad», lejos de las pizzerías *al taglio* y otros antros de comida rápida. Y aquí seguían, juntos, felices, casi una década después.

La piazza del Drago era un rincón que pocos turistas descubrían, pero que los italianos disfrutaban los domingos o cualquier noche de temperatura agradable. Pequeña, casi monocromática, con algunas terrazas que le daban vida y con una identidad italiana propia, era un lugar de esos en los que uno se perdería mil veces. Y tal vez donde los que caminan perdidos podrían encontrarse.

Aquella noche, Angelo se sentía especialmente excitado, también un poco nervioso. Su cabeza estaba inmersa en una vorágine de ideas. En aquella exposición había ocurrido algo que no sabía cómo interpretar.

Cuando conoció a la artista y vio las obras, había sentido una perturbación que no podía describir.

Un tictac silencioso. Un cristal quebrándose. Un choque de trenes. Electricidad. ¿Qué significaba aquello?

Ya le había pasado en otras ocasiones con mucha menos intensidad. Lo de aquella noche, en cambio, se le antojaba un cambio de rumbo, un nuevo nacimiento. Como si su vida hubiese llegado a un momento clave, marcado a fuego en su destino desde antes de nacer. Como si hubiese cumplido, por fin, su propósito vital. Quizá...

—¿En qué piensas? Estás como ausente esta noche. —Fabiana lo sacó de su ensoñación.

—En nada. —La miró y sonrió—. En nada.

—Me alegra que te haya gustado la exposición. ¡Y menuda alegría reencontrarme con Piero!

—Sí, parece un buen tipo.

—Éramos grandes amigos de pequeños, cuando pasábamos los veranos en Motril. Qué pena haberle perdido la pista tantos años, pero mira, ¡el destino ha actuado!

—El destino... —La cabeza de Angelo seguía siendo un hervidero de ideas, conceptos, palabras inconexas, hechos inexplicables...

—Nos hemos dado el teléfono, al menos ahora podremos quedar alguna vez. ¿Quieres que le pregunte cuánto tiempo se quedan en Roma? Podríamos vernos de nuevo.

—Sí, ¿por qué no?

—Incluso podríamos ir a verlos alguna vez a Nápoles. —Fabiana no dejaba de hablar—. Hay poco más de doscientos kilómetros desde aquí.

—Me parece buena idea. Además, siempre has querido conocer la isla de Capri, puede ser la excusa que nos hacía falta para decidirnos a ir.

—Sería estupendo.

—¿Y Berlín?

—¿Qué pasa con Berlín?

—No sé por qué, pero... de repente me muero de ganas de conocer Berlín. Esas esculturas me han inspirado mucho. Es como si..., como si ya las hubiera visto antes. Como si me resultaran familiares por algún motivo.

—¿Has estado alguna vez en Berlín? Creo que no, ¿verdad?

—No, nunca.

—Si te apetece, podríamos tratar de ir en las próximas vacaciones. Las capitales europeas suelen ser un buen acierto. Incluso un fin de semana, contando con que nos diera un poco de tregua el trabajo y lográramos hacer coincidir nuestras agendas.

—Suena bien.

—¿Saben ya lo que van a pedir? —los interrumpió el camarero, libreta en mano, listo para tomar nota.

Una *bruschetta* de tomate y albahaca regada con un poco de aceite de oliva sirvió de aperitivo en el repertorio de sueños que volvían a materializarse en la boca de aquellos dos enamorados. Angelo y Fabiana tenían una relación casi perfecta, sin sobresaltos, sin problemas, sin obstáculos... Sin magia.

Hablaron de viajes y de Berlín. Y Angelo no podía evitar que la piel se le erizara cada vez que cruzaba su mente el recuerdo de la exposición. Aquellos edificios, aquella atmósfera... Aquella chica...

Trató de apartar el pensamiento de su mente y así continuar disfrutando de una bonita velada en compañía de quien todavía creía que era el amor de su vida.

Observó distraído a Fabiana mientras ella cancelaba una llamada entrante en su reloj y, al ver su dedo anular aún desnudo, pensó que quizá se acercaba el momento de pedirle matrimonio. No esa noche, no el mes siguiente, pero después de casi diez años juntos no tenía demasiado sentido seguir posponiendo esa decisión, máxime cuando el reloj biológico de Fabiana les recordaba de vez en cuando que la fertilidad femenina es mucho más efímera de lo que pensamos. Angelo sabía que ella se moría de ilusión por ser madre. Y quería satisfacerla, conseguir que siempre fuese feliz, aunque en realidad el matrimonio y los hijos no fueran sus prioridades, al menos no de momento.

Sencillamente, era lo que tocaba.

Sin embargo, a Angelo nunca le había gustado hacer las cosas porque tocara. Así que seguía posponiendo el enlace año tras año, como si oyera una voz interior que le dijera que ese error ya lo había cometido antes y que no había vuelto a nacer para tropezar de nuevo con la misma piedra.

A los *antipasti* a base de productos de la huerta italiana les siguieron un generoso plato de pasta fresca al pesto para él y una pizza marinera para ella, acompañados por un vino modesto y una hermosa luna sobre el despejado cielo de Roma.

Tras dar buena cuenta del tiramisú que compartieron de postre, decidieron desandar sus pasos y perderse por las callejuelas del Trastévere para bajar la gran cantidad de comida que acababan de tomar.

Llegaron hasta la ribera del Tíber, frente a la Isola Tiberina, un lugar que para los italianos más cerrados traía malos augurios, ya que, en tiempos lejanos de la historia, fue elegido para desterrar a los peores criminales de la ciudad y a las personas afectadas por la peste. Sin embargo, para los turistas era un sitio curioso, y nunca faltaba en sus rutas por la ciudad romana. En la actualidad solo era un pequeño trozo de tierra en medio del río al cual se podía acceder por el Ponte Cestio, desde el lado oeste, o el Ponte Fabricio, desde el este, y cuyo mayor atractivo era la iglesia de San Bartolomé, que en la Edad Media se usó como hospital durante las epidemias.

La brisa de la noche comenzó a bajar unos grados la temperatura y el vello erizado de Fabiana fue quien decidió que ya era momento de volver al coche y marcharse a casa.

—Estoy un poco cansada y empieza a hacer frío, no me apetece caminar más.

—De acuerdo, regresemos al coche.

—Yo conduzco, que tú le has dado de más al vino —dijo ella mientras sacaba las llaves del coche de su bolso.

—Como quieras, mi vida.

Y se adentraron en el caótico tráfico romano rumbo a su antiguo apartamento de la via Rasella.

37

El primer cruce de miradas.
Los dos primeros besos,
esos que nunca sabemos que
nos van a poner la vida patas arriba
y que, de haberlo advertido de
    antemano,
probablemente no habríamos dado por
    miedo.
El primer roce, siempre inocente y
    fortuito.
La primera sonrisa, esa que nos empieza
    a indicar que sí,
que por ahí está el camino.
Cuidado, chaval, te estás enamorando,
    decía Sabina.
El primer baile, despacito o con furor, da
    igual.
El primer atisbo de tonteo.
De querer seguir, de tener que parar.
Pero no puedes.
Ni quieres.

Roma, 2115

Angelo supo desde pequeño que quería ser escritor. No fueron las redacciones de las clases de Lengua y Literatura, en las que siempre sacaba un diez, las que despertaron la pasión por escribir en él; tampoco los tropecientos libros que leyó durante la infancia. Sencillamente, tenía un don, un impulso natural que lo obligaba a sacar de dentro todo lo que sentía y percibía.

Por supuesto, también tuvo algo que ver que sus padres trabajasen en una editorial y que su padre, más o menos a su misma edad, probara suerte publicando sus propias historias, las cuales, según lo que él le había contado, tuvieron bastante éxito. Sus padres fueron sus primeros padrinos, quienes le dieron a conocer el placer de la lectura y, para ver si el niño tenía madera de escritor, le pedían que escribiera textos: cuentos breves, historias sobre las vacaciones o sobre sus amigos, descripciones de lo que veía a su alrededor, todo con un toque de fantasía para ver hasta dónde llegaba su imaginación.

Con el tiempo, obviamente, lo que era un pasatiempo se volvió un trabajo serio, hasta que Angelo consiguió convertirse en escritor. Los escenarios variaban, al igual que los rasgos de los protagonistas o el argumento central, pero había una tónica común en todas sus novelas. Siempre giraban en torno a la reencarnación y las almas gemelas que nos van acompañando vida tras vida; bien como tema central bien como un aspecto secundario, invariablemente aparecían las vidas pasadas que terminaban marcando, en mayor o menor medida, el desenlace de los sinos de sus personajes.

No solía decirlo para que no lo tomasen por loco, y solo lo había hablado alguna vez con su padre, pero sabía que esta no era su primera vida. Estaba convencido de ello.

Ignoraba en cuál de sus vidas se encontraba, pero el cosquilleo que lo invadía ante determinadas cosas, hasta el momento desconocidas para él, no podía ser una mera casualidad.

Le ocurrió al conocer a Fabiana, que le hizo sentir paz, como si hubiera llegado por fin a su camino su ángel de la guarda; le ocurrió también con ciertos olores, incluso con algunas destrezas. Él, que nunca había estudiado música, por ejemplo, un día cogió la guitarra de un amigo y sus dedos se adaptaron a ella como si hubieran pasado años aferrados a las cuerdas. No consiguió tocar ni una nota, por supuesto, no tenía ni idea de cómo hacerlo, pero se fijó en sus sensaciones, los impulsos internos a los que no acostumbramos a hacer caso por miedo a que nos consideren chiflados. O, peor aún, por miedo a creer nosotros mismos que hemos perdido el juicio.

En todos sus libros, Angelo explicaba de forma más o menos velada su filosofía de vida. Defendía aquello de que ni los malos son tan malos, ni los buenos son tan buenos; defendía que no había que juzgar nunca a nadie sin haberse puesto antes en su piel; defendía la leyenda del hilo rojo, y, sobre todo, defendía la reencarnación.

De hecho, había pasado mucho tiempo estudiando los conceptos de «cuerpo y alma» y, tras leer numerosas tesis sobre la cuestión, tenía más claro que nunca que no morimos, sino que vamos atravesando etapas, aprendiendo de los errores cometidos en vidas pasadas y dándonos a nosotros mismos una segunda oportunidad. El yin y el yang, el auténtico equilibrio: si merecemos un premio, lo tendremos; si debemos ser castigados, lo seremos, pero el alma no deja ninguna cuenta sin saldar. Si no es ahora, será en la siguiente vida, el momento de ajustar cuentas siempre llega.

Aquella mañana decidió que ya había escrito suficiente y fue a buscar un poco de inspiración a su pila de libros por leer. Pasó la vista por los lomos de los volúmenes y se detuvo en uno que, a pesar de no ser muy grueso, tenía pendiente desde hacía tiempo. Era el libro que le regaló su padre cuando no era más que un niño, que había encontrado unas semanas atrás un día que, empeñado en tirar trastos antiguos, se topó con su caja de recuerdos de la infancia. Lo invadió la nostalgia y volvió a cerrarla con su contenido intacto, excepto una cosa: el libro. Quería leerlo. Suponía que ya podía hacerlo, era adulto y sabría entender la historia que tanto insistió su padre en que no debía leer hasta que estuviera preparado. Lo que a él le pareció un momento fortuito se iba a convertir en el empujón que necesitaba su vida. El destino tiene una forma curiosa de enviarnos señales justo cuando nos hace falta recibirlas.

Se trataba de *Lo que nunca fue*, la segunda novela de su padre, el escritor Pablo Fernández, en cuya portada figuraba una frase realmente inspiradora: «¿Con quién pasarías tu séptima vida?».

Como estudioso de la materia, Angelo estaba al tanto de qué significaba aquello de la «séptima vida». La mayoría de los mortales lo relacionan con las siete vidas de un gato, pero en realidad hace referencia al principio budista de las siete vidas. Es más, tal y como le explicó su padre cuando empezaba a iniciarse en este apasionante tema, el budismo considera que no siempre nos reencarnamos en forma de ser humano, y que si debemos aprender alguna lección, es posible que vivamos alguna de estas vidas como un animal.

Un escalofrío le recorrió el cuerpo nada más comenzar la lectura. La historia era la de un músico madrileño que pasó gran parte de su vida en Berlín. Sonrió al pensar que seguramente la novela estaba dedicada a la memoria de su bisabuelo.

Berlín... De nuevo Berlín volvía a remover las entrañas de Angelo aquel fin de semana. Sacó su Moleskine y su pluma y apuntó, con esa letra que tantas veces le habían dicho que era tan bonita, que debía investigar sobre aquella ciudad. Quizá allí encontraría datos sobre alguna de sus vidas pasadas.

El sonido de las persianas del dormitorio interrumpió la paz que se había adueñado del salón ese sábado por la mañana. Angelo intuyó que Fabiana se había levantado y dejó sobre la mesita auxiliar el libro que acababa de comenzar. Fue a darle un beso, como cada mañana, una tradición que esperaba no saltarse nunca.

—¿Ya te has despertado?

—Así es. —Hizo una pausa para devolverle el beso—. Olvidé quitarle el sonido al móvil y me ha despertado una notificación.

—¡Siempre te pasa igual! En cualquier caso, es una hora más que decente para levantarse.

—Todo lo que sea dejar de dormir con un despertador o con un ruido es madrugar.

Angelo rio, el despreocupado sentido del humor de su mujer le hacía poner los ojos en blanco.

—¡Vaya! ¡Qué sorpresa! —exclamó Fabiana.

—¿Qué ocurre?

—La notificación. Es un mensaje de Piero, dice que mañana regresan a Nápoles y que estaría bien quedar los cuatro para tomar algo y dar un paseo por la ciudad antes de marcharse.

—Bien pensado. Voy a la ducha; habla con él y luego me cuentas qué planes habéis hecho.

Piero respondió casi al instante. Alessia y él se encontraban pasando la mañana en el Vaticano, una parada imprescindible para cualquier turista que recalara en la capital italiana, y querían visitar por dentro el Castel Sant'Angelo al atardecer, para poder tomar unas fotos en el puente del mismo nombre cuando hubiese caído la noche. Era una idea estupenda, que a no mucha gente se le ocurría. Sin duda, su amigo de la infancia tenía buen gusto, aunque Fabiana, acostumbrada a un artista como pareja, intuyó que la ruta la había preparado más bien la escultora.

Acordaron la hora del encuentro y, mientras Alessia y Piero disfrutaban de un día de turismo por uno de los mejores lugares del mundo, Fabiana y Angelo se prepararon para la cita.

Quedaron en La Cucaracha, un restaurante mexicano en la frontera entre dos países. El Vaticano, aunque para muchos sea absurdo denominarlo país, a todos los efectos legales es una nación en sí misma. El Estado más pequeño del mundo, con menos de mil habitantes y una extensión de tan solo cuarenta y cuatro hectáreas, cuenta con un monumento que es uno de los mayores reclamos turísticos de Europa: la basílica de San Pedro. Un dato que a Alessia le sorprendió bastante es que el conjunto de la plaza y la basílica de San Pedro representan el veinte por ciento de la superficie total de este microestado.

Alessia era una enamorada de su país. Como buena

italiana amaba la comida, el arte y la moda, y sentía una inmensa curiosidad por casi todo lo que la rodeaba. Apasionada e inquieta, su mente siempre estaba creando, innovando, inventando.

Gracias a la escultura había descubierto una nueva forma de viajar, otra de sus grandes pasiones. Dar vida con sus manos a obras inspiradas en la arquitectura de distintos lugares la hacía sentirse plena.

No le fue fácil convencerse a sí misma de que la escultura podía ser una forma de vida. Para sus conocidos, el arte era un simple hobby; para ella, era su tabla de salvación, el lugar al que acudir para soñar, pero también su refugio cuando las cosas no iban bien. Hay quienes, los días tristes, se quedan en la cama viendo la tele y comiendo helado de chocolate; ella se levantaba y se ponía a crear. De hecho, sumida en la melancolía solía conseguir mejores piezas que a la luz de un sol brillante. «Al menos le saco partido a mi tristeza», pensaba con una sonrisa que, incluso en sus días más negros, era capaz de iluminar todo Nápoles.

Aunque adoraba Nápoles, su ciudad natal, sentía una gran predilección por Alemania y España, temas recurrentes en sus obras. La bulliciosa Roma y la sombría Venecia eran otros de los lugares más inspiradores para ella. Aunque mucho más conocidos y cercanos, apenas guardaba recuerdos de ninguna de las dos ciudades. Todavía.

Cuando Piero le propuso esa mañana quedar para comer con su amiga Fabiana y su pareja aceptó gustosa. No había querido reconocerlo, pero en el instante en que sus ojos se cruzaron por primera vez con los de aquel hombre, del que ahora no recordaba el nombre, sintió una pequeña sacudida. En aquel momento no le dio importancia. «Será por la emoción de la exposición», pensó, pero aquella noche, cuando el furor ya había pasado y Morfeo estaba a punto de llevársela en sus brazos, el recuerdo del desconocido pasó de nuevo por su mente.

Y rememoró la respuesta que le había dado al preguntarle ella si se conocían de algo:

—Tal vez... de lo que nunca fue.

Otro de los invitados a la exposición interrumpió el enigmático encuentro y no volvió a ver al hombre en toda la noche. Tampoco intentó buscarlo. No le dio más importancia y se olvidó de él hasta que Piero planeó aquella comida.

—¿Sabes por qué se hicieron estas columnas? —le preguntó Alessia cuando se encontraban en el centro de la popular plaza de San Pedro.

—Ni idea.

—Fue obra de Bernini. Le encargaron el proyecto de una plaza elíptica de grandes dimensiones frente a la basílica de San Pedro. Querían que fuese un lugar cerrado, un sitio de culto donde los fieles pudiesen reunirse y el Papa pudiera dirigirse a ellos, pero a la vez necesitaban que fuese un espacio abierto.

—Para desalojarlo con facilidad en caso necesario, ¿verdad?

—Exacto.

—Y veo que al final ganó el propósito de reunir a los fieles en un lugar cerrado.

—¿Cerrado? —Alessia sonrió, Piero había caído en la trampa—. ¿Estás seguro?

—Claro, mira a tu alrededor.

—Ven aquí.

Localizó una de las dos fuentes que había en la plaza y le pidió a su marido que mirase de nuevo.

—¿Qué ves ahora?

—Vaya... ¡es alucinante! Sí que se trata de un espacio abierto.

—Así es. Las columnas nunca llegan a superponerse y, aunque el modo tradicional de entrar y salir de la plaza es por la via della Conciliazione, se puede acceder perfectamente a ella desde la via Paolo VI o desde el Largo del Colonnato. Y también salir, por supuesto.

—De este modo, los fieles están recogidos en un espacio que parece cerrado, pero es fácil de desalojar sin que se formen tapones, ¿verdad?

—Bingo.

—Es muy curiosa la ilusión óptica que crean.

—Y que el espacio es abierto solo se ve desde cualquiera de las dos fuentes gemelas que decoran la plaza.

—¿Cuánta gente puede caber aquí?

—Más de trescientas mil personas. Para que te hagas una idea, la basílica, en su interior, solo tiene capacidad para veinte mil, y aun así parece inmensa. Imagínate la plaza cuando está llena. Debe ser impresionante.

—Lo impresionante es que conozcas tantos datos de este sitio.

—Bueno, no tiene mérito. Bernini es uno de los mayores referentes de la escultura. Sería una pésima artista si no me hubiese empapado bien de su obra a lo largo de mi carrera.

Cuando terminaron de recorrer la espectacular basílica de San Pedro y su plaza, se dirigieron al lugar de su cita, el restaurante La Cucaracha, en la via Mocenigo, ya de nuevo en Italia, aunque a poco más de cien metros del Vaticano.

—Mira, allí están. Ya verás, Fabiana te va a caer genial.

—Seguro que sí.

En la modesta puerta de ladrillo visto gris del local aguardaban Angelo y Fabiana, cada cual revisando su teléfono móvil, como de costumbre. Piero volvió a hacer gala de su amabilidad habitual y saludó calurosamente a la pareja. Un paso atrás, relegada a un discreto segundo plano, donde se solía sentir más cómoda, Alessia esperaba su turno para saludar a los amigos de su marido.

En el momento en que sus ojos se cruzaron otra vez con los de Angelo, sus labios dibujaron de nuevo una curva ascendente de forma involuntaria, casi imperceptible, pero que despertó a las mariposas de ambos, que comenzaban a aletear despacio, sin hacer mucho ruido, como si no quisieran echar a volar, como si ellas también tuvieran miedo de que la historia que un día quedó a medias volviera a fulminarlas en vida.

—Alessia, ¿verdad? —La sonrisa más bonita de Angelo se amplió al pronunciar estas dos palabras mientras su flequillo lacio rozaba suavemente la frente de Alessia al acercarse a darle los dos besos de rigor.

—Sí. Y tú te llamabas...

—Angelo.

—Disculpa, soy muy mala para los nombres. —Bajó la mirada con timidez.

—¿Entramos? —Fabiana, decidida como siempre, se puso al frente del grupo que obstaculizaba la acera—. Espero que tengan mesa libre.

—He llamado para reservar después de hablar contigo —respondió Piero, atento.

—¡Vaya! ¡Qué organizado!

—Deformación profesional.

Colgaron las chaquetas en el respaldo de sus respectivas sillas y se sentaron a la mesa que el camarero les había indicado, en una zona bastante tranquila y relativamente apartada del restaurante, todavía lleno de turistas hasta la bandera. Para los romanos de pro, comenzar a comer casi a las tres de la tarde era poco habitual, por lo que se notaba que era el turno de comidas de los visitantes que habían pasado la mañana entre frescos de Miguel Ángel y columnas de Bernini.

Angelo no podía dejar de mirar a Alessia. Su carácter inquieto, su sensibilidad artística y su gran inteligencia hacían de él una persona muy observadora, con un especial interés por los detalles.

Alessia se dio cuenta que aquel desconocido no le quitaba ojo y, aunque no lo hacía de una manera que incomodara sino todo lo contrario, con nobleza y afecto, no podía evitar sentirse algo intimidada por la situación. En un par de ocasiones le devolvió la mirada y le sonrió, mientras Piero le acariciaba la rodilla por debajo de la mesa, un gesto instintivo que hacía cada vez que se sentaban uno al lado del otro.

—Nos encantó la exposición, Alessia. —Fabiana, de forma inconsciente, interrumpió aquel choque de miradas—. Ya te lo dijimos ayer, pero queríamos repetirlo una vez más, supongo que nunca es demasiado cuando se trata de alabar tu trabajo.

—Muchas gracias, la verdad que es realmente satisfactorio.

—Y Angelo, aquí donde lo ves, ahora quiere ir de vacaciones a Berlín. Se ha quedado prendado de la ciudad gracias a tus obras.

Una nueva mirada. Un nuevo aleteo. Un nuevo tictac.

—¿De verdad? La cuestión es que yo tampoco he estado nunca en Berlín, todo lo que sé de ella lo aprendía mientras me documentaba en las etapas iniciales de mi proyecto. El caso es que me parece una ciudad... No sé cómo describirla.

—¿Mágica? —Angelo volvió a meterse en la conversación después de cerrar la carta y dejarla encima de la mesa.

—¡Sí! Exactamente eso. Mágica.

—Es lo que me transmitieron tus esculturas.

—Gracias, es... muy bonito saber eso.

La comida transcurrió con normalidad, con demasiada normalidad para cuatro personas que hasta hacía pocas horas ni siquiera se conocían. Esto podía decirse incluso de Fabiana y Piero, pues, tras más de veinte años sin saber nada el uno del otro, nada quedaba de aquellos niños que jugaban en el mar Mediterráneo. Y, sin embargo, allí estaban, ya que la madurez de las experiencias vividas a lo largo de tantos años no había conseguido apagar la bonita amistad que nació y creció en los veranos de su infancia.

Alessia y Angelo, por otro lado, continuaron compartiendo impresiones y sensaciones sobre musas, inspiraciones y referentes artísticos. El arte los unía, pese a cultivar distintas disciplinas, y pronto crearon entre ambos una atmósfera de confianza en la que se sentían realmente cómodos.

—Y tú ¿en qué te inspiras para escribir? —preguntó Alessia a su nuevo amigo.

—La reencarnación es uno de mis temas centrales, encubierto o no, pero siempre da lugar a historias que terminan convirtiéndose en libros.

—¿En serio? ¿Crees en vidas pasadas? —Alessia sentía mucha curiosidad por aquello.

—¡Claro! ¿Tú no?

—No... —Dudó un segundo y añadió—. Me parece que no.

—Esto es que sí. Has dudado, y cuando una persona duda, es un sí.

—¡No! Lo he pensado, que es diferente.

—Has dicho «me parece», lo cual lleva implícita una duda. —Angelo sonreía y los demás lo acompañaron.

—Venga, Alessia —terció Piero—, dinos quién fuiste en una vida anterior. ¿Y si fuiste Bernini y por eso se te da tan bien la escultura?

—No, no va así exactamente.

—Cuidado, que ahora es cuando nos da la chapa. —Fabiana interrumpió a su novio, que estaba a punto de poner encima de la mesa sus conocimientos sobre el tema.

—Déjalo que se explique —replicó Piero entre bromas.

Angelo retomó su explicación:

—Veréis, no siempre somos igual vida tras vida. No nos dedicamos a lo mismo en todas nuestras vidas, pero sí a algo relacionado... Si podemos, claro.

—¿Por ejemplo?

—Por ejemplo, yo soy escritor. En una vida anterior, si tuve la oportunidad, tal vez fui guionista de cine, compositor o incluso profesor de Literatura, pero no necesariamente escritor.

—Entiendo.

—Lo que sí pasa de una vida a otra son los vínculos entre las almas, una especie de red, que es la que hace que nuestras vidas presentes y futuras cobren sentido.

—¿La leyenda del hilo rojo? —preguntó Alessia.

—Así es —respondió Angelo, dedicándole una gran sonrisa—. La leyenda del hilo rojo. ¿Por qué hay personas a las que, inexplicablemente, nos vinculamos de inmediato desde el momento en que las vemos? Nosotros no lo percibimos, porque medimos las relaciones en función del tiempo, pero nuestra alma lo detecta.

—Si nosotros no nos damos cuenta, ¿cómo sabemos si esa persona forma parte de nuestro hilo rojo?

—Bueno, como decía, el ser humano tiene la fea costumbre de medirlo todo dentro de un espacio temporal lógico. Por lo tanto, es suficiente con dejar que pase el tiempo, ver cómo evolucionan las relaciones y tener algo de sensibilidad. —Se detuvo para dar un trago a su bebida.

—Qué interesante.

—Entonces advertiremos que, en el instante en que nuestra mirada se cruzó con la de la otra persona, algo cambió. No fuimos capaces de verlo en aquel momento, porque este tipo de conexiones escapan a nuestro raciocinio, pero si queremos, en cuanto tengamos un poco de perspectiva seremos capaces de verlo.

—Qué intenso te pones cuando quieres. —Fabiana a veces llegaba a avergonzarse de las afirmaciones de su pareja.

—No me parece que sea intenso. —Alessia salió en su defensa—. Me parece una preciosa explicación de las cosas de la vida que no la tienen.

—¡Artistas! —Ahora era Piero el que se mofaba de ellos.

—Pensad lo que queráis —se defendió Angelo—. Si no sois capaces de abriros y tratar de verlo, os perderéis lo mejor de vuestra vida actual y romperéis las conexiones de vuestra alma. Y entonces se os escapará lo que de verdad importa.

—¿Se pueden romper estas conexiones? —preguntó curiosa Alessia.

—Sí, claro. Al final, nuestros actos son los que nos marcan el camino.

—Interesante...

—No quiero decir que se rompan literalmente. Al hilo rojo no le basta un tijeretazo. Pero si pasamos por la vida de estas personas dejando un mal recuerdo, esta percepción irá con su alma a la siguiente vida. Y, aunque las almas, valga la redundancia, siempre estén unidas, la sincronización de los relojes no será la misma.

—Entonces ¿nos enamoramos de la misma persona vida tras vida?

—Sí. Si hablamos del amor del alma, sí. Hay muchos tipos de amor, pero solo uno de ellos encaja perfectamente con nuestra alma y es el que conocemos como amor romántico. Nuestra alma gemela. Pero no siempre acabamos junto a esa persona.

—Si el hilo rojo es tan fuerte, ¿por qué no acabamos junto a ella? —La mente pragmática de Piero no terminaba de comprender lo que Angelo trataba de explicar.

—¡Por mil motivos! De hecho, no es tan fácil reunirnos con ella. Si cada vez que tenemos una pareja pensamos que estamos enamorados de ella, ¿por qué terminan las relaciones? ¿Por qué nos volvemos a enamorar?

Hizo una pausa para ver la reacción de sus nuevos amigos; le encantaba el momento en que conseguía que sus interlocutores empezasen a reaccionar.

—A veces llega tarde, a veces no dejamos que nuestra alma se abra por completo, a veces nos ponemos excusas absurdas como la distancia, las clases sociales o incluso la edad... Acabar tu vida agarrando la mano de la persona que completa tu puzle es, en realidad, un lujo que no todo el mundo consigue. Es más, me atrevería a decir que lo logra muy poca gente.

—¿Y cómo lo sabes? ¿Cómo reconoces a tu alma gemela?

—Si escapa a toda lógica, es ella.

Un silencio se adueñó de la mesa y consiguió que cada uno quedara sumido en sus propios pensamientos.

Angelo sentía que se había abierto por completo, como cada vez que hablaba del hilo rojo, solo que ahora lo había hecho frente a unos desconocidos.

Fabiana lo miraba, embelesada, porque, aunque sus teorías, que conocía tan bien, no le entraran en la cabeza, su chico transmitía algo muy especial cada vez que las explicaba.

Piero comenzó a comprenderlo todo justo cuando el nombre de otra mujer chispeó en su mente. Incomprensiblemente, seguía apareciendo, aunque su historia había muerto hacía años o, mejor dicho, los protagonistas la habían dejado morir.

Alessia, por su parte, pensó que, si eso era cierto, la vida se lo había puesto fácil en esta ocasión. Su amor por Piero era lógico, real, mundano. Quizá en otra vida lo habían tenido complicado y por eso en la vida actual había sido fácil desde el primer día. O quizá aún no había llegado la persona que sembraría el caos en su orden. Según la teoría del escritor, a veces, las almas unidas están destinadas a no vivir la vida juntos por la falta de sincronización de sus relojes, porque llegan tarde, porque no saben encontrarse a tiempo.

Angelo rompió el silencio.

—No lo digo yo, me he documentado a fondo sobre el tema y, aunque obviamente no hay evidencias empíricas, muchos estudiosos coinciden en lo mismo.

La figura del camarero anunciando que pronto iban a cerrar les indicó que era el momento de pedir la cuenta.

Salieron del restaurante y dieron un agradable paseo, de en torno a un kilómetro y medio, hasta el Castell Sant'Angelo, el monumento que se habían comprometido a visitar juntos y que a Angelo le gustaba especialmente.

No era el espacio más bonito de Roma, pero sí uno de los más enigmáticos gracias a los ángeles que custodiaban el puente por el que se accedía al recinto. Inicialmente conocido como mausoleo de Adriano, a lo largo de su historia se convirtió en edificio militar o incluso refugio del Papa durante el saqueo de Roma en 1527, debido a que un pasadizo lo conectaba con la Ciudad del Vaticano.

Los cuatro disfrutaron de lo lindo con la visita, tanto en los espacios interiores, misteriosos, casi claustrofóbicos en ocasiones y llenos de vida y muerte en otras, como en los exteriores, con las hermosas vistas que se extendían ante ellos desde algunas de las zonas más altas del castillo.

El deseo de Alessia de fotografiar el atardecer romano desde el Castell Sant'Angelo se cumplió. Y como regalo extra de aquel fin de semana que todo lo iba a cambiar, aunque todavía no lo supieran, pudieron disfrutar de una de las más bellas estampas italianas: el Ponte Sant'Angelo de noche, los ángeles custodiándolo con sus luces, la luna sobre el río Tíber, el cielo apagado.

Cuando Alessia apartó la vista del objetivo de su cámara y se dispuso a contemplar aquel paisaje, su mirada se topó con la de Angelo, que la observaba atentamente a escasos metros de ella. Percibió en él una sonrisa agridulce y el suave chapoteo del Tíber fue interrumpido por una melodía que solo ella alcanzó a oír. Tictac, Tictac.

Entonces, no supo explicarse aquel *déjà vu*. No sabía cuándo ni dónde había vivido algo parecido: una ciudad europea, la noche cerrada, un monumento, luces, magia... Y la mirada de un hombre que le dio la vuelta a todo.

Excusándose, Piero tomó la iniciativa para despedirse de sus nuevos amigos y regresar al hotel. Intercambiaron besos y abrazos, y cada uno tomó un camino diferente, sin saber que, desde ese momento, sus vidas estaban más unidas que nunca.

38

En alguna ocasión,
las personas que te quieren
te darán motivos suficientes
para no hacer algo
justificándose en el miedo.
No las escuches.

Roma, 2115

A la mañana siguiente, cuando Fabiana se marchó a cubrir su turno en el hospital, Angelo sintió la necesidad de ir a ver a sus padres. Hacía un par de semanas que no los visitaba. Desde que se mudaron a las afueras de Roma, cumpliendo así el sueño de vivir en una casa más grande y más tranquila, con una gran biblioteca y un pequeño huerto, a él le resultaba más incómodo el desplazamiento. Tenía que coger el coche y conducir durante aproximadamente veinte minutos. Le ponía muy nervioso el tráfico de la ciudad, y las carreteras para llegar a la nueva casa de sus padres no eran las mejores del mundo. Pero no podía hacer otra cosa, así que, de vez en cuando, claudicaba y se acercaba a la nueva casa familiar, donde ya solo vivían el matrimonio y un pequeño perro de tamaño mediano.

Había avisado previamente y, cuando llegó, como era de esperar, encontró una fuente de galletas caseras sobre la mesa.

—¿Qué tal, muchacho? —Su padre salió sonriente al porche—. ¿Cómo va todo?

—Bien, bien, no me puedo quejar.

—Pasa, tu madre está en la cocina, ya sabes que sigue pensando eso de que en ningún sitio comes mejor que en casa.

—Y no se equivoca —dijo en voz lo suficientemente alta para que ella pudiera escucharlo—. ¿Qué tal, mamá?

—Hola, cariño. He preparado galletas y estoy haciendo tu comida favorita. Te quedas a comer, ¿verdad?

—Bueno, en realidad, no pensaba...

—¡No se hable más! —Pablo intercedió entre madre e hijo.

—Está bien, me quedo, pero me gustaría comer pronto para estar en casa cuando regrese Fabiana, ¿de acuerdo?

—Cuenta con ello. ¿Cómo va todo por allí?

—Estupendamente.

Pablo escudriñó su rostro. Supo que ocultaba algo, a él no podía engañarlo.

—Sal fuera a tomar algo fresquito, ahora voy contigo. Tengo que rematar el segundo plato.

—Veo que continuáis cumpliendo a rajatabla lo de repartir las tareas. —Sonrió. Sus padres formaban una pareja encantadora. Se preguntó si Fabiana y él serían como ellos a su edad.

Se quedó un rato en el porche mirando al infinito coloreado de verde y tomando unas aceitunas aliñadas. Al poco rato apareció su padre de nuevo.

—¿Qué me quieres contar?

—¿Cómo sabes que te quiero contar algo?

—A mí no me engañas. No te he parido, pero casi. Dime de qué se trata.

Angelo comenzó a explicarle lo que había vivido aquel fin de semana. La exposición, la nueva pareja de amigos, la comida en el restaurante mexicano y la extraña familiaridad con Berlín.

—¿Has sentido el choque de trenes?

Angelo sonrió. Desde que era pequeño, su padre insistía en que el día que sintiera lo que él llamaba un «choque de trenes» sería el momento de cambiar de dirección.

—He sentido el choque de trenes —respondió afirmando con la cabeza.

Pablo se levantó. Cogió el sombrero para protegerse del sol, que calentaba con fuerza, y apartó con el pie un par de piedrecitas del camino. No sabía bien qué consejo debía darle, sin embargo, intuía lo que le estaba ocurriendo. Todo lo que su hijo describía coincidía con lo que él había leído en libros que trataban sobre el alma a través de las diferentes vidas: personas con las que te sientes extrañamente cómodo, ciudades que te resultan familiares, momentos que no se prevén nada importantes, pero quedan grabados a fuego en la mente, como si fuesen el inicio de algo trascendental... Si no era una simple fantasía, los indicios apuntaban a que su hijo estaba encontrándose con su verdadero yo, con lo que el destino le tenía preparado.

—¿Cómo cuadra Fabiana en esto?

—¿Fabiana? ¿A qué viene esa pregunta?

—Bueno, sabes bien qué puede significar la electricidad que sentiste en ese momento. Y si al final es lo que estamos pensando los dos...

—No, no. —Rio—. Para nada, no estoy pensando que signifique algo concreto. Pero me ha resultado curioso y quería explicártelo.

—¿Por qué no organizar un viaje a Berlín? Tal vez eso te ayude a ratificar lo que sentiste o a comprobar que no significa nada.

—Puede ser una buena idea.

Bianca apareció en el porche. Soltó su larga melena canosa y se sentó junto a su hijo, cogiéndole las manos entre las suyas.

La pusieron al corriente de lo que habían estado hablando, y ella se limitó a sonreír y a encogerse de hombros.

—Por si te sirve de algo, te diré que yo nunca sentí ese choque de trenes y estoy totalmente convencida de que tu padre es el hombre de mi vida.

Pablo sonrió orgulloso y le lanzó un guiño desde su asiento, antes de ponerse en pie de nuevo.

—Voy dentro a remover el arroz. Hijo, se me está ocurriendo algo.

—Dime, papá.

—¿Recuerdas el libro que te di cuando eras pequeño, el que no podías leer aún?

—Claro, *Lo que nunca fue*. Es curioso que lo menciones, porque precisamente lo encontré hace poco. Empecé a leerlo un par de días atrás.

—Sigue leyéndolo. Abre tu alma y sumérgete en él. Cuando lo termines te explicaré algo.

Pablo se alejó, con una sonrisa nostálgica, pero feliz que abarcaba toda su cara. Bianca no pudo evitar sonreír también.

—¿Qué ocurre? —preguntó Angelo, extrañado—. ¿A qué vienen esas miradas y esas sonrisas?

—No sé si debería... —dijo Bianca, que aún sonreía.

—Mamá...

—Yo sí sé cuál es el secreto de ese libro.

—Cuéntamelo.

—Es la historia de tu bisabuelo Aarón.

39

No construyas una vida cómoda.
Construye una vida feliz.

Roma, 2115

Las semanas continuaron pasando con su ritmo habitual y pronto las dos parejas olvidaron aquel fin de semana. Piero retomó sus negocios, Alessia se concentró plenamente en sus obras, Fabiana continuó cuidando con cariño a los pacientes del hospital donde trabajaba de enfermera y Angelo se dedicó a estudiar un poco más acerca de Berlín, con vistas a empezar un nuevo libro.

La aburrida fase de documentación sobre las ciudades que Angelo empleaba como marco para sus novelas se le hizo más llevadera esta vez gracias a la fascinación que crecía en su interior por la capital alemana. Los documentales acerca del Holocausto se mezclaban con datos históricos sobre los edificios que componían el perfil de la ciudad, las costumbres de sus gentes o incluso los grandes eventos que se habían celebrado allí.

Descubrió, entre otras cosas, que en un hotel cercano a la Fernsehturm hay un ascensor metido en un acuario, o que en diferentes puntos de la ciudad se conservan pequeños fragmentos del famoso Muro, ese que ahora se visita, pero que un tiempo atrás causó tanto dolor.

Sin embargo, por mucho que intentaba concentrarse, las musas no aparecían. Lo que poca gente sabe es que las musas son caprichosas. No vienen a vernos cuando nos sentamos frente al folio en blanco o cuando por fin conseguimos sacar un par de horas para escribir de nuestra ajetreada rutina. Se necesita cierta constancia para invocarlas, sí, pero ellas van por libre. Hacen lo que quieren.

A las musas no se les puede poner horarios. Quizá pasen semanas o incluso meses sin que se dejen ver y, de repente, en un instante, cuando menos las esperamos, cuando menos caso podemos hacerles, aparecen.

Por eso, la mayoría de los escritores, como Angelo, llevan siempre consigo una libreta de notas, física los más nostálgicos, digital los más pragmáticos. Disponer de un soporte donde garabatear pensamientos es fundamental para todo el que quiera aprovechar la efímera visita de las musas.

En aquel momento de su carrera, Angelo se sentía bloqueado. Después de publicar varias obras, no conseguía que pasara ante sus ojos esa gran historia con la que quería terminar de encumbrarse o con la que, simplemente, pudiera hacer disfrutar de nuevo a sus fieles lectores. Estos eran pocos, pero seguían dejándole bonitos mensajes en las redes sociales, preguntándole por sus futuras obras o compartiendo con él la ilusión de cada lanzamiento. Al igual que ocurre con los buenos amigos, aunque pudiera contarlos con los dedos de una mano, su sola existencia era todo un éxito para él.

Por eso, no tener nada que darle a su público se le hacía cada vez más cuesta arriba. De hecho, descartó varios borradores ya comenzados porque ninguno le parecía lo suficientemente bueno o porque a todos les encontraba algún defecto, algún fallo o algún eslabón perdido, sin el cual continuar la historia era una misión casi imposible.

A Angelo le faltaba una musa de carne y hueso. Una inspiración real. El problema era que aún no lo sabía.

Aquella mañana soleada Angelo salió a caminar por el siempre atestado centro de Roma. En un par de callejones estrechos tuvo que lidiar con una riada de turistas. Lo cierto era que, si bien no le incomodaban, cruzárselos por centenares a veces le llegaba a agobiar. Eran el precio de vivir en una de las mejores ciudades del mundo. La historia de Roma no se podía comparar a la de prácticamente ningún otro lugar.

En Roma no hay temporada alta de turismo, todo el año corre por ella un flujo incesante de viajeros que acuden fascinados por la fama de la *città eterna*. Y no es para menos. Roma, donde confluyen historia y arte, gastronomía y moda, es, posiblemente, una de las ciudades más bonitas del mundo.

Aceleró el paso para abrirse hueco, a duras penas, entre la gente y, guardándose el teléfono móvil en el bolsillo izquierdo del pantalón, atravesó la diminuta piazza della Rotonda, más conocida por el Panteón de Agripa que por la plaza en sí, y puso rumbo hacia la piazza Navona, uno de sus lugares preferidos de la ciudad.

Al llegar a la Fontana dei Fiumi no pudo evitar detener sus pasos para contemplarla de nuevo con la ilusión de la primera vez. Como dos amantes que se vuelven a encontrar después de un largo tiempo sin haberse tenido uno frente al otro; como dos viejecitos orgullosos de haber pasado la vida entera juntos; como dos hermanos que vuelven a quedar en el parque donde de pequeños se tiraban por el tobogán. Las cosas que amamos siempre se nos escapan por los ojos.

Entre la multitud, le llamó la atención un viandante que daba un paseo con un precioso perro que tenía solo tres patas y parecía ágil y feliz. Se le escapó una sonrisa. La vibración del teléfono en el bolsillo del pantalón rompió aquel instante de paz en el que, por un momento, Angelo pensó que iba a recuperar la inspiración. Dudó, pensando en no responder la llamada, pero, como era habitual, finalmente terminó cediendo ante esa pequeña máquina que, aunque no queramos reconocerlo, domina nuestros días.

—*Ciao, bella* —respondió con su característico acento romano al ver el nombre de Fabiana en la pantalla.

—*Ciao*, Angelo. Tengo una noticia. —Su chica no podía ocultar el tono emocionado de su voz—. Una gran noticia.

—Cuéntame.

—Oigo mucho ruido, ¿dónde estás?

—He salido a caminar un poco, a buscar a mis musas, ya sabes. Estoy en Navona y pensaba bajar hasta el Campo de' Fiori para comprar verdura fresca. ¿Hace falta algo para casa?

—Compra ajos y cebollas. —Movió la cabeza, aunque él no pudo percibirlo—. Y no me distraigas. Tengo algo que contarte.

—Soy todo oídos —respondió mientras desandaba sus pasos rumbo al Campo de' Fiori a través de la via di Pasquino.

—Acabo de hablar con Piero, ¿lo recuerdas?

—Claro, el marido de la escultora.

—El mismo. Quiere hablar contigo.

—¿Para?

—Su mujer, Alessia, va a participar pronto en unas importantes jornadas sobre arte italiano en España. Al parecer se va a hablar de diferentes disciplinas, y el escritor al que habían llamado ha cancelado su asistencia por no sé qué motivos.

—Ajá. —Angelo se detuvo, acababa de llegar a un lugar que era parada obligatoria: la escultura del Pasquino.

—Alessia se ha acordado de ti y le ha pedido a Piero que te pregunte si estarías disponible en esa fecha. —Bajó la voz, como si tuviera miedo de meter la pata con lo que le iba a decir a continuación—. Le he dicho que sí y... ya te ha apuntado.

El rostro de Angelo cambió de expresión. No podía creer lo que estaba escuchando.

—¡¿Qué?! Pero, Fabiana... Sabes que estoy hasta arriba y que no me gustan ese tipo de compromisos.

—Lo sé, lo sé.

—No me gusta hablar en público ni ir de entendido de nada. Lo veo pretencioso.

—¡Vamos, Angelo! Es tu oportunidad. No solo vas a pegarte un viaje increíble sin tener que poner ni un céntimo de tu bolsillo, sino que además vas a codearte con otros artistas, quién sabe si no podrán echarte una mano el día de mañana.

—No me hace gracia, Fabiana, no lo veo... —Suspiró, no quería discutir con ella, pero le había molestado que ni siquiera se lo consultara.

—Además, los viajes inspiran, ya lo sabes. ¿Y si tus musas te están esperando en Madrid?

Angelo, enojado por que su novia hubiera tomado la decisión por él, apartó los ojos del Pasquino.

—¿Madrid? ¿Qué tiene que ver Madrid con todo esto?

—¿Me escuchas cuando te hablo? Ya te he dicho que son unas jornadas sobre arte italiano en España. —El sonido del timbre de la habitación 209 hizo que Fabiana volviera a poner toda la atención en su trabajo—. Tengo que dejarte, me reclaman. Olvídate de las cebollas y cómprate unos zapatos bonitos para la ocasión. Los necesitas.

—No voy a aceptar, lo siento.

—Más lo siento yo —respondió risueña. Consciente de que era una buena oportunidad para él, no quería que lo frenara el hecho de tener que salir de su zona de confort.

—¿Por qué?

—Porque ya no puedes decir que no.

—Pero... Si yo no...

—Ya tienen todos tus datos, se los acabo de enviar. Chequea tu correo electrónico que en breve te llegarán la programación del fin de semana y las tarjetas de embarque.

—Fabiana, no...

—Tengo que colgar, ¡lo siento!

—¡Fabiana!

—¡Te quiero! *Ciao, ciao.*

Y colgó, dejando a Angelo con el teléfono en la oreja y la mirada clavada en el viejo suelo adoquinado. Angelo giró la cabeza cuarenta y cinco grados y volvió a toparse con él: el Pasquino. Una escultura que les pasa inadvertida a muchos turistas porque no es, ni de lejos, la mejor de Roma ni la más famosa, pero que para los romanos está llena de simbología.

Se trata de una escultura bastante mal conservada, carente de extremidades y deformada por el paso del tiempo, cuyo pedestal suele estar cubierto por un manto de cartas. Clasificada como una de las «estatuas parlantes» de Roma, fue en su día el lugar favorito de aquellos que aprovechaban el anonimato de las cartas para cargar contra personajes públicos. Ahora, en el siglo XXII, seguían utilizándola quienes tenían algo que decir, pero debían ocultar su identidad por cualquier motivo: mensajes políticos, notas de humor, expresiones de miedos o preocupaciones y las inevitables palabras de amor abrigan cada noche a un Pasquino que, para muchos, es el mejor guardián de sus secretos.

El teléfono de Angelo volvió a sonar. La notificación de un correo electrónico le hizo bajar la vista a la pantalla de seis pulgadas y media de su *smartphone*.

El asunto rezaba así: «Itinerario de viaje – Destino: Madrid».

La ristra de documentos adjuntos al mensaje le aceleró el corazón. Tíquets para comer y para los traslados, billetes de avión, la reserva del hotel, los puntos que se tratarían en la conferencia y el orden de las intervenciones...

Cuando abrió las tarjetas de embarque y vio la fecha grabada en ellas no pudo seguir leyendo más. El viaje era para aquel mismo fin de semana. Sintió que el suelo se movía bajo sus pies y, volviendo a poner los ojos sobre el Pasquino, oyó que, entre el barullo de la ajetreada ciudad de Roma, la escultura parlante le susurraba:

—Te vas a meter en un problema muy bonito. Disfruta. Yo te guardaré el secreto.

40

Benditos aviones.
Siempre sabemos el lugar al que nos
*   conducen,*
pero nunca conocemos el destino al que
*   nos llevarán.*

Roma, 2115

Sin saber cómo ni por qué, la madrugada del viernes siguiente, a una hora intempestiva, Angelo se abrochaba el cinturón de seguridad en el avión. Un gusanillo que se había asentado permanentemente en su estómago desde que recibió aquella llamada de Fabiana había estado desvelándolo por las noches y distrayéndolo por las mañanas.

No le gustaba enfadarse con Fabiana, habían sido muy pocas las veces que se habían acostado disgustados el uno con el otro en los más de diez años de relación, pero su decisión unilateral le había costado una discusión cuando se reunieron en casa después del trabajo.

—Por lo menos podías habérmelo consultado, ¿por qué haces planes con mi vida sin preguntarme? Tengo algo que decir, ¿no crees? —Angelo trataba de controlar el tono de su voz, sin mucho acierto.

—Sabía que ibas a decir que no. —La actitud de su mujer era mucho más conciliadora. En el fondo temía haber metido la pata, aunque no creía que hubiera decidido a la ligera.

—Con más motivo.

—Angelo —empezó pacientemente ella para aclararle sus propósitos—, quiero lo mejor para ti y por eso lo he hecho.

—Ahora hablas como si fueras mi madre.

—Ni lo soy ni quiero serlo.

Fabiana tomó aire para continuar su discurso y hacerlo entrar en razón, temiendo que le costaría más de lo esperado.

—A veces necesitas que te empujen directamente al vacío, porque si no te quedas contemplando el abismo y quejándote de que nunca te pasa nada especial. ¡Y aquí lo tienes! Este es el empujón que te hacía falta para que empiecen a ocurrir cosas extraordinarias en tu vida.

—Fabiana..., ¿no crees que tal vez no me apetece nada en absoluto ese viaje?

—Dame una explicación.

—Porque no.

—No me sirve. Dame una razón de peso, una sola, convénceme y tendrás mis disculpas y mi promesa de no volver a hacerlo.

Angelo no pudo. No había ningún argumento convincente, nada lógico ni empírico con lo que demostrar con claridad que hacía bien en negarse, tan solo una sensación.

No podía explicar con palabras que presentía que aquel no sería un viaje cualquiera. Lo notó en los ojos del Pasquino, tan inertes como siempre, pero que él advirtió más expresivos que nunca. Lo notó en el hormigueo constante, en su intranquilidad, en que su sexto sentido le gritaba que pusiera los otros cinco al servicio de aquella experiencia para que en el futuro recordara cada sensación, cada olor, cada visión.

Quiso convencerse a sí mismo y se dijo que quizá Fabiana estaba en lo cierto y sus musas se iban a despertar allí. Quizá el escenario de su siguiente novela tenía que ser Madrid y no Berlín, como quería él, porque, como todo escritor sabe, nosotros no elegimos los lugares ni los temas: ellos nos escogen a nosotros.

Seguía molesto con ella cuando el avión comenzó a hacer la maniobra de despegue. El rugir de los motores encendiéndose, el trasiego de las azafatas por el estrecho pasillo comprobando que los cinturones estuvieran abrochados, las mesitas plegadas y los asientos en posición vertical, y el suave balanceo del avión al deslizarse por la pista hicieron que Angelo, por fin, tomara conciencia del lío en el que se había metido. O, mejor dicho, en el que lo habían metido.

Él, que no tenía experiencia en oratoria, era el escritor invitado a un coloquio sobre las diferentes maneras de expresión del arte italiano, en Madrid, una ciudad que ni conocía ni le llamaba especialmente la atención. Era como si, en el fondo, lo supiera todo de ella y la ciudad ya no tuviera nada con lo que sorprenderlo, como si en alguna vida anterior la hubiera recorrido de norte a sur. Como si su corazón no quisiera volver allí.

Resultaba curioso teniendo en cuenta que su padre era madrileño de nacimiento y había vivido veinte años allí. Sin embargo, no se esforzó demasiado en enseñarle a amar Madrid. Tampoco lo llevó nunca a visitarlo: cuando murieron sus abuelos y su tía Amanda se marchó a Ibiza, fue la isla balear el destino de todos los viajes en familia a España.

Cuando pensaba en Madrid, se lo imaginaba gris, frío, a pesar de ser la capital de uno de los países más importantes del sur de Europa. Se lo imaginaba caótico, como Roma, sí, pero con menos encanto. Tal vez porque en esta vida todavía no tenía recuerdos construidos en la ciudad. Porque todavía no se le había acelerado el corazón allí. Porque aún no le habían temblado las piernas en ninguno de sus rincones.

A fin de cuentas, lo que una ciudad nos hace sentir está totalmente condicionado por lo que nos ha hecho vivir.

Cuando las luces de emergencia se apagaron, indicando a los pasajeros que ya se podían desabrochar el cinturón de seguridad o utilizar sus dispositivos electrónicos, Angelo sacó sus auriculares azules de la mochila que portaba con él como equipaje de mano. Aunque viajaba con un libro, aquella historia sobre Berlín y vidas pasadas en la que todavía no había podido sumergirse de lleno, optó por escuchar música y, simplemente, descansar la mente. Algo tenían los aviones que lo dejaba como aturdido.

Esperaba poder dormir un poco durante las dos horas que tardaría en atravesar la distancia que separa el aeropuerto de Fiumicino del de Barajas. Volar sobre el mar

Mediterráneo no le hacía especial ilusión: amaba volar y amaba los aviones, pero aquel viaje había sido tan precipitado y tan impuesto, sin que él hubiera tenido ni voz ni voto, que no le entusiasmaba en absoluto .

Aun así, ver la cara ilusionada de Fabiana ante la oportunidad que significaba le había hecho aceptar, a regañadientes, después de una pequeña riña que terminó con Angelo yéndose a la cama sin cenar y levantándose al día siguiente como si nada hubiera pasado. No podía hacer otra cosa: todas las reservas estaban confirmadas.

Le costaba reconocerlo, pero lo único que le despertaba un poco de curiosidad era volver a encontrarse con Alessia, aquella chica que lo dejó pensando durante varios días y que después cayó en el olvido. Era la única ponente a la que conocía y sabía que podría tener una conversación agradable con ella. En Roma habían conectado bastante bien, acaso sería una buena ocasión para hablar sobre musas y arte con alguien que no lo mirase como si tuviera que pararse a buscar el tornillo que había perdido. Al «choque de trenes», como lo llamó su padre, no le dio importancia. Él ya estaba viviendo su propio destino, no tenía la menor duda.

Por suerte consiguió dar alguna cabezada durante el vuelo, aunque la mayor parte del tiempo lo pasó tomando notas y haciendo un par de bocetos de las historias que se podrían encadenar en su siguiente novela. Una pérdida de tiempo, lo sabía. No era así como debía crear una historia, al menos no él. Él no era de esos escritores que parten con todo el guion diseñado. Lo suyo iba por impulsos, por instinto... Quizá por eso guardaba un buen número de obras empezadas que probablemente nunca terminaría. Con todo, lo tenía claro: si no le salían de dentro, no las quería firmar.

Al aterrizar, Madrid lo recibió con un abrazo cálido en forma de un cielo despejado y unos tímidos rayos de sol. Todavía estaba casi amaneciendo, pero ya se podía vaticinar que este iba a ser un día muy bueno, meteorológicamente hablando. Angelo esperaba que el buen tiempo durase todo el fin de semana, aunque había echado un par de chaquetas en su maleta para afrontar las bajas temperaturas nocturnas y un paraguas por si la cosa se complicaba. Por lo que había leído, el clima de Roma y el clima de Madrid eran muy similares. No debería notar el cambio.

Después de unos cinco minutos caminando aferrado a su maleta de mano y siguiendo las indicaciones del correo electrónico que le habían enviado antes del viaje, consiguió llegar a las paradas de autobuses y taxis del exterior de la terminal T4, en la que había aterrizado. Allí llamó al número de teléfono que tenía asignado y dio su nombre, su número de reserva y el lugar exacto en el que se encontraba para que el servicio de *transfer* del hotel fuera a recogerlo.

Un simpático y educado conductor, bien uniformado con un traje azul marino y una camisa blanca, le tomó la maleta y, sin hablar y con la radio a volumen bajo como único ruido de fondo, lo llevó al hotel donde se hospedaría hasta el domingo.

Angelo abrió bien los ojos para empaparse de la primera imagen que Madrid le ofrecía mientras se alejaban del aeropuerto. Nada especialmente bonito. «No me he equivocado con mi presentimiento respecto a esta ciudad», pensó, pero cuando llegó al hotel cambió de idea.

Al frenar y detenerse la pequeña furgoneta ante la puerta, levantó distraído los ojos de su teléfono móvil, con el que acababa de avisar a Fabiana de que había llegado bien, y su mirada se topó con cinco espectaculares torres que rompían la armonía del *skyline* madrileño, en el cual ellas eran las únicas que se elevaban mucho más de lo que se esperaba de esta ciudad.

En una de esas torres, la Torre PWc, de doscientos treinta y cinco metros de altura, se encontraba su hotel: el Eurostars Madrid Tower, un establecimiento de cinco estrellas y considerado de lujo, con unas vistas espectaculares.

Todavía impresionado por la magnitud del edificio, entró y se acercó a recepción. Le dio las gracias al simpático conductor por acompañarlo con su maleta. En silencio, dio las gracias también a la vida por darle la oportunidad de alojarse en un sitio tan impresionante.

Cuando tuvo la llave en su poder, fue a su habitación, dejó el ligero equipaje y se dio una corta pero necesaria ducha, tras lo cual decidió bajar a dar un paseo por los alrededores. No podía alejarse demasiado del hotel, ya que al final de la mañana tenía la primera reunión con los organizadores del evento y el resto de los ponentes. No iba a ser un viaje de turismo, eso estaba claro, pero la atmósfera que rodeaba a la zona norte de Madrid empezaba a gustarle. Tal vez se había equivocado al juzgar la ciudad sin ni siquiera conocerla. No era histórica como Roma, ni espectacular como Nueva York, tampoco paradisíaca como Cancún, pero comenzaba a creer que sí tenía algo que merecía ser descubierto, solo que todavía no sabía qué.

Según Google Maps, se encontraba bastante lejos del centro: el Retiro, la Puerta de Alcalá, la Gran Vía o la Plaza Mayor deberían esperar otro viaje. Quizá volvería con Fabiana.

Decidió caminar un poco rumbo al Parque Norte. Las fotos no decían de él que fuera un lugar que mereciera la pena visitar, pero no tenía otro sitio cercano donde ir a estirar las piernas, y estaba seguro de que las vistas de las Cinco Torres desde diferentes ángulos serían más interesantes que meterse en el centro comercial que había cerca.

Dejó a sus espaldas el paseo de la Castellana y tomó la avenida principal, con zonas verdes a ambos lados y en cuesta, un buen lugar para desentumecer las piernas después del vuelo. Unos pasos más adelante se giró y comprobó que desde allí había una perspectiva de las Cinco Torres espectacular, así que pensó en lo bonito que sería el paseo de vuelta.

Se puso los auriculares azules para música mientras caminaba, pero una voz lejanamente familiar reclamó su atención:

—¡Angelo!

Confundido, miró a su izquierda y, cuando volteó la cabeza al otro lado de la calzada la vio. Alessia.

Aquella italiana que consiguió despertar su curiosidad desde el momento en que la vida hizo que se encontraran le sonreía desde la acera de enfrente, agitando enérgicamente los brazos para ser vista. Y vaya si la vio. Incluso entre un millón de personas la vería. Era, simplemente, ella.

La chica tomó la iniciativa de cruzar la carretera, mirando cuidadosamente a ambos lados, para reunirse con su nuevo amigo romano, que se había detenido al otro lado.

—Veo que has llegado pronto a Madrid.

—Sí, llevo apenas una hora aquí. Me he dado una ducha y he decidido bajar a pasear un poco para tomar el aire.

—Espero que no te haya parecido raro que me acordara de ti para el coloquio, pero quedó libre el puesto del escritor y tu nombre vino a mi mente. —Una excusa a mitad de camino entre la timidez y el torpe intento de no parecer una loca que va invitando a desconocidos a ponencias en el extranjero.

—No te preocupes. —¿Por qué no podía dejar de sonreír cada vez que la miraba?—. Me da un poco de respeto, pero sin duda es una oportunidad de oro.

—Vaya si lo es. Y, además, menudo hotel. ¿Has podido verlo bien? Es impresionante.

—Sí, las vistas son increíbles.

—¿Bajas? —preguntó ella—. Si quieres te acompaño. Yo ya he visto el parque, no es gran cosa, pero prometo ser una buena compañía. Podemos hablar de arte y literatura todo lo que quieras.

—Será un placer —aceptó de inmediato Angelo.

Nada le apetecía más, aunque ni siquiera sabía por qué. Alessia, por su parte, se sorprendió a sí misma con su iniciativa. Ella no era así, nunca lo había sido. De hecho, «abordar» a los hombres nunca había sido su especialidad. Con Piero no tuvo que hacer ningún esfuerzo, y la relación con él había sido simplemente la primera y la definitiva. Todo había sido demasiado fácil en su vida. Amorosamente hablando. Nunca le habían roto el corazón, no sabía lo que era sufrir por amor ni tener que aprender a lamerse las heridas y volver a levantarse. A veces, a solas consigo misma, le daba miedo la simple posibilidad de que algún día Piero la dejara. No tenía entrenamiento, no tenía experiencias pasadas como referencia, y creía que sería incapaz de recomponerse de algo así a estas alturas de su vida. Pero no había motivos para pensar en ello. Piero y ella formaban una auténtica pareja diez.

Echaron a andar cuesta abajo, despacio, como el que no tiene prisa por llegar a un sitio determinado.

Sin embargo, ignoraban que aquel paseo lo cambiaría todo. Sus cimientos. Sus ideales. Todo. Y, como con las cosas más importantes de la vida, no se darían cuenta hasta más tarde. Cuando el tiempo ya no puede volver. Cuando más deseamos que lo haga.

Y es que lo maravilloso de la vida es justamente su capacidad de explotarnos en la cara cuando menos lo esperamos, cuando menos lo necesitamos, o cuando menos creemos necesitarlo. Una vez que hemos alcanzado ese estado de paz y de cotidianeidad, que es rutina para algunos y conformismo para otros, una vez que nos sentimos a gusto en nuestra zona de confort y no la cambiaríamos por nada del mundo, de repente llega el huracán que nos sacude, que nos hace sentir vértigo. Y es entonces cuando el suelo se mueve bajo nuestros pies, aunque nadie más lo note.

La percepción de la vida, de los días, nunca es la misma para dos personas. Igual que la lluvia, que no cala igual a todo el mundo. Igual que el mar, que a unos los marea y a otros los calma. Un día cualquiera, sin avisarnos, la vida nos explota.

A veces nos damos cuenta de inmediato; otras, tienen que pasar varias lunas, situaciones e incluso personas para advertir que todo ha cambiado.

Y Angelo y Alessia no iban a ser una excepción.

Tal y como estaba previsto, el fin de semana transcurrió entre ponencias, alguna que otra entrevista para medios nacionales, comidas en buenos restaurantes y unas vistas inolvidables desde la habitación del hotel.

La complicidad entre Angelo y Alessia crecía a cada minuto. Inexplicablemente, y aunque les daba cierta vergüenza que el otro se diera cuenta, buscaban cualquier excusa para estar juntos. En los descansos. En las comidas. Al final del día. Por suerte para Alessia, Angelo no dudaba en dar el primer paso y proponerle algún plan, que a veces solo era sentarse en los sofás del lujoso hall. Un plan que, por supuesto, Alessia aceptaba incluso antes de saber de qué se trataba.

Ella, la chica más desconfiada del mundo, la chica con la coraza, la chica de hielo, la chica que para muchos era un robot, se sentía misteriosamente desarmada ante la presencia de aquel romano del que no quería separarse ni un segundo de aquel fin de semana.

Le hubiese sonrojado admitir, y probablemente nunca lo reconocería, que de cuando en cuando, en el oasis que estaba siendo Madrid para ella, sentía pena. Le daba pena pensar que cuando el avión despegara era de suponer que no volvería a saber nada de él.

Quizá le escribiría, con el pretexto de enviarle un par de las fotos que había hecho o de cuadrar las cuentas del taxi que cogieron para acercarse a ver la Gran Vía de manera fugaz, pues había olvidado preguntarle a cuánto tocaba cada uno. Pero, qué demonios, lo más seguro era que él nunca le mandara nada más allá de la respuesta de cortesía. Y su parte visceral, esa que normalmente tenía tan despierta y que dominaba la mayor parte de sus decisiones, le preguntaba por qué quería que le contestara. Una pregunta a la que Alessia no sabía cómo contestar. Aquello era nuevo para ella y nada tenía explicación. Tal vez simplemente tenía que dejarse llevar para ver qué significaba lo que estaba sucediendo, para encontrar esa parte de sí misma que no conocía, para apagar el piloto automático que controlaba su vida.

Al final, el domingo siempre llega. Tras la sesión de

clausura de las ponencias, los invitados subieron a sus respectivas habitaciones para volver a hacer sus maletas y culminar con ello un fin de semana de trabajo y sensaciones para todos.

Alessia cerró sin dificultad su maleta azul marino y miró su reloj. Le sobraban algo más de diez minutos antes de que llegara su *transfer* para llevarla al aeropuerto. Decidió gastarlos frente al ventanal de su habitación, observando las espectaculares vistas que tenía aquel imponente rascacielos madrileño.

La puntualidad y el miedo de perder su transporte hicieron que, de los diez minutos asignados a su propio esparcimiento, solo pasara cinco en la habitación. Pronto bajó a la recepción para devolver sus llaves, y esperaba pacientemente a que el taxi la recogiera cuando se topó de nuevo con él.

—¿Ya te marchas?

—Sí, mi vuelo sale en dos horas. ¿Tú cuándo te vas?

—Por la tarde. Aprovecharé para comer aquí y descansar un poco. Ha sido un fin de semana agotador.

—Y tanto. —Alessia sonrió.

—Pero ha merecido la pena —respondió Angelo clavando los ojos en su nueva amiga.

—Sí... sin duda. Mucha suerte con todos tus proyectos, Angelo, nos veremos en otra ocasión.

—Gracias por todo, Alessia. Y buen viaje.

Se despidieron de una forma algo fría, tímida, dubitativa, pero con una gran sonrisa de esas que se incrustan en el alma y una mirada que gritaba lo que los labios callaban.

Al darse la espalda, ambos menearon la cabeza, como si quisieran borrar la sensación que empezaba a instalarse en su interior casi a escondidas. Casi sin querer.

Alessia salió a la calle y se montó en el taxi blanco con la bandera de la Comunidad de Madrid dibujada en un costado, mientras Angelo regresaba a su habitación a rehacer una maleta en la que, sin pretenderlo y sin saberlo, se llevaba mucho más que ropa y *souvenirs*.

41

Esto es la vida real.
Y en la vida real no hay dragones ni
princesas.
No hay montañas que subir por amor.

Nápoles, 2115

Dicen que hay viajes que son solo de ida, aunque vuelvas. Que a veces nuestras maletas regresan con un sobrepeso no esperado: el de la indecisión, el de la culpa o el de las nuevas ilusiones, esas que intentamos dejar aparcadas, pero que siempre encuentran el camino para alcanzarnos de nuevo. Esas a las que, por mucho que vengan a enturbiarlo todo, en el fondo no debemos ignorar porque, ¿qué sería de la vida sin ilusión, sin emoción?

Dejarnos llevar es fácil y agradable cuando estamos fuera de nuestra rutina, cuando el mundo se queda parado y en esa nueva dimensión parece que nada nos pueda alcanzar. En cambio, en cuanto emprendemos el viaje de vuelta la realidad nos golpea con absoluta frialdad. Sin ningún tipo de contemplaciones, sin sentir lástima por nosotros. Retorna para recordarnos quiénes somos realmente.

Alessia regresó de Madrid absolutamente confundida. Siempre había sido una chica con las ideas muy claras, y ahora era incapaz de entender qué estaba sucediendo en su mundo. Había pasado el que probablemente había sido uno de los mejores fines de semana de los últimos tiempos, pero lo más sorprendente era que el recuerdo de Angelo había viajado con ella desde el hotel hasta su casa, en Nápoles. No la dejó sola ni un instante, la mantenía despierta, con una sonrisa en los labios, pero también preocupada. ¿Cómo no iba a estarlo?

Angelo era un gran tipo y Alessia pensaba que de ahí podía salir una bonita amistad entre artistas, no obstante, de su interior le llegaba una señal de alerta. ¿Acaso estaba confundiendo la amistad con otra cosa? «No, imposible», pensó, y descartó inmediatamente la idea. Piero estaba por encima de cualquier otra cosa y, sobre todo, por encima de cualquier otro hombre. Y siempre lo estaría. De eso no tenía ninguna duda.

Cuando metió las llaves en la cerradura, con el único deseo de descansar cuerpo y mente después de un viaje agotador, saludó en voz alta por si alguien salía a recibirla. Tenía la esperanza de no encontrarse sola. La noche anterior, cuando habló con Piero por teléfono, él le dijo que había quedado con unos amigos para pasar el domingo en el campo y que intentaría llegar pronto para aprovechar la tarde con ella y recuperar el tiempo que habían estado separados. Sin embargo, la casa se encontraba en completo silencio.

Lo llamó para decirle que ya estaba en Nápoles y que no se diera prisa en regresar, que podrían compartir sofá y película por la noche. Se imaginó que la barbacoa se había alargado por culpa de sus amigas las cervezas y no quiso que se pusiera a conducir el coche demasiado pronto. Y no se equivocaba.

—Lo siento —le dijo un Piero achispado al otro lado de la línea—. Voy enseguida, se me ha hecho tarde.

—No te preocupes, de verdad. Solo quiero que sepas que ya estoy de nuevo en casa.

—¿De verdad que no te importa?

—Que no —respondió risueña—. Voy a darme un superbaño y después me tumbaré en el sofá. Tal vez me encuentres dormida. Estoy agotada. No te preocupes por nada, de verdad. Pásalo bien.

—Eres la mejor. ¿Lo sabías?

—Algo me han dicho.

Colgó el teléfono con una sonrisa en la cara y feliz de estar en casa. No podría existir ningún lugar mejor en el mundo.

Cogió su albornoz blanco y se preparó un baño de espuma con el que relajar las piernas. Abrió el grifo, calculando que el agua cayese a una temperatura templada, y dejó preparada la ropa limpia en el pequeño baúl que tenían junto a la bañera. Un chorrito de jabón hizo el resto de la magia y transformó el agua en una fiesta de burbujas.

Alessia se sumergió en el agua, dispuesta a dejar la mente en blanco. No lo consiguió. La sonrisa de Angelo volvió a aparecer delante de sus ojos.

—Maldita sea, ¿qué me pasa?

42

Yo no sé nada del amor.
Pero debe ser algo similar
a que se te siga parando el corazón
cuando escuchas una voz que te recuerda
a él.

Roma, 2115

El vuelo de Angelo despegaba a última hora de la tarde, casi de noche. Tuvo la mala suerte de que tocara el asiento central, el que más detestaba, así que trató de echar una cabezadita para evitar agobiarse demasiado en aquel angosto lugar. Esa era su solución para todo: cuando estaba triste, intentaba dormir; cuando estaba inquieto o preocupado, también. Al menos, pensaba él, mientras dormía nada lo podía perturbar. Aunque a veces sus preocupaciones iban a buscarlo en forma de pesadillas.

Atravesaron unas turbulencias mientras sobrevolaban las islas Baleares. No le importaba, no le daban miedo. Incluso se atrevería a decir que el traqueteo del avión le gustaba. Lo ayudaba a dormir y a sentirse un poco más ligero. Al rato fue cayendo en los brazos de Morfeo sin oponer resistencia. Su mente se sumergió en el maravilloso mundo de los sueños y, mientras que el resto del pasaje trataba de matar el aburrimiento de las dos horas de vuelo encerrados en una pequeña cabina de pasajeros, Angelo entró en un universo de fantasía todavía desconocido para él.

El rumor de las voces de las azafatas aumentó y se despertó apenas treinta minutos después, con una sensación dulce y nostálgica a la vez. No tuvo que concentrarse demasiado para recordar algunas pinceladas de lo que había soñado en ese corto período de tiempo. Angelo solía reconstruir sin dificultad sus aventuras en el mundo onírico. Había soñado con un hotel cuyas ventanas daban a una maravillosa plaza rodeada de edificios señoriales.

Trató de esforzarse, pero no reconoció el lugar. A modo de flashes, pasaron por su cabeza otras escenas de aquel sueño. Una desconocida le daba dos besos en un aeropuerto mientras le decía el «Cuídate» más tierno del mundo. Una guitarra. Una terraza. Una canción, de la cual no podía recordar ni la letra ni la melodía. Madrid, eso sí lo identificó. Un poco cambiado, pero no dudaba de que se trataba de la ciudad que acababa de visitar. Un lugar cercano al aeropuerto. Focos. Aplausos. Un premio.

No trató de darle un significado. Sus sueños, como los de cualquier persona, eran bastante raros en ocasiones y ni siquiera pensó que tuvieran que aludir a algo concreto. Estaría sugestionado por el fin de semana en España, nada más.

Al llegar a Roma, en la terminal de llegadas del aeropuerto de Fiumicino, lo esperaba una sonriente Fabiana, deseosa de que le contara cada detalle del fin de semana.

La reacción de su chico al reservarle el viaje sin contar con él la había dejado un poco preocupada y, aunque por teléfono Angelo le había transmitido bastante seguridad y parecía que lo pasaba bien, necesitaba comprobarlo de primera mano, ver en sus ojos si realmente lo había disfrutado o si su idea había sido pésima.

Hablaron de Madrid, de las ponencias, un poco de Alessia y del resto de los participantes. Fabiana lo escuchaba con atención mientras regresaban al aparcamiento donde había estacionado su vehículo, feliz de que su pareja estuviese de nuevo en casa con ella y sobre todo feliz de ver que todo había salido bien y que, en definitiva, ella había actuado bien al tomar la iniciativa. Él también estaba muy contento. El viaje le había dado la inyección de energía que necesitaba desde hacía tiempo.

A la mañana siguiente, el lunes los recibió con la monotonía habitual. Fabiana salió pronto hacia el trabajo; esa semana le tocaba el turno de mañana, su preferido, pues le permitía disfrutar de un poco de tiempo libre por la tarde y de las noches durmiendo en su cama, un lujo para la mayoría de los que se dedican a la sanidad. Angelo, por su parte, aprovechó para retomar la escritura.

Cuando abrió el editor de textos y estaba a punto de comenzar a dejar que las palabras fluyeran, recibió un mensaje de Alessia. Le preguntaba qué tal el regreso. Sonrió al ver su nombre escrito en la pantalla. Intercambiaron varios mensajes de texto y se rieron recordando algunas anécdotas de aquellos agradables días.

Hablaron aquel día. Y el siguiente. Y el otro. Sin saber cómo, crearon una conexión muy especial entre ambos y se convirtió en costumbre charlar cada día para animarse con sus respectivos proyectos. Alessia le enviaba fotos del estado de sus bocetos y Angelo compartía con ella algún párrafo suelto de la que le gustaría que fuese su próxima novela. Incluso se daban ideas, que les servían para continuar cuando las caprichosas musas se apartaban del camino para descansar.

Congeniaron demasiado bien; sus personalidades, aunque a primera vista equidistantes para quienes no conocían su verdadero interior, eran muy parecidas y encajaban a la perfección.

Alessia era una chica de bien, una mujer sosegada de la que nadie sospecharía que pudiera desatar una auténtica tormenta en la vida de alguien.

Angelo era un soñador, un romántico, casi un lunático, pero su nobleza no conocía límites. Tal vez por eso se llevaron tan bien desde que se conocieron.

O quizá porque los artistas se reconocen entre ellos. Quizá porque, en el fondo, eran unos incomprendidos inmersos en el pragmatismo que guía la vida de la gente común. O quizá porque el destino había hecho su trabajo juntando sus caminos la noche de la exposición en Roma, la noche en la que todo cambió, aunque ellos aún tardarían mucho en darse cuenta de lo que sucedía.

Cuando pasaron los meses, la ceguera continuaba dominando sus días y la vida en la ciudad de Roma seguía su curso normal, al igual que en Nápoles.

La relación entre Angelo y Fabiana no marchaba bien, aunque ellos no quisieran admitirlo ante el mundo y mucho menos ante sí mismos. Fabiana ya le había fallado a Angelo una vez: había sido mucho tiempo atrás, con un conocido de los dos que salió de su vida igual que había entrado. Entonces ella se esforzó en transmitirle que aquello no había significado nada para ella, pero él notaba en su mirada que eso no era del todo cierto. O al menos no todo lo cierto que le gustaría.

En el fondo le daba igual. Porque cuando algo te sacude tanto que te obliga a ponerte una armadura, un casco y un escudo, de algún modo te vuelves inmune a todo. La desesperanza se convierte en tu fiel compañera de vida y simplemente continúas arrancando hojas del calendario, respirando, siguiendo adelante porque hacia atrás no se puede ir. A pesar de que sea lo que más deseamos.

Y entonces es cuando te das cuenta de que la vida solo es una sucesión de días y que lo único que le da valor son los instantes que después se transformarán en recuerdos. Ser feliz por encima de tus posibilidades. Sentir. Vivir. Dolerá, sí, seguro, pero, a fin de cuentas, ninguno de nosotros estamos a salvo del dolor, así que, si tiene que doler, al menos que sea por algo que nos haya hecho felices, aunque sea fugazmente.

Angelo no se lo contó a nadie. Ni siquiera lo volvió a hablar con Fabiana. La perdonó, pero, por mucho que lo intentó, no pudo olvidarlo. Siguió queriéndola, como se quiere a aquello que forma parte de tus días y de tu vida. Fabiana le amaba, eso lo sabía y le reconfortaba. Aun así, no podía evitar pensar que lo que sentía por ella no era absoluto, que debía haber algo más, algo que te sacude de verdad, algo que te quita el aliento y que te salva de todo. Que puede con todo. Que no cambia ni evoluciona pese a que transcurra el tiempo y se convierta en lo cotidiano.

«Tonterías —se respondía a sí mismo a veces—, las películas de Hollywood y los escritores de novela romántica tenemos la culpa de crear esas expectativas en la gente.» Y entonces volvía a mirar a Fabiana con serenidad, con paz, convencido de que era lo mejor que le había podido pasar en la vida y de que por nada del mundo querría perderla.

Una actitud que se repetía en bucle y de la que no podía escapar. De hecho, hacía tiempo que había dejado de buscarle una salida y se había dedicado a querer a Fabiana, a perdonarle sus errores y a dejar de lado una desconfianza que no era sana para nadie. En cierto modo, había llegado a un punto en el que ni sentía ni padecía, y eso le transmitía calma tras demasiadas tormentas. Quizá fue precisamente eso lo que le hizo fijarse en Alessia.

Él, como experto en reencarnación, sabía que Fabiana había sido una pieza muy importante en sus vidas anteriores. Incluso a veces creía que le debía algo, que tenía que compensarla en esta vida por alguna cosa que él no había hecho bien en su última existencia. Aun así, ignoraba de qué se trataba.

También creía que Alessia era una vieja conocida: tal vez fue su hermana en otra vida; o su hija. El caso era que aquella mujer le despertaba ternura y complicidad a partes iguales. Hablando con ella se sentía bien, aunque a veces pensara, inexplicablemente y sin ninguna justificación, que no estaba actuando de manera correcta.

Pero cuando ni siquiera uno mismo sabe a ciencia cierta lo que quiere o, mejor dicho, lo que necesita, es muy difícil determinar en qué dirección deben andar nuestros pies.

43

Su voz.
Basta escuchar su voz entre la multitud
para que todo vuelva a despertarse.
Y no me digas que eso no es magia.

Madrid, 2116

Un año más tarde, volvió a ser la ciudad de Madrid el testigo del encuentro entre aquellos incipientes enamorados, aunque ninguno de los dos se atrevía a llamarse así, ni muchísimo menos.

Debido al éxito de las jornadas sobre arte italiano, el hotel quiso contar de nuevo con ellos justo un año después de la celebración de aquella primera edición. Esta vez, los dos aceptaron con la misma ilusión. Ya no solo porque el evento fuera una oportunidad de oro para su carrera profesional o para intercambiar pareceres con otros profesionales de su sector, sino porque tenía un aliciente más: volver a verse.

A Angelo le apetecía pasar tiempo al lado de Alessia,

pero ignoraba que en el vuelo de ida todo iba a cambiar para él. Había llegado el momento en el que encajaría hasta la última pieza del puzle. Por fin iba a despertar.

Su vuelo llegaba un poco antes que el de Alessia —las conexiones de Madrid con Roma son más frecuentes que con Nápoles—, pero Angelo se ofreció a esperarla en el aeropuerto para así ir juntos al hotel y tener un poco de tiempo para charlar antes de que comenzara el jaleo del evento. A la organización no le importó, a fin de cuentas, se ahorraba un traslado si los recogían a los dos a la vez, y a Angelo le hacía especial ilusión, por algún motivo que desconocía, esperar a la chica en el aeropuerto de Barajas.

Como equipaje de mano, Angelo llevaba la misma mochila que llevó la primera vez. Allí, casi por sorpresa, se topó de nuevo con ese misterioso libro que aún no había terminado de leer: *Lo que nunca fue*. «Ahora o nunca», pensó. No había vuelto a hablar con su padre ni del libro, ni de Alessia. Todo había quedado reducido a una simple anécdota a la que no debían darle más importancia que la que tenía: ninguna.

Aunque en su día ya había leído los primeros capítulos, apenas recordaba nada de la historia y prefirió comenzar el libro de nuevo para empaparse bien de ella. Ahora que sabía que era la historia real de su bisabuelo le despertaba mucha más curiosidad y le parecía conmovedor poder conocerla a través de su nieto.

Un extraño sentimiento se fue instalando en él conforme iba devorando página tras página. El relato le sonaba demasiado familiar. Como si lo hubiera escrito él mismo. O peor aún, como si lo hubiera vivido en sus propias carnes, en su propia alma.

Berlín. Un apartamento de techos altos. Un estudio

de música. Una chica en una estación de metro. Su sonrisa. Sus ojos. Su pelo. La sensación de ser un perdedor. Un hotel. Ganar. Volver a perder. Regresar a casa. Aeropuertos. Despedidas. Madrid. Soledad. Y fin.

Cuando el vuelo aterrizó le quedaban unos pocos capítulos para terminar el libro y su adicción a la historia era tal que, nada más salir del *finger* que lo condujo de nuevo al aeropuerto de Barajas, en Madrid, buscó la puerta por la que llegaría Alessia y se sentó en el primer banco que vio vacío frente a ella para poder concluir aquella historia.

Cuando la palabra «fin» se dibujó ante sus ojos, Angelo temblaba. Quería llorar, pero estaba tan impresionado que ni siquiera podía dejar que las lágrimas le resbalaran por las mejillas. No se lo podía creer. No podía ser cierto. Por primera vez comprendió qué estaba ocurriendo. La complicidad, nada más conocerla, con Fabiana, la increíble mujer que había sido el amor de sus días en su vida anterior; las mariposas que le revoloteaban en el estómago cuando cogía con torpeza una guitarra; su interés por Berlín, ciudad que un día fue su hogar. Y Alessia. Su querida Amanda. El amor de su vida. Su otra mitad. Ahora lo recordaba todo.

Miraba a su alrededor y se sentía como en casa. Ahora sabía por qué Madrid le parecía gris y frío antes de conocerlo: porque fue aquí, en otra vida, donde encontró y donde perdió a su gran amor.

Durante unos minutos, con la mirada vacía y los ojos vidriosos, clavados en la puerta aún carente de voces y pasos por la que pronto aparecería ELLA, pudo recordar toda su vida anterior. No era fruto de su imaginación, lo tenía claro.

Volvió a sentir a Aarón crecer en su interior. Los extraños sueños que tenía cuando dormía no eran pura fantasía, significaban que, por alguna razón que desconocía, alguien ahí arriba quería que tuviera presente con claridad toda su vida anterior. Su desmedido interés por la reencarnación no podía ser otra cosa que una señal de su alma para que esta vez no se desviara de su camino. Para que no llegara tarde de nuevo. Para que supiera coger las riendas de su vida y no la dejara en manos del destino, ese cruel aliado que unas veces es amigo y otras tantas, enemigo.

¿Qué se suponía que debía hacer ahora?

¿Lo que podía llegar a sentir por Alessia en esta vida era lo bastante fuerte para que, ahora sí, se la jugara por ella?

Su historia ni siquiera acababa de empezar, o tal vez sí, pero ¿cómo tenía que gestionar toda esa información?

De pronto, los murmullos procedentes del largo pasillo metálico que conectaba la puerta con el avión, lo despertaron de un letargo que no acertaba a comprender. Nervioso, se puso de pie y esperó a que la figura de Alessia apareciera entre el tumulto de personas que iban vaciando poco a poco el avión, con paso acelerado y el rostro cansado.

Al verla, la fuerza del destino se desató en su interior. Quiso ir corriendo hacia ella, besarla y decirle que por fin estaban juntos, que lo habían conseguido, que se habían encontrado también en esta vida. Que la había echado de menos muchísimo de menos. Sin embargo, decidió calmarse y, cuando llegó hasta ella con la cara descompuesta, se limitó a decir esas tres palabras que nos indican que, para bien o para mal, nuestra vida está a punto de dar un vuelco. Otra vez.

—Tenemos que hablar.

44

¿Por qué no luchaste por él?
No se puede luchar por alguien
que no está dispuesto a coger ni una sola
lanza.

Madrid, 2116

De camino al hotel, Angelo no pronunció ni una sola palabra, a pesar de la insistencia de Alessia, que no entendía qué le pasaba a su amigo. Creía conocerlo bastante bien, pero estaba claro que solo con hablar a través de una pantalla y compartir un fin de semana de trabajo no se llega al fondo de las personas. Creía que Angelo tenía tantas ganas de hacer ese viaje como ella, y ahora la desilusión estaba empezando a invadirla... Tal vez lo había malinterpretado y la única que tenía ganas de pasar ese fin de semana en Madrid era ella.

A su lado, en el asiento derecho del vehículo, el chico se secaba constantemente las manos en los vaqueros de color oscuro y miraba por la ventanilla, todavía atónito por su descubrimiento. Notaba que se le estaba secando la boca y solo quería llegar al hotel, tumbarse en la cama y tratar de asimilarlo todo.

A través del cristal veía la ciudad. Claro que la recordaba. Ahora sí. Estaba muy cambiada, por supuesto, pero conservaba su esencia. Ahora entendía por qué recelaba de ella antes de visitarla en esta vida. En otra vida fue su ciudad, donde nació, donde murió y donde pasó la etapa más larga de su vida, donde fue, en cierto modo, feliz, pero donde no consiguió cumplir su sueño: una vida con Amanda. Madrid le hizo conocer a aquella chica y Madrid se la quitó, escondiéndosela detrás de cada esquina, impidiendo que, al regresar a la ciudad después de más de una década en Berlín, volviera a encontrar a su amante para poder materializar, por fin, su verdadera historia de amor. Esa que había conseguido resistir el viaje de sus almas hacia su siguiente vida.

Si Madrid les hubiese permitido por lo menos cruzarse una vez más, a solas... Angelo estaba seguro de que el loco de Aarón no habría podido hacer otra cosa que rendirse ante ella.

Al llegar a la recepción y pedir las llaves de sus respectivas habitaciones, Alessia no pudo aguantar más y disparó a bocajarro.

—¿Me vas a contar qué te ocurre? —preguntó, a medio camino entre la curiosidad y el enfado.

—No sé si puedo.

—¿Ahora resulta que hay cosas que no me puedes contar? ¡Venga ya, Angelo! ¡Te conozco perfectamente! Y puedes contar conmigo, lo sabes bien. —Hizo una pausa y, tocándole el brazo suavemente, dijo—: ¿Qué te preocupa?

—Verás... vas a pensar que estoy loco.

—Bueno, ya lo pienso, así que tampoco será nada nuevo.

Miró de nuevo a su amigo y se detuvo en seco al observar su rostro serio. Se preocupó por si le había ocurrido algo grave.

—¿Estás temblando? Pero ¿qué pasa contigo?

Angelo seguía en silencio.

—Ven, anda, no me lo cuentes aquí en mitad del hall, sube a mi habitación, estaremos más tranquilos.

—No, no, no. —Angelo entró en un bucle de negación al recordar que eso de subir a su habitación ya lo había vivido anteriormente—. Bueno, qué demonios, sí, pero pide un par de cafés para llevar. Mientras tanto pasaré por mi habitación para dejar la maleta, ¿vale?

—De acuerdo. Te espero en la mía con los cafés. Y tranquilízate, por favor. Me estás asustando.

Comprobaron el número de sus habitaciones en las tarjetas que les acababan de dar en la recepción y vieron que tenían habitaciones contiguas. Esta vez no era por las casualidades de la vida, sino por el hecho de haber llegado al mismo tiempo. El hotel había reservado las mejores habitaciones para los participantes en las jornadas y el orden de entrega solamente venía determinado por el orden de llegada.

Una vez instalado, Angelo salió de su habitación y llamó con los nudillos a la puerta de su compañera, que apenas tardó unos segundos en abrir.

—Es impresionante este hotel, ¿verdad? Las vistas son maravillosas y la cama... ¡La recordaba grande, pero no tanto! —Se sentó en ella y le hizo un gesto a Angelo para que él también tomara asiento—. Bueno, ¿qué es eso tan importante que tenemos que hablar?

—Mira, Alessia. Yo... No sé por dónde empezar.

—Por el principio. Empieza por el principio.

Angelo tragó saliva. El trayecto en taxi le había servido para poner en orden sus ideas y ahora no sabía si era conveniente contarle todo aquello a Alessia. Quizá no estaba preparada para tal avalancha de novedades. Como estudioso de la reencarnación que era, sabía que no se puede empujar a una persona a saber más sobre su vida pasada si todavía no está preparada para ello.

En el mejor de los casos, Alessia lo tomaría por loco. Lo peor sería que echara a correr y él se quedara sin poder volver a verla nunca más. Que se asustara porque le había caído en suerte vivir el lado más complicado de la historia, el de quien tiene un compromiso mayor, el de quien tiene una huida más difícil. A Angelo le dolía profundamente que, por su cobardía en una vida anterior, fuera Alessia a quien le tocaba perder más ahora.

—Voy a hacerte una pregunta y quiero que me respondas con sinceridad. —Angelo intentó hacerlo lo mejor posible, pero aún le temblaban ligeramente las manos.

—Dispara.

—¿Qué te mueve? ¿Qué te impulsa a vivir? ¿Qué hace que te levantes cada mañana?

Dudó unos segundos y, al fin, respondió:

—La curiosidad. Sí, eso es. Creo que el día que pierda la curiosidad o que piense que ya lo sé todo podré irme en paz y no tendré ningún motivo para seguir aquí.

—Creía que ibas a decir el amor, pero bueno, vale, también me sirve esa respuesta.

—¿El amor? ¿Tan moñas me ves? —Alessia rio mientras se deshacía de sus zapatos y se daba un masaje en los pies para liberarlos de la tensión de todo el día de viaje.

—Bueno, te has casado. Si crees en el matrimonio y decidiste celebrar tu día será porque eres una romántica, ¿no?

—Supongo.

Tras unos segundos de silencio, que se les antojaron a ambos algo incómodos, Alessia tomó el mando de la conversación y contraatacó con la misma pregunta que le había hecho su amigo y que todavía no entendía bien adónde quería ir a parar.

—Bueno, ¿y a ti? ¿Qué te mueve?

—¿A mí? La magia.

—¿La magia? ¿En serio? ¿Crees en ella?

—¿En la magia? ¡Por supuesto! Fíjate bien. —Angelo se preparó para lanzar su argumento, tratando de generar una reacción en ella—. Hay magia en todos lados. Trozos de vida que revolotean sobre nosotros. Momentos felices que se vuelven todavía más mágicos cuando se transforman en un recuerdo. Instantes de perfección, que basta con cerrar los ojos para volver a ellos... Sí, experiencias que te provocan nostalgia y felicidad a la vez. Esto es magia.

Esperó. Aguantó en vilo los segundos de silencio que se congelaron en torno a ellos. Y entonces continuó:

—Haz una cosa. ¿Confías en mí? Cierra los ojos y piensa en un momento mágico de tu vida. No uno en el que hayas sido feliz o del que tengas un buen recuerdo. No. Uno mágico.

Alessia hizo lo que Angelo le pedía, obediente, si bien su gesto se mantuvo totalmente impasible.

—Lo siento, pero en mi vida no hay magia.

—¿Cómo que en tu vida no hay magia? ¡Eso es imposible! Vamos, esfuérzate.

Volvió a cerrar los ojos, trató de centrarse en algo. Por su mente pasaron varios episodios felices de su vida:

el día que conoció a Piero, el día que se casaron, el día que nació su sobrino, el día que expuso por primera vez. Sin embargo, magia, tal y como la describía Angelo, no.

—Lo siento.

—¿Y si tratas de pensar en Berlín?

—¿Berlín? Nunca he estado en Berlín.

—Has visto mil fotos y vídeos de la ciudad, ¿verdad? Te ha inspirado muchas de tus mejores obras. Esto no es fortuito. Hazlo. Intenta hacerlo, por raro que te parezca. Confía en mí.

Alessia pensó en Berlín. Se concentró para que su mente dibujara algunos de los lugares más icónicos de la ciudad, esos que había estudiado en fotos y vídeos y que después había esculpido con sus propias manos. La Puerta de Brandeburgo. La Fernsehturm. La Bebelplatz.

Un escalofrío le recorrió el cuerpo al visualizar la plaza, pero no se lo quiso decir a Angelo, no quería darle la razón. Empezaba a ponerla nerviosa tanto misterio.

—Has sonreído —señaló triunfante el romano—. Has recordado algo que te ha hecho sonreír.

—¡Para nada! De verdad, Angelo, no sé qué tratas de hacer, pero no lo entiendo.

—Alessia, ¿y si te dijera que tú y yo ya nos conocíamos? ¿En otra vida?

—Diría que estás loco y que debes dejar de estudiar la reencarnación. Tus personajes te están absorbiendo.

—¿Ves normal la complicidad que ha nacido entre nosotros después de vernos apenas un par de veces?

—¿Y por qué no? No es tan raro. Nos hemos caído bien. Hemos conectado. Supongo.

—Alessia —le dijo, metiendo la mano en su mochila

y sacando el libro que le había hecho despertar—. Léelo. Por favor. Es un libro muy especial, lo escribió mi padre cuando tenía más o menos mi edad.

Omitió la parte de que era la historia de su bisabuelo. No le parecía cauto desvelar tan pronto un secreto que sus propios padres habían tratado de mantener a salvo durante tantos años.

—¿Un libro?

—Cógelo, te lo ruego.

—Explícame qué me quieres decir. Me estás asustando.

—Verás, no sé cómo ni por qué, pero al leer ese libro lo he recordado todo. Habla de mí, de mi vida anterior como Aarón. Y tú... tú fuiste Amanda, no tengo la menor duda.

—¿Qué?

Una sonora carcajada inundó la habitación.

—Ya. Lo comprendo. Supongo que piensas que estoy loco, pero lo único que te pido es que lo leas.

—Lo haré. Aun así, Angelo, solo somos amigos, creo que, en realidad, me estás queriendo decir otra cosa y me estás asustando. No pierdas de vista que solo somos amigos y que, por muy bien que nos llevemos o por mucho cariño que nos estemos cogiendo, nunca pasaremos del punto en el que estamos ahora mismo.

Angelo se sintió ligeramente ofendido y decidió que era mejor marcharse. Estaba claro que no iba a conseguir nada más, al menos por ahora. El alma de Alessia no podía verlo.

—Lo sé, lo sé. No lo pierdo de vista, pero léelo. —Se puso de pie, consciente de que ya sobraba en esa habitación y de que quizá había metido la pata hasta el fondo.

—De acuerdo..., lo leeré, no te preocupes.

—Vuelvo a mi habitación, voy a deshacer la maleta y

a descansar un poco antes de que empiece todo. Si quieres hablar, si quieres compañía, allí estaré, para lo que quieras.

Alessia vio como Angelo abandonaba aquella confortable habitación algo cabizbajo. Percibió cierta confusión en su rostro, a pesar de lo seguro que aparentaba estar de su argumento. Le pareció incluso derrotado, superado por los acontecimientos.

En cierto modo, ella creía que estaba de broma, que era víctima de alguna alucinación que hubiera tenido durante el vuelo. Cansancio, sin más. Cuando durmiera y descansara un poco, los dos se reirían de aquel arrebato.

«Reencarnación, ¡qué absurdo!», pensó mientras sus dedos se deslizaban por el libro que, según Angelo y su extraña teoría, contaba su propia historia.

Fue inevitable que sintiera bastante curiosidad por aquella tal Amanda. Los pocos ratos libres que tuvo el fin de semana, cuando Angelo estaba ocupado en sus propios compromisos, los empleó en perderse entre las páginas de una novela que, lamentándolo mucho, no consiguió despertarle ningún interés especial y solo le pareció una bonita historia de amor, aunque con un final más bien agridulce.

La última mañana, con las maletas hechas de nuevo y todo preparado para regresar a sus respectivos hogares, Alessia fue a la habitación de su amigo para devolverle el libro.

—Toma, no te lo olvides aquí.

—Gracias. —Angelo la miró, esperando ver un cambio en su semblante—. ¿Lo has terminado?

—Sí. Una historia preciosa. Me ha conmovido. Dale la enhorabuena a tu padre, tenía mucho talento.

—¿Y...? ¿Algo más? ¿Qué impresión te ha dado Amanda?

—Que Aarón hizo lo correcto al quedarse con Claudia. Es lo que debía hacer.

—Tan poco romántica como siempre... —respondió, casi con decepción—. Para ser una artista deberías ser más soñadora.

—¡Y lo soy! Aarón ya había elegido su camino en una ocasión. No se puede hacer y deshacer lo que somos y lo que son los demás por un capricho, un antojo.

Capricho.

Aquello le dolió en el alma. En la de Aarón. En la de Angelo. Qué más daba una que otra, a fin de cuentas, eran la misma.

—Capricho... ¿De verdad crees que la historia de Aarón y Amanda fue un capricho?

—Creo que la habían idealizado. Si alguna vez se hubiesen tenido el uno al otro, esa... magia, como tú la llamas —continuó, haciendo un mohín para remarcar la palabra «magia»—, habría desaparecido. Se habría esfumado porque su historia ya no sería especial, sería lo normal. Y cuando conseguimos algo tendemos a restarle valor.

—Tal vez lleves razón, pero ¿no te dice nada que tantos años después siguieran pensándose? ¿Que Amanda llorara en su tumba, que Aarón le dedicara los últimos pensamientos de su vida? Deberían haberlo intentado.

—¿Y qué pasa con Claudia?

—¿Por qué la felicidad de Claudia valía más que la de Aarón?

En aquel instante se instaló un silencio incómodo entre ambos, que permanecieron cada uno con los ojos clavados en el otro. Angelo parecía muy seguro de lo que decía, casi ofendido, casi desesperado por hacer entender su realidad. Por su parte, Alessia no quería dar su brazo a torcer tan fácilmente, renunciando a las que, a fin de cuentas, habían sido sus creencias más firmes durante toda su vida. No obstante, la última pregunta le hizo reflexionar.

—No lo sé, Angelo, no sé adónde quieres llegar. Es un libro bonito, sin más. Espero que no sigas creyendo eso de que nosotros fuimos Aarón y Amanda.

—No, olvida eso, fue una tontería.

Claro que lo pensaba. Estaba más seguro que nunca de ello. Cada minuto que había pasado al lado de aquella mujer durante el fin de semana lo había convencido más de que sus caminos no se habían cruzado por casualidad. Sus almas se pertenecían.

Persuadirla no iba a ser fácil. Y si la asustaba, menos todavía. Este sentimiento debía nacer dentro de ella, igual que había nacido en él. Y si no ocurría así, quizá, solo quizá, fuera porque Alessia llevaba razón y los dos amantes unidos por el hilo rojo del destino no eran ellos, y las intuiciones de Angelo eran un simple espejismo. Una confusión. Un capricho, como decía Alessia.

No sabía en qué lugar de la historia quedaba Fabiana, pero no estaba dispuesto a vivir en un bucle infinito cometiendo los mismos errores continuamente, vida tras vida.

En la ciudad de Madrid lucía aquella mañana de domingo un sol radiante, de los que calientan el cuerpo y la mente, de los que te hacen sonreír si eres feliz, de los que incluso te pueden reconfortar si no lo eres.

El sonido de las ruedas de las maletas deslizándose por el suelo de la recepción les anunciaba a Angelo y a Alessia que el fin de semana había llegado a su fin.

Era la tercera vez que compartían tiempo y espacio tras un año de confidencias, y a cada ocasión que se veían las ganas de verse eran mayores. Al mismo tiempo, cada despedida les costaba un poquito más.

El vuelo de Alessia salía rumbo a Nápoles un par de horas antes que el de Angelo, pero él se ofreció a tomar el mismo *transfer*, igual que en el camino de ida.

A pesar de que las despedidas en los aeropuertos duelen más, necesitaba pasar con ella hasta el último minuto que la vida les pudiera regalar. En su cabeza se había instalado un pensamiento muy negativo, el presentimiento de que nunca más volvería a verla... Y no podía soportarlo.

Pasaron juntos el control de seguridad, pues, por suerte, los dos iban a la misma terminal de salidas, aunque Angelo tuviera mucha menos prisa para coger su vuelo de regreso a casa.

Le ofreció a Alessia una invitación en un Starbucks mientras esperaban su embarque, y cuando sus manos se rozaron, inocentemente y sin pretenderlo al pasarse el café, saltó una chispa. Ambos la percibieron y bajaron la mirada con esa mezcla de ternura y vergüenza que siempre adorna los comienzos más bonitos, los que no podemos olvidar una vez que todo ha terminado o, mejor aún, los que seguimos recordando porque nuestra historia no lleva adosado un punto y final.

—Olvida lo que te dije sobre el libro, ¿vale? —Angelo se sentía un poco incómodo con la situación, no tenía que haber hablado sin haber comprobado antes que Alessia estuviera preparada.

—No te preocupes —respondió ella con una dulce sonrisa—. Ya ni me acuerdo de qué me hablas.

Le guiñó el ojo y los dos sonrieron, acariciándose las manos sobre la mesa de la cafetería. Un gesto cómplice que escondía ese «estoy aquí» que a veces tanto necesitamos, aunque no sepamos cómo pedirlo. Un nuevo paso, imperceptible para el resto del mundo, pero importantísimo para ellos, en una dirección que, si bien los dos pensaban que no era la correcta, no podrían seguir ignorando mucho tiempo más.

Aquella fue la primera vez que se dijeron «te quiero» sin decírselo. Aquella vez fue la vez que todo cambió.

Porque cuando sus respectivos aviones aterrizaron en casa, nada volvió a ser lo mismo.

45

Que al final todo pasa,
nos decían nuestros mayores,
pero se olvidaron de contarnos que,
mientras eso ocurre,
también pasa la vida.

Nápoles, 2116

La ciudad de Nápoles se levantó embravecida aquella mañana. Las olas del mar Mediterráneo impactaban con furia contra el Castel Nuovo, el castillo medieval que se había convertido en uno de los mayores reclamos turísticos de la ciudad italiana. Sin embargo, pocos eran los visitantes que lo consideraban una prioridad.

Para los turistas que tomaban Nápoles como punto de partida, tanto los que hacían una larga estancia en la ciudad como los que iban de paso, especialmente los cruceristas, las ruinas de Pompeya, el monte Vesubio o la isla de Capri eran los lugares por los que merecía más la pena darse una vuelta.

Quienes, sin embargo, decidían recorrer las calles de la ciudad se encontraban con un paisaje que solía distar bastante de lo que esperaban: caótico, antiguo, desordenado. Un fiel reflejo de la Italia profunda, la que no sale en las guías turísticas ni nos muestran las fotos de las agencias de viaje, pero que también conforma el exoesqueleto del país. Callejuelas con pequeños balcones llenos de ropa y sábanas de flores tendidas, pizzerías en locales diminutos, puestos de frutas y verduras en las esquinas y motos cruzándose entre los peatones, sin miedo, eran algunas de las particularidades de la desconocida Nápoles.

Precisamente por ello, Nápoles era un destino encantador para los viajeros que querían descubrir, cámara en mano, el verdadero pulso del modo de vida italiano. Una pizza margarita, una de las mayores especialidades culinarias de Nápoles a pesar de su sencillez, y un paseo por el casco antiguo eran suficientes para quedar atrapados por esta ciudad o para escapar despavoridos rumbo a algún paraje más turístico, como el Castel Nuovo, ubicado junto al mar y reflejo del glorioso pasado histórico de Nápoles.

Los que tuviesen unos días para disfrutar de la ciudad también podían llegar desde ella a otros puntos de interés del país, como Roma, a poco más de doscientos kilómetros.

Habían transcurrido apenas unos días desde que Alessia regresó de Madrid. Había olvidado pronto las comidas que allí degustó, las interminables sesiones de ponencias e incluso el color de las cortinas de su hotel. En cambio, no conseguía olvidar la mirada de Angelo. No podía desprenderse del sonido de su risa. No lograba apartar de su mente su presencia. Tenía las veinticuatro horas del día a Angelo en su cabeza. Temía volverse loca en cualquier momento. O tal vez ya lo estaba y ni siquiera se había dado cuenta.

Era como si, de un modo que incluso para ella era una incógnita, una parte de ella se hubiera quedado absolutamente enganchada a ese hombre y a esa ciudad.

Trataba de volcarse en su trabajo, pero cada nuevo día Angelo le robaba un poco más la inspiración. No podía concentrarse. No podía crear. A cada segundo que avanzaban las manecillas del reloj de cuerda que tenía en su taller, algo le gritaba con fuerza que ese segundo no iba a volver y que ya había desperdiciado bastante tiempo.

Añoraba España. Añoraba a Angelo. Todo era una locura.

El sonido de su teléfono móvil la sacó de su estado casi comatoso y la devolvió a la realidad. Era un mensaje de Piero, diciéndole que otra vez regresaría tarde y que faltaban huevos y lechuga en la nevera. Contestó con un escueto «OK, luego compro» y trató de centrarse de nuevo en su trabajo, sin ningún éxito. Sus musas no querían trabajar.

No sabría decir en qué punto su relación con Piero había comenzado a perder aliento. No quería admitir que empezaba a sentir algo real por Angelo, pero a veces, en las noches de insomnio, cuando se quedaba a solas con sus pensamientos mirando un punto inerte de la pared, sentía una sacudida al preguntarse qué estaría haciendo él, si alguna vez la recordaría o cuándo volverían a verse. O peor, a qué sabrían sus labios.

Entonces, de forma casi instintiva, como si quisiera protegerse a sí misma de la tormenta que se había formado en su vida sin avisarla, se daba la vuelta en la cama y abrazaba a Piero con fuerza, pero sin pasión. Un gesto que le servía para pedir perdón en silencio, de espanta-musas, pero que, en realidad, no era ni una cosa ni la otra.

Y es que hallamos protección en los brazos de quienes nos quieren, y Alessia nunca habría puesto en duda que Piero la quería. Los dos tenían muchas cosas en común, quizá por eso habían encajado desde la primera vez que se vieron. Los presentó un amigo de los dos en una fiesta de cumpleaños. Después volvieron a coincidir en un par de ocasiones más hasta que por fin, a la tercera, Piero se decidió a darle su teléfono. Desde entonces se habían vuelto inseparables y todos sus amigos anhelaban tener una relación como la suya. A la vista de los demás, rozaban la perfección.

Ahora, la pregunta que Angelo le formuló acerca de la magia se había instalado en su mente como una bomba de relojería. Alessia no conocía la magia. Ni siquiera se había sentido atraída por ella. Nunca había querido soñar más allá de sus posibilidades. Jamás había contemplado la posibilidad de que existieran otras cosas que todo lo bueno que ya le había regalado la vida. Que no era poco.

Sin embargo, comenzaba a dudar. Comenzaba a pensar que sí, que había algo más. Y su mente trataba de gritarle que fuese a por ello, que merecería la pena, que no se iba a arrepentir porque, al final de sus días, cuando hiciera balance, descubriría que había ganado más de lo que había perdido.

Confusa, volvió a abrazar a Piero, que se removió levemente entre las sábanas color ocre, y, una noche más, se prometió a sí misma que dejaría de pensar en Angelo. Esta vez se esforzaría de verdad y cumpliría su promesa costase lo que costase.

Mientras tanto, en la ciudad de Roma la noche caía silenciosa, fría, desamparada. Algunos turistas pasados de vino y con demasiadas ganas de disfrutar de la ciudad que caminaban por la via Rasella en dirección a la Fontana di Trevi o algún garito de mala muerte que habían visto en Tripadvisor le impedían a Angelo conciliar el sueño como debería. No le ocurría lo mismo a Fabiana, que llevaba un par de horas en brazos de Morfeo y era bastante difícil que el ruido la despertara. Angelo, sin embargo, sabía muy bien que esa noche ni el silencio más absoluto podría llevarlo al país de los sueños. Su voz interior era la que más fuerte gritaba. Y no conseguía acallarla.

Desde que volvió de España se había planteado muchas cosas. Cada día lo comenzaba con un nuevo propósito, que desechaba al caer la noche. Nada saldría bien. Nada funcionaría.

Leyó de nuevo aquel misterioso libro, que estaba seguro que se basaba en su vida pasada, y no solo se reafirmó en sus sospechas, sino que logró recordar toda su vida anterior con absoluta claridad. A ratos se sentía feliz por haber encontrado a Alessia y tener con ella una complicidad que, sin duda, facilitaría las cosas; en otros momentos se angustiaba, a tal punto que casi perdía el aliento.

La iba a perder también en esta vida, era inevitable. Al menos, esta vez ella sí sería feliz. Alessia tenía a quien querer, alguien que la protegía y la cuidaba. Por lo poco que había podido conocer a Piero, sin duda parecía un buen hombre. Lo único que podía hacer era convencerse de que en esta vida también había llegado tarde, de que había perdido la partida una vez más, de que Alessia y él estaban destinados a no estar juntos en ninguna de sus vidas.

O quizá debía tener paciencia y esperar a la séptima, la última, la definitiva.

«Cariño, te prometo que el día que consigamos llegar a tiempo te voy a amar por esta vida y por todas las anteriores.»

Lanzó esta promesa al aire, convertida casi en una súplica, y miró de nuevo a Fabiana. Dormía plácidamente. Sonrió. La quería. La quería mucho. Dios sabía que haría cualquier cosa por ella. Pero, por una vez en todas sus existencias, quizá su alma merecía vivir por su cuenta, elegir su destino, disfrutar de sus deseos más primarios.

Al final, una noche más, volvió a descartar la idea de tratar de convencer a Alessia de lo contrario. Si ella era feliz, debía dejarlo así.

A la mañana siguiente, en la vida de Fabiana se repitió el patrón rutinario. Un beso de buenos días para un Angelo que todavía seguía roncando, perezoso, un zumo natural recién exprimido y el cruasán que había cogido rápidamente del primer armario de la cocina. Siempre iba con prisas, nunca tenía tiempo para nada más que no fueran sus pacientes del hospital. Los adoraba, aunque también la consumían.

Cuando bajó a pie las escaleras que unían el viejo apartamento con el portal recordó que le había prometido a Angelo ir por la tarde al centro comercial a mirar un par de libros que quería comprar. Con las llaves en una mano y el móvil en la otra, le dejó un mensaje para decirle que no le daría tiempo, que había cambiado el turno para hacerle un favor a la compañera más veterana y que se quedaría hasta tarde en el hospital. Le extrañó verlo en línea nada más darle al botón de enviar y lamentó haberlo despertado con el sonido del móvil.

No había sido así. En realidad, fue el golpe de la puerta al cerrarse el que había desvelado totalmente a Angelo. El mensaje de Fabiana no le sorprendió, ni siquiera le molestó o le decepcionó. En su mente no había sitio más que para Alessia. Y solo él sabía por qué.

«Si escapa a toda lógica, es ella.»

Se levantó de la cama y, sin mucho esfuerzo por encontrar sus zapatillas de estar por casa, fue arrastrando los pies a encender el ordenador para tratar de hacer algo de provecho con sus días, intentando poner todo su empeño en concentrarse en el folio en blanco que tenía ante sí en la pantalla del ordenador. Ni siquiera fue a desayunar. Cuando advertía que le llegaba la inspiración solía dejar todo cuanto tuviese por delante para centrarse única y exclusivamente en escribir. Cualquier detalle, por insignificante que fuera, podía hacer que la inspiración, tal como había venido, se esfumara. Un escritor nunca se puede arriesgar a que eso ocurra.

En sus novelas, Angelo siempre había sido muy celoso de su vida privada. En sus textos no describía experiencias personales ni nada que pudiera ser psicoanalizado en el presente o, quién sabe, el futuro. Podía decir con orgullo que en sus obras todo, absolutamente todo era ficción y había nacido en su imaginación.

No obstante, esta vez le apetecía contar su propia historia. Camuflada en un relato escrito en primera persona sobre castillos y dragones. Había un príncipe, del cual empezó explicando la infancia, que no esperaba nada de la vida aparte de las experiencias terrenales que todos creemos tener controladas. Junto a él, la otra protagonista de la historia era una mujer, una linda mujer que sin ser reina ni princesa consiguió entrar en la vida del príncipe cual tormenta arrasándolo todo a su paso. La llamaría su «no princesa».

Fueron mañanas productivas. Angelo estaba tan inmerso en la narración que podía imaginar a sus lectores devorándola página a página con la misma hambre con la que él volcaba todos sus instintos y sentimientos sobre el papel.

La inspiración le sirvió para tratar de reconducir sus días, de emplearlos en algo productivo. Para tratar de olvidar la sensación de soledad que no paraba de crecer día tras día, de dejar a un lado el vacío que sentía su alma y procurar transformar en algo útil la constante presencia de Alessia en su mente y en su vida.

No vivían juntos, ni siquiera en la misma ciudad. «Y menos mal», pensó. Si Alessia hubiera sido romana como él, probablemente el fuego que los quemaba a ambos hubiera sido incontrolable y las llamas hubieran terminado devorándolos. Pero la distancia ayuda a mirarlo todo con más raciocinio. Incluso el amor.

Pasaron las semanas, los meses. La historia literaria de Angelo iba cogiendo forma. También la historia «casi real» con Alessia, a la que seguía soñando y añorando. La tristeza comenzó a instalarse en la vida de ambos, convertida en fiel compañera. Sin que el otro lo supiera, los dos necesitaban tener una fecha en el horizonte, la certeza de que volverían a verse, de que no estaban tan solos ni tan lejos el uno del otro. De hecho, se les habían escapado las lágrimas pensando en que quizá no volverían a coincidir en lo que les quedaba de vida.

Aun así, seguían sin llamarlo amor.

Las sesiones de escritura continuaron hasta que hubo que esbozar el último capítulo, el que puede hacer que una historia se arruine por completo o quede eternamente en la memoria del lector. Angelo necesitaba un final para su príncipe y su «no princesa», pero tenía bastantes dudas. Tal vez porque estaba escribiendo su propia historia, disfrazada de otra época, y había llegado a un punto en el que ni siquiera él mismo sabía cómo iba a terminar. ¿Debía separar a sus personajes para siempre, tal y como pasaría con él y Alessia? ¿O sería mejor dejar que al menos ellos tuvieran un final feliz?

—Las auténticas historias de amor nunca terminan bien —le decía Alessia, que estaba haciendo de lector cero, cuando Angelo le decía que no sabía cómo terminar la historia.

—¿De verdad piensas eso?

—Rotundamente sí.

—En serio, no entiendo cómo puedes ser tan poco romántica —replicaba él, casi ofendido—. ¡Eres artista! ¡Crees en las musas! ¡Crees en los sueños!

—Es que no creo en las historias de amor perfecto que nos vende Hollywood. Y, ojo, no quiero que te lo tomes mal. Como escritor de literatura romántica, a fin de cuentas, tu trabajo también es vender este tipo de historias, hacerles creer a los lectores que ellos las pueden vivir igual que los personajes. Pero no, lamento decirte que no es así.

—Me desesperas —suspiró Angelo.

Alessia rio al otro lado del teléfono. Su risa tenía el poder de calmar a Angelo.

—Dales el final que quieras, Angelo. Tú eres su creador y quien mueve los hilos. Dales el final que te salga del corazón.

—¿Crees que el corazón es siempre el que gana?

—El que gana no lo sé, pero el que está en lo cierto, sí.

—¿Qué hay en tu corazón, Alessia?

—Amor, por supuesto, amo a Piero —respondió casi ofendida a la vez que pensó: «Y un poquito también a ti, pero nunca lo reconoceré, ni ante ti ni ante mí misma».

—Tengo otra pregunta.

—Algo me dice que va a ser incómoda.

—Puede.

—Dispara.

—¿Alguna vez has pensado en que podrías amar más de lo que amas hoy? Recuerdo que un día me dijiste que no conocías la magia. ¿Crees que puede haber algo más?

—No, no creo que exista un amor mayor que este. Nos queremos. Estamos bien.

Angelo encontró en esa respuesta la clave de todo: «Estamos bien», pero no quiso forzar más la situación.

—Entiendo. Eso es todo, estáis bien. Es tu manera de definir el amor. Pues lo siento, señorita Alessia, pero mi príncipe y mi «no princesa» van a terminar juntos y felices.

—Gracias por el *spoiler*. —Y volvió a reír, dejando a Angelo con una sonrisa casi eterna que lo acompañó durante todo el día.

Se tomó esa tarde de descanso para pensar un final que estuviese a la altura de la historia tan bonita que había escrito para sus dos amantes. Él no podía decidir cómo iba a terminar su vida, si bien era el único responsable de lo que sucediera con su príncipe y su «no princesa», así que solo él podía hacer que ellos sí lo consiguieran.

Al día siguiente, cuando tecleó la palabra «fin» tuvo una sensación extraña. Aquella novela, las aventuras de su príncipe y su «no princesa», lo había acompañado durante varios meses, la había compartido con Alessia y tenía el desenlace que tanto deseaba para ellos mismos. Ahora que las palabras se habían acabado, que la historia se había cerrado, no podía evitar sentirse vacío. Incluso algo estúpido. Había creado una realidad inexistente y, por un segundo, había creído posible hacerla realidad, había perdido de vista que era pura ficción, fruto de su mente, como su propia historia.

No sabría decir si su desconsuelo era por haberse despedido de aquellos personajes tan entrañables e importantes para él o porque cada vez notaba a Alessia un poco más ausente. La tristeza incrustada en su vida se hizo casi crónica, y algunos días Angelo se convertía en una especie de ermitaño al que nada le aportaba calidez ni esperanza.

Fabiana se dio cuenta y, aunque sabía que su pareja atravesaba ese tipo de rachas de vez en cuando sin que ella pudiera hacer mucho por sacarlo de su estado, quiso ayudarlo a respirar unos días y le preparó una gran sorpresa. Lo que más feliz podía hacerle en aquel momento. Ni siquiera Fabiana era consciente de la magnitud del efecto que tendría su regalo.

Un viaje a Berlín le estaba esperando.

46

Coge la armadura, el casco y el escudo.
Nos vamos.

Roma, 2117

Lo preparó con sumo cuidado. Gracias a los consejos de
un par de webs de viajes eligió una zona que parecía muy
céntrica y cerca de los lugares más interesantes de la ciudad. Escogió un hotel alto y con vistas, dos requisitos
que sabía que Angelo amaba en los hoteles, y planeó horarios junto a la persona que los acompañaría en ese viaje. Nada podía salir mal y se moría de ganas de contárselo todo a su chico.

Ese día llegó temprano de la guardia, cosa que le extrañó un poco a Angelo porque siempre se le hacía más
bien tarde. Le dio el beso de cortesía y se sentó con ella a
la mesa, en la que acababa de servir un poco de embutido
y un par de empanadas argentinas.

—Cierra los ojos —le dijo Fabiana al acabar de cenar—. Tengo una sorpresa para ti.

—¡Miedo me das! Pero ¡si no es mi cumpleaños!

—¿Y qué? ¿Hacen falta ocasiones especiales para recordarte lo mucho que te quiero? Ciérralos, vamos, no hagas trampas. ¿Puedo confiar en ti o tengo que vendártelos?

—No es necesario —respondió Angelo riendo.

Obedeció, cerró los ojos tal y como le había pedido y, unos segundos más tarde, tras la señal de Fabiana, los abrió y se quedó inmóvil ante lo que le mostraba su chica. Era una fotografía de una de las esculturas de Alessia sobre Berlín. ¿Qué tipo de broma era aquella?

—¿La reconoces?

—Claro... —dijo, a medio camino entre el desconcierto y la desesperanza. Se le hizo un nudo en la garganta.

—Memorízala bien para encontrar posibles fallos, pronto verás este monumento en vivo y en directo. ¡Nos vamos a Berlín! —exclamó dándole la vuelta a la fotografía y mostrándole los billetes de avión que había pegado cuidadosamente con celo en la parte trasera.

—¿Qué? ¿Cómo?

—He organizado un viaje para la próxima semana, solo tres días, no puedo escaparme más del trabajo, pero tenemos que celebrar que tu nuevo libro va a ser todo un éxito.

—¡Es increíble! Vaya, ahora no sé cómo agradecértelo... ¡Me encanta la idea!

—Y espera... porque hay más. —Hizo una pausa misteriosa, y añadió—: No vamos solos.

—¿Cómo que no vamos solos?

—Ya sabes que hablo a menudo con Piero, el marido de Alessia.

—Sí... —Angelo empezaba a temerse lo peor.

—Le comenté que te notaba de bajón y él me dijo

que su mujer está atravesando también una racha un poco triste.

—¿Alessia está triste? —la cortó al oír esta información, desconocida hasta entonces para él.

—Sí, eso dice. No sé. Bueno, el caso es que pensamos que sería genial hacer un viaje los cuatro, tal y como llevamos tanto tiempo diciendo. Y si se trata de animaros, no hay una ciudad mejor que Berlín. A ambos os encanta y nunca habéis estado en ella.

«Yo sí. En otra vida viví más de una década allí. Y, si tú fuiste Claudia, que es lo que sospecho, me temo que también has estado», pensó, exhausto, un Angelo que no podía procesar con claridad todo lo que Fabiana le estaba contando.

—Gracias... Yo... No sé qué decir.

—¿Te hace ilusión?

—Mucha. —Le dio un beso en la frente, sintiéndose culpable por lo que su chica desconocía, y, agradecido, le contestó—: A veces pienso que no soy consciente de la suerte que tengo contigo.

A tan solo doscientos kilómetros de allí, un Piero casi sincronizado con Fabiana le daba la misma noticia a su mujer. Habían decidido desvelársela al mismo tiempo para evitar que uno de los dos se fuera de la lengua antes de tiempo y arruinara el factor sorpresa, algo que sospechaban que podía pasar con bastante facilidad.

Alessia se quedó tan estupefacta como Angelo, pero también ilusionada ante la posibilidad de poder visitar por fin la ciudad de Berlín. No le apetecía un viaje a cuatro, pero trató de quitarle hierro al asunto recordando que habían pasado varios meses desde la última vez que vio a Angelo y que, probablemente, las mariposas no volverían a despertarse cuando se reencontraran. Esas cosas solo pasaban en las novelas románticas como las que escribía su amigo, nada de eso sucedía en la realidad. Podía estar tranquila.

Por un momento incluso logró convencerse de ello.

Algo similar le sucedió a Angelo, quien unos días antes del viaje se encontraba bastante nervioso. Por regresar a Berlín ahora que conocía bien su vida anterior. Por hacerlo con Alessia. Por volver a verla. Y porque, una vez más, como si de una cruel broma del destino se tratara, Fabiana había sido la artífice del encuentro. Igual que cuando tuvo la idea de acudir a aquella exposición donde se conocieron o, mejor dicho, donde sus almas volvieron a cruzarse. Igual que cuando aceptó sin preguntarle el primer viaje a Madrid.

No podía evitar que todo aquello lo inquietara y lo invadiera la culpabilidad.

La noche antes del viaje, entre maletas y preparativos de última hora, decidió tomar la misma decisión que su yo del pasado, Aarón, tomó en otra vida. Tenía que olvidarse de ella. Debía hacer feliz a Fabiana. Se lo merecía. No podía ser de otra forma.

A la mañana siguiente, el día que debían coger sendos vuelos y reunirse en Berlín, Alessia y Angelo se despertaron unos minutos antes de lo planeado. No fue el despertador el que los desveló, sino ese tictac silencioso que solo ellos podían oír.

47

Llámale magia.
Llámale amor.
Llámale putada.
Pero no me digas que no merece la pena.

Berlín, 2117

Somos eso en lo que pensamos cuando el avión alza el vuelo. Cuando comenzamos a sentir que nuestros pies se despegan del suelo. Cuando nos damos cuenta de que estamos en el punto de no retorno. Entonces deseamos volver atrás, bien para volver a cometer un error bien para enmendarlo. Al mismo tiempo llegan nuestros deseos más profundos.

Hazle más caso a tu yo viajero, él sabe bien quién eres realmente.

Alessia no acertaba a describir aquella sensación. Por primera vez se estremeció de miedo y de ilusión. Casi a partes iguales. Ilusión por vivir una nueva aventura, por conocer Berlín, por... Vale, no nos engañemos, también por ver a Angelo de nuevo, por mucho que había intentado dormir sus sentimientos durante los meses de ausencia.

Alessia no pudo pegar ojo en el corto vuelo que la llevó hasta la capital alemana. Comprobó varias veces en su reloj de pulsera que iban puntuales: habían quedado con la pareja de amigos en el aeropuerto de destino, sus vuelos aterrizaban casi a la vez y habían decidido esperarse para ir juntos hasta el centro de la ciudad.

A pesar del poco tiempo de antelación con el que Fabiana y Piero habían planeado el viaje, Angelo pudo organizar algunas rutas y visitas. Se empeñó en ser él quien les hiciera de improvisado guía turístico. Había pensado mil planes, sitios bonitos que recordaba de otra vida y que quería enseñarle a ella. Asimismo, lugares desconocidos para su yo del presente, donde quería construir nuevos y bonitos recuerdos junto a aquella mujer a la que tanto amaba en silencio. Todos los lugares que habían sido importantes para Aarón y Amanda cien años atrás, en su otra vida, estaban marcados con especial interés en su plan de viaje. Quería ayudarla a recordar.

Dicen que en todos los aeropuertos hay un *voyeur*. O varios. Una persona que juega a imaginar los motivos que han llevado a un desconocido cualquiera a tomar un avión, si el viaje es de ida o de vuelta (o mejor, de ida sin vuelta), si le espera alguien en casa o si es él quien va al encuentro de un ser querido. Especula con si vuela por negocios o por placer, o con si el avión, quién sabe, lo ha conducido a cumplir algún sueño.

Los más experimentados suelen acertar bastante en sus pronósticos. A los viajeros nos delata el brillo de los ojos, el ritmo de los pasos o esa sonrisa tonta que se nos escapa cuando cruzamos la línea que separa la zona restringida del aeropuerto de la parte de la terminal de llegadas que nos conecta con la ciudad, con la vida real. Una sonrisa cuando llegamos al lugar deseado. Un suspiro de puro agobio cuando tras la puerta de salida hay un sitio al que sentimos que ya no pertenecemos.

Si había alguien observando aquella escena, probablemente le causó un gran desconcierto. Las miradas de Angelo y Alessia, que se cruzaron de nuevo después de tantos meses de ausencia física, y su sonrisa los delataban, sin embargo, los dos besos, casi tímidos y carentes de toda expresividad, con los que rompieron la barrera del aire que los separaba pusieron de manifiesto que no eran un par de enamorados ni tampoco un par de amantes. O quizá que aún se lo escondían al mundo o, peor todavía, a sí mismos.

—¡Piero! —La voz de una Fabiana ilusionada por volver a ver a su amigo rompió el casi incómodo silencio que se instaló entre Angelo y Alessia, quienes esta vez se habían reencontrado acompañados por las personas menos adecuadas con las que compartir ese momento.

—¿Cómo estáis, chicos? —Piero abrazó a su amiga y le tendió cortésmente la mano a Angelo.

—Muy bien, un poco entumecidos por el vuelo, cada vez son más pequeños los aviones —repuso el romano tratando de relajar el ambiente—. ¿Lleváis mucho tiempo esperando?

—No, qué va, nuestro vuelo ha llegado con algunos minutos de retraso, así que casi ha sido a la par que el vuestro. ¿Ya tenéis todo el equipaje?

—Sí, ya lo hemos recogido.

—Entonces no hay que esperar por nada más. ¿Os parece bien si vamos ya hacia el hotel?

—Estupendo, necesito cambiarme los zapatos —contestó Fabiana—. Estás muy callada, Alessia, ¿va todo bien?

—Sí —respondió ella con una sonrisa amable—. Solo un poco cansada, pero, como tú dices, cuando nos cambiemos el calzado en el hotel seguro que cargamos pilas.

—¿Os importa ir en metro en lugar de en taxi? —Esta vez era Angelo quien preguntaba—. Si nos sacamos el abono para movernos mejor por la ciudad, es una buena idea coger el metro ahora; el trayecto está incluido en la tarifa y por lo que he visto en internet no es nada complicado.

Los demás asintieron y Angelo los guio hasta la estación de metro, a poca distancia del aeropuerto de Schönefeld. No fue casualidad que eligiera ese medio de transporte. En realidad, quería que Amanda, ahora en el cuerpo de Alessia, desanduviera los últimos pasos que dio en Berlín en su antigua vida. Que él supiera, ella nunca había vuelto a la ciudad. En este aeropuerto fue donde se vieron por última vez. Fue justo aquí donde él se sintió un perdedor y, a pesar de no saber qué había pensado ella, podía intuir que su memoria había vuelto muchas veces a ese último «Cuídate» que pronunciaron sus labios, a esos últimos segundos que la vida les regaló y que ellos mismos dejaron que se les escaparan entre los dedos.

La miraba, de manera furtiva, para detectar alguna posible reacción, un cosquilleo o un escalofrío provocado por la llegada a la ciudad, pero Alessia no parecía sentir nada. Iba de la mano de un Piero que paseaba orgulloso junto a su mujer y al que él apenas podía mirar a los ojos.

Bajaron en la parada del S-Bahn de Zoologischer Garten y caminaron durante apenas quince minutos bordeando el famoso zoológico de Berlín, en el lado sur del Tiergarten, hasta llegar al hotel que habían elegido para la ocasión Fabiana y Piero, cómplices de una sorpresa con la que pretendían devolverles la ilusión por vivir a sus parejas, a las cuales notaban deprimidas desde hacía unas semanas.

—Aquí es —dijo Piero cuando llegaron al final de la calle Budapester—. El hotel Intercontinental.

—¡Qué maravilla! —Alessia no podía dejar de abrir los ojos, contemplando cada rincón de aquella preciosa ciudad con la que había fantaseado tantas veces y a la que había hecho con sus propias manos su particular homenaje a modo de escultura.

—En la planta catorce se encuentra uno de los mejores restaurantes de la ciudad, el Hugo's Restaurant —informó Angelo—. Lo miré antes de salir de Roma y me llamó la atención; es bastante caro, pero por las vistas al atardecer seguro que merece la pena ir a tomar al menos una copa.

—Cuenta con ello, cariño. —Fabiana lo cogió tiernamente por la cintura—. ¿Entramos?

Una amable recepcionista, morena de pelo y de tez, posiblemente sin herencia alemana en sus genes, atendió con una amplia sonrisa a los cuatro huéspedes recién llegados. Tramitó su reserva, consistente en dos habitaciones dobles en la segunda planta. Piero, decepcionado porque esperaba poder gozar de unas panorámicas algo mejores, no consiguió cambiar las habitaciones, ya que, como le dijo aquella chica tan servicial, estaban preasignadas y no se podían realizar modificaciones.

Subieron en el espacioso ascensor a la segunda planta, y localizaron sus habitaciones, contiguas, casi al final del pasillo, a mano derecha viniendo de la zona de los elevadores.

—Siempre me dan las habitaciones más alejadas del ascensor —dijo riendo Alessia—. ¡Con lo poco que me gusta andar!

—Mejor así —respondió con complicidad Angelo, quien todavía no había cruzado más de dos palabras con ella—, menos ruido te llegará a la habitación y mejor podrás descansar.

—Eso es cierto. ¿Siempre ves el lado bueno de las cosas?

—No siempre lo consigo, pero lo intento el mayor número de veces posible.

Tras una ducha rápida y vestidas con ropa más cómoda y fresca, las dos parejas se reunieron en el hall y comenzaron el recorrido turístico preparado por Angelo.

El italiano estaba emocionado. No se lo dijo a nadie, pero tenía ganas de agacharse y besar aquel suelo que cien años atrás le hizo tan feliz. Le debía mucho a esta ciudad. Berlín no pasa nunca por nuestras vidas sin dejar huella.

Se había encontrado consigo mismo, con sus orígenes, con lo que un día fue y también con lo que dejó de ser; a fin de cuentas, con lo que él mismo decidió ser. Miró a Alessia, que tenía los ojos brillantes por la ilusión de estar contemplando sin filtros la belleza de Berlín, y una pequeña punzada le sacudió el corazón. La herida que se abrió en el corazón del joven Aarón en su vida pasada aún seguía escociendo.

Aquella primera tarde no se perdieron ningún detalle del centro turístico: Alexanderplatz y su simbólica torre, siempre bulliciosa, siempre actuando como faro para aquellos que se dejan conquistar por la ciudad; la Puerta de Brandeburgo, ofreciendo cobijo entre sus columnas; la plaza de Gendarmenmarkt, rezumando arte e historia en cada una de sus esquinas; la Topografía del Terror, austera y silenciosa, sobrecogedora. Incluso, les dio tiempo a entrar en el Deutsches Currywurst Museum, un lugar totalmente prescindible, pero cuando menos curioso.

Dejaron para ver la mañana siguiente, de día, el enorme parque de Tiergarten y los restos del Muro de Berlín, donde debían acudir en metro si querían completar el recorrido, mientras que la tarde la dedicarían al Berlín «que no sale en las guías», tal y como lo había definido Angelo, que en realidad era el que tenía una historia escondida detrás, una historia que no tenía intención de contar.

Les iba a mostrar su propio Berlín. Charlottenburg, Messe, Bebelplatz... Donde vivió, donde trabajó, donde amó. No sabía si el alma de Fabiana iba a ser lo bastante fuerte para reconocer la que fue su casa durante tantos años. Ella no tenía la sensibilidad que se requería para ello y probablemente pasaría por su antigua calle sin advertirlo. No obstante, lo que más deseaba Angelo era que Alessia recordara el lugar donde sus ojos se volvieron a encontrar, incendiándolo todo; donde se amaron; donde construyeron un recuerdo de dos al que continuaron volviendo cada noche del resto de sus vidas.

Las horas del día volaron como suele ocurrir cuando estamos en la compañía adecuada. Sin previo aviso llegó la noche y alargaron el encuentro hasta la cena, que tomarían en un sencillo local de *currywurst* de cuyo nombre no volverían a acordarse nunca.

Aprovechando que Fabiana y Piero se alejaron unos pasos, Angelo le preguntó varias veces a Alessia si no prefería un restaurante más elegante, pero ella le dijo, con total sinceridad, que en ese momento cualquier sitio le parecía bueno. Una franquicia de comida rápida, un local de mala muerte o el mejor restaurante de la ciudad, no le importaba. Se encontraba tan a gusto, tan relajada, tan... cómo decirlo, tan feliz, que incluso le hubiese parecido bien comer unos bocadillos en un banco cualquiera de la ciudad. El con quién es más importante que el dónde.

Tras devorar las salchichas típicas alemanas, tomaron la primera copa en un pequeño pub ubicado a la vuelta de la esquina. Estaban agotados por el viaje y las emociones del primer día y, poco antes de la medianoche, decidieron que era hora de regresar al hotel. Al día siguiente les esperaba otra intensa jornada de turismo, pero sobre todo de descubrimiento.

Se despidieron con un par de besos frente a sus habitaciones. Alessia se quedó unos segundos mirando la puerta ya cerrada de la habitación de sus amigos mientras Piero la llamaba desde dentro de la suya.

Se sorprendió esbozando una leve sonrisa que intuía triste. A pesar de estar en la ciudad a la que tanto había deseado ir desde que tenía uso de razón, de repente se sintió vacía. Perdida. Una extraña sensación se instaló en su pecho.

—¿Estás bien?

—Sí —respondió con apenas un hilo de voz mientras veía la noche berlinesa a través de la enorme ventana de la habitación.

—Llevabas razón. Berlín es una ciudad fantástica. Tenemos que volver en alguna ocasión solos.

—Muchas gracias por esta sorpresa. Está siendo increíble.

—No sabes cómo me alegro. Te lo mereces todo.

Aquella noche, Alessia soñó con Berlín. Un río. Candados. Una plaza. Una estación de S-Bahn. Una cúpula coronada por una estatua en señal de victoria. Y un hombre, al que no había visto en su vida, que en su sueño no dejaba de repetirle: «Hola, ¿te acuerdas de mí?».

El día siguiente aprovecharon la jornada aún más que el anterior. Terminaron con el «Berlín turístico» por la mañana y justo antes de comer comenzó el tour especial que Angelo había preparado especialmente para Alessia. Descubrieron un Berlín precioso, mágico, encantador, mucho más personal. Un Berlín que se iba instalando en su interior, en su mente y en su corazón. Un Berlín que les estaba gustando incluso más que el de los monumentos y los lugares señalados en las guías de viajes.

Sus tres acompañantes le decían continuamente a Angelo que era increíble lo bien que se desenvolvía en la ciudad. Como conocían su gran interés por el tema de la reencarnación, incluso bromearon con si en una vida anterior no habría sido alemán. Rieron, y entonces Angelo buscó la mirada de Alessia, quien tímidamente bajó la vista al suelo. Se moría de ganas de preguntarle si había empezado a recordar, pero si algo había aprendido era que con ella apretar el acelerador no era una buena idea. Se asustaba con demasiada facilidad. Se notaba que su alma acarreaba una herida de otra vida. Y de nuevo se sentía culpable porque sabía que esa cicatriz, imperceptible para los demás, pero preciosa como todo lo que se construye con el corazón, llevaba el nombre de Aarón.

Poco a poco, sin saberlo, fueron conociendo su mundo, el de Aarón y de Claudia y también un poco de Amanda: su casa, su barrio, las tiendas que solía frecuentar y hasta el taller donde llevaba el coche a reparar cuando se le estropeaba. A pesar del tiempo transcurrido, la mayoría de los sitios seguían en pie y los negocios continuaban abiertos, aunque algunos con otro nombre. Él les iba descubriendo su Berlín más particular, sin delatarse, esperando que en el interior de Alessia sonara por fin ese clic que volvería a cambiarlo todo.

La siguiente parada obligatoria fue Bebelplatz, un lugar bastante turístico que Angelo había dejado deliberadamente fuera de la ruta del día anterior. Era SU plaza. En mayúsculas. El sitio donde vivió la noche más feliz de su vida.

Al llegar, un escalofrío le recorrió la espina dorsal. Ahí estaba, impasible ante el paso de los años, su querido hotel De Rome. Volvió la vista hacia Alessia y notó que algo había cambiado en su rostro. Creyó advertir, pese a la distancia que los separaba, que su respiración se había vuelto más inestable.

Angelo quiso acercarse a ella mientras sus respectivas parejas tomaban fotos de la plaza, ajenos a todo.

—¿Estás bien?

No hubo respuesta.

—¿Recuerdas algo? ¿Te suena este lugar?

Ella, recobrando el sentido común que por unos instantes había volado lejos, no sabría decir hacia dónde, respondió:

—No —mintió clamorosamente. «He estado aquí antes. No tengo dudas. Pero ¿cuándo? ¿Por qué? Esto es una locura.»

—De acuerdo.

Para terminar la noche, Angelo eligió un bar cercano a aquella maravillosa plaza: el Newton, un local que tras diversas restauraciones había conseguido cumplir más de cien años con el mismo aspecto que tenía el día que abrió las puertas.

Tomaron unos cócteles a precio de oro en la planta

superior, sentados a una pequeña mesa apartada del bullicio, mientras Fabiana y Piero se hacían con el protagonismo de la conversación, riendo a carcajadas, presos de la euforia del viaje y de los primeros efectos del alcohol, que ya empezaban a dejarse ver.

Junto a ellos, Angelo y Alessia permanecían callados, sin poder dejar de mirarse a los ojos, con el rostro serio. Él volvía a romperse por dentro al ser consciente de que en esta ocasión tampoco disfrutaría de una vida agarrado de su mano; ella no podía dejar de pensar en esa cúpula coronada por una estatua que había visto en la esquina de la plaza que había justo delante del Newton. Era el de sus sueños.

48

No le tengas miedo al ruido:
quien nos quiere se hace notar.
Con una llamada o tocando con los
   nudillos a nuestra puerta.
Con un «¿cómo estás?» o un incómodo
   exceso de atención.
Así es el amor, en todas sus vertientes y
   expresiones.
Ruidoso y a veces inoportuno.
Por eso, cuando tu teléfono ya no vibre,
cuando el despertador ya tenga un
   motivo para sonar,
cuando no recuerdes el sonido de tu timbre
ni la melodía de aquella que era vuestra
   canción,
comprenderás que todos hemos tenido algo
que quizá no supimos valorar.
Y es que, al final, siempre nos damos
   cuenta tarde
de que el silencio es el ruido más
   ensordecedor.

Berlín, 2117

Con el paso de las horas se acercaba inevitablemente el fin del viaje, lo cual les generaba tanta desilusión como ansiedad. Alessia estaba muy confundida, tratando de buscar un nombre o una etiqueta con el que identificar aquello que no sabía explicar, mientras que Angelo tenía todas las certezas consigo.

Estaba seguro de que la echaría de menos, tanto que dolería, pero también de que sonreiría con su recuerdo y de que su alma tendría por siempre un objetivo: volver a verla.

Ya en el aeropuerto, a unos pocos minutos de que aquel viaje tan mágico acabara, Angelo decidió tirarse de nuevo a la piscina, aprovechando la sensación de temporalidad que dan las terminales de los aeropuertos.

—Alessia..., ¿has pensado en lo que te dije de la historia de Berlín y de Aarón y Amanda?

—¿La de aquel libro que me dejaste para leer en Madrid?

—Sí.

—Angelo, ya sabes que no creo en estas cosas, no creo en el amor que traspasa fronteras e incluso siglos, y mucho menos en el que acompaña al alma vida tras vida. Y que me digas que somos los protagonistas de un libro... es un poco de adolescentes, ¿no crees?

—No quiero que te inquietes, pero yo sí creo que es real. He podido verlo todo, Alessia. Recuerdo la historia perfectamente. Berlín me lo ha confirmado. Y te recuerdo a ti.

—Pero ¿cómo sabes que soy yo? Yo no recuerdo nada, a lo mejor te estás equivocando de mujer. —Aunque su alma había empezado a recordar, su mente pragmática había descartado esa misma noche cualquier conexión con Berlín y alguna vida anterior.

—Imposible. Eres tú. No tengo ninguna duda.

—¿Cómo estás tan seguro?

—Porque escapas a toda lógica. Porque te he intentado apartar en mil ocasiones y no he podido. Porque monopolizas mis pensamientos todo el día. Porque cerca de ti tiemblo. Porque, por muy duro que parezca, no imagino mi vida si nunca te vuelvo a ver.

—Me estás asustando...

—No te asustes, por favor. No te estoy diciendo nada que tú no hayas intuido ya a estas alturas de la película. Solo te pido que hagas un esfuerzo y que intentes recordar o, al menos, que intentes ponerle nombre a lo que estás sintiendo. Yo no puedo seguir negándomelo.

Alessia empezaba a agobiarse.

—¿Y qué cambiaría en caso de que fuera así? Nos atraemos, vale, lo acepto —contestó bajando la voz para evitar que Piero y Fabiana, que se encontraban ante la cristalera mirando un aterrizaje, pudieran oírla—. Nos llevamos muy bien, nos entendemos, pero esto es todo. Tú tienes tu vida y yo la mía, y hay otras personas implicadas.

—No estoy diciendo lo contrario.

—¿Entonces?

—No sé. Déjalo, llevas razón. Supongo que solo necesito saber que la atracción es mutua.

La leve sonrisa que se formó en sus labios le hizo darse cuenta de que, una vez más, había logrado tranquilizarla. Y de que quizá, solo quizá, no estaban en puntos tan diferentes como él creía. O como ella quería dar a entender. A lo mejor Alessia sentía lo mismo que él, solo que el papel de burbujas con el que estaba envuelto su corazón formaba una triple capa protectora que todavía necesitaba tiempo para ser retirada. Y no la culpaba de ello. Si era cuestión de tiempo, se lo daría. Todo el que le hiciera falta.

La megafonía del aeropuerto de Schönefeld anunció la salida del vuelo hacia Nápoles. Se despidieron amistosamente en uno de los bancos ubicados a unos metros de la puerta que conduciría a Alessia y a Piero a la pista de despegue, donde irían a pie hasta la escalerilla del avión.

Angelo, desde su posición, miraba con expresión triste como la fila poco a poco se iba haciendo más corta y la gente iba desapareciendo tras esa puerta por la que no era posible regresar.

De pronto miró a su izquierda, el lugar en el que unos minutos antes estaba sentada Alessia, y vio su bufanda caída a los pies del asiento. Levantó la vista y vio que Piero ya había cruzado la puerta, mientras que Alessia estaba en ese preciso momento escaneando su tarjeta de embarque para no volver atrás.

Salió corriendo, sin dudarlo.

—¡Alessia! ¡Alessia! ¡Espera!

La chica y los pasajeros que aún se encontraban en la cola miraron hacia atrás, alarmados por el griterío que estaba formando Angelo.

—Disculpe. Perdón. Lo siento. Será solo un segundo —fue disculpándose mientras se saltaba la cola y se colocaba junto a Alessia, unos centímetros detrás del puesto de la azafata, quien parecía tener prisa por atender a los demás pasajeros y no le prestó la más mínima atención—. Te dejas la bufanda.

—Gracias —respondió con una sonrisa.

Al dársela, sus manos se rozaron, se tocaron, se buscaron... Se dieron en silencio todo el amor que podían darse, y el que no podían darse también, y queriendo atesorar ese instante para siempre en sus memorias, se unieron en un abrazo de esos a los que nunca dejamos de querer volver.

Porque, como alguien dijo, nunca se han visto despedidas más emotivas que las de los aeropuertos.

Al regresar junto a Fabiana, quien continuaba leyendo una revista sin apenas despegar los ojos de ella, totalmente ajena a lo que acababa de suceder, la oyó decir:

—Menos mal que te has dado cuenta a tiempo.

—Sí, menos mal...

49

*Cuando incluso estando acompañado te
sientes solo,
tienes un problema.
Y muy grande.
Ponle solución.*

Roma, 2117

El regreso a casa no fue fácil para ninguno de los dos.
A Angelo, el vuelo de vuelta se le hizo eterno. Fabiana siguió embelesada con sus libros y revistas y ni siquiera se percató de que una lágrima rodaba por la mejilla de su chico, quien trató de ocultarla mirando por la ventanilla, como si pudiera distinguir algo desde aquella altura. Se sentía vacío. Se sentía solo. Se sentía perdido. Le faltaba su otra mitad.

Una vez en casa pensó en escribir una nueva historia, quizá un relato corto, con Alessia como musa, igual que en la última novela. Sin embargo, pensó en ella y decidió expresar sus sentimientos a la manera de Alessia. Crear algo físico, tangible. Recuperó unas viejas herramientas de alfarero que tenía olvidadas en algún rincón del apartamento de la via Rasella y comenzó a crear una pequeña escultura de arcilla, con las manos en la mesa y los ojos en el móvil, esperando un nuevo mensaje de su amada.

Creyendo que nunca llegaría, sintió miedo, mucho miedo. Ya lo había vivido con Amanda: cuando su avión aterrizó en Madrid no volvió a saber de ella. Amanda jamás le escribió, ni lo buscó, y sus caminos no volvieron a coincidir.

Aun así, esta vez la vida le estaba demostrando que con Alessia las cosas eran muy diferentes. Iban muy despacio, casi a paso de tortuga, pero lo que estaban construyendo era real. Quizá, a fin de cuentas, iban en la buena dirección, dando los pasos necesarios para que aquello llegara a buen puerto. Aunque en el presente doliera tanto.

Pensaba que Alessia no le escribiría, al menos no tan pronto, y se sorprendió al ver una notificación en su móvil. Era ella. Le contaba que ya estaba en casa, que acababa de cenar con Piero y que estaba cansadísima. Le daba las gracias por todo, pero lo mejor fueron las cuatro palabras sinceras, casi desesperadas, que escaparon de su corazón directamente hacia sus dedos: «Te echo de menos».

Angelo sonrió. Sonrió mientras un escalofrío le recorría el cuerpo.

«Yo también. Mucho», contestó.

Dicen que la primera noche tras una despedida es la más dura. No os lo creáis, no es cierto.

La primera noche aún te acompaña el recuerdo de su olor, su tacto, sus caricias y sus miradas. La primera noche aún sientes la morfina que segrega el recuerdo de lo vivido. La primera noche todavía te sientes invencible, todavía te duermes acunado por los brazos del bonito sueño que has podido hacer realidad.

Lo malo viene después. Cuando las imágenes comienzan a difuminarse y empiezas a dudar si ha sido el mejor sueño o la mejor realidad de tu vida. Cuando la ilusión se convierte en desesperanza, en miedo, en puro agobio porque no sabes si volverás a ver a esta persona, si vuestras manos volverán a rozarse o si volverás a escuchar un «te echo de menos» de sus labios. Cuando te das cuenta de que has sido muy feliz. Más de lo que nunca hubieses imaginado. Más de lo que, probablemente, lo serás nunca.

A pesar del cansancio del viaje, Angelo no podía conciliar el sueño. Tras un par de horas dando vueltas en la cama, con la sensación de ahogarse en su viejo apartamento, tuvo la necesidad de salir a la calle. Se cambió el pijama por un chándal y cogió una chaqueta del perchero de la entrada. Ni siquiera comprobó si Fabiana seguía durmiendo, tampoco se molestó en dejarle una nota para tranquilizarla en caso de que se despertara en algún momento de la noche y viera que no estaba. No podía más.

Anduvo durante algo más de quince minutos por las solitarias calles de Roma hasta llegar a la piazza della Pigna, donde se detuvo a tomar aire. Era como si su mente hubiera entrado en un estado catártico, en un apocalipsis del que no le parecía fácil poder escapar.

Tras apoyar las manos en las rodillas unos segundos, continuó su camino, esta vez con un destino claro: el Pasquino. Aquella escultura donde hacía ya bastante tiempo había recibido la noticia de que viajaría a Madrid era el refugio donde Angelo quería encontrar la salida a su desesperanza.

Le resultó curioso que, precisamente, buscara abrigo en los brazos de una escultura inerte que no tenía extremidades. Al llegar junto a él, lo miró a los ojos, carentes de expresividad, y le suplicó una respuesta.

Pero el Pasquino no contestó. Angelo no oyó ninguna respuesta en el viento, porque en el fondo sabía bien qué debía hacer.

Antes que nada quería hablar con su padre. En cierto modo deseaba que él le diera la aprobación. No le contaría nada sobre el libro, pero tenía la certeza de que las cuestiones relacionadas con las almas gemelas le tocaban de lleno desde que él, o Aarón, le había contado aquella historia, y si alguien podía comprenderlo, era él. Se callaría el argumento del libro para evitar problemas de roles en el presente, era lo mejor, pero lo que estaba viviendo actualmente deseaba explicárselo punto por punto.

Miró el reloj de nuevo y comprendió que, por mucho que lo devorara la impaciencia, no eran horas de llamarlo ni de ir a visitarlo. Se asustaría si así lo hiciera.

Derrotado y sin ningún otro sitio donde ir, desanduvo sus pasos y regresó a casa.

—¿No puedes dormir? —murmuró entre sueños Fabiana, que notó como su pareja entraba de nuevo en la cama.

—Tranquila. Duerme.

Se acurrucó en los brazos de Morfeo y se durmió hundiéndose en una de las penas más grandes que había sentido nunca. Estaba decidido. Mañana lo iba a hacer.

50

No nos volvimos a ver.
Pero te encontré en cada esquina,
en cada canción,
en cada perfume.

Roma, 2117

A pesar de lo tarde que había regresado a casa, a las nueve en punto de la mañana Angelo ya se encontraba frente a su taza de café. Era una de esas personas incapaces de empezar el día sin una dosis de cafeína corriendo por sus venas. A veces se preguntaba si la cafeína del café no sería un efecto placebo, si notaría la diferencia en caso de que le dieran el cambiazo y le pusieran un descafeinado; por si acaso no quería arriesgarse a probarlo.

Nervioso, deambuló por la cocina de un lado a otro, con el café entre las manos. Miró la pila de platos sucios que Fabiana había dejado en la encimera; le tocaría a él fregarlos, pero ahora no tenía tiempo para eso.

La noche anterior se había dado cuenta de que no podía seguir en aquel estado, sin embargo, antes de tirarse al vacío con todas sus consecuencias quería hacerle una visita a su padre.

Volvió al dormitorio, donde había dejado el teléfono móvil, y marcó su número. A los tres tonos le contestó, con voz alegre y un extraño ruido de fondo que Angelo no conseguía identificar.

—¡Hola, hijo! ¿Cómo te va?

—Bien, papá, bien. Necesito hablar contigo, ¿estarás en casa esta mañana? ¿Puedo ir?

—¿A qué viene esta pregunta? ¡Claro que puedes venir! ¿Has desayunado? Tenemos un pan de hogaza que está para chuparse los dedos. ¿Vienes solo? —Pablo parecía estar eufórico esa mañana.

—Sí y sí. Cogeré el coche y estaré allí en lo que tarde en llegar.

—Vale, te esperamos. ¿Va todo bien?

—Sí. O no lo sé. Ahora hablamos.

Salió corriendo escaleras abajo, como si pasar un minuto más en su casa le quemara por dentro. Tenía que comprobar que no se estaba volviendo loco, y no tenía nadie mejor que su padre para hablar sobre su teoría de las almas gemelas. A fin de cuentas, fue él quien le preguntó si había sufrido el «choque de trenes» el día de la exposición. Ojalá le hubiese hecho un poco más de caso en aquel momento en lugar de tomarse el encuentro con Alessia como una simple casualidad...

Fue en coche hasta la finca de sus padres, donde nada más entrar encontró a su padre agachado, podando el pequeño seto que adornaba el sendero que conducía a la vivienda.

Al verlo, Pablo se incorporó despacio, con un leve quejido, la edad no pasa en balde para nadie, y levantó la mano con ilusión. Recogió las herramientas y fue al porche para reunirse con Angelo.

—¿Qué tal, hijo? Me has dejado un poco preocupado con tu llamada. Esa impulsividad no es normal en ti.

—¿Está mamá en casa?

—No, ha ido un momento a la finca del vecino para llevarle unos tomates que recogimos ayer. ¿Quieres llevarte tú también? Tenemos para alimentar a un regimiento.

—No, gracias, pero no me distraigas, tengo poco tiempo y mucho que contar.

—Esta juventud, siempre con tanta prisa —se quejó su padre mientras suspiraba—. Soy todo oídos. ¿Qué es eso tan importante?

—He leído tu libro.

—Ah. —Pablo sonrió, orgulloso—. Así que de eso se trata. ¿No te parece una historia preciosa la de tu bisabuelo?

—Sí, sí, por supuesto —respondió evasivamente—, pero hay un problema.

—¿Qué ocurre?

—Creo que estoy viviendo lo mismo que él.

Pablo lo miró atentamente a través de sus ojos arrugados, cansados después de toda una vida de trabajo. Suspiró.

—La chica de la exposición, ¿verdad?

—¿Cómo lo has adivinado?

—Yo también sé reconocer las señales del destino. Incluso en lo que me cuentan.

Al bueno de Pablo se le saltaron las lágrimas. Cuando Angelo mencionó el libro no pudo evitar recordar a su abuelo y la ternura con la que le contó su historia de amor, la más bella historia de amor que había escuchado nunca.

Cuando Aarón le desveló su secreto, tal vez el destino lo que quería no era que él escribiera un libro, sino que, llegado este punto, supiera cuál era el mejor consejo que podía darle a su hijo.

—¿Y en qué te puedo ayudar?

—Dime qué debo hacer.

Pablo se levantó y caminó hasta el otro extremo del porche. Necesitaba sentir la brisa fresca de la mañana en la cara. Volvió a sonreír para tratar de destensar la situación y se acercó de nuevo a Angelo.

—Hijo, tú sabes perfectamente qué debes hacer.

—No, no lo sé. Por eso he venido, para escucharte.

—No es a mí a quien debes escuchar. ¿Qué te dice tu corazón?

—Que coja una maleta y salga corriendo hacia Nápoles.

—Entonces no hay más que hablar.

—¿Y si me equivoco?

—Escúchame bien. Te vas a equivocar mil veces a lo largo de tu vida. Y no pasa nada. Es humano. No hemos venido al mundo para irnos tras una trayectoria impecable. Tanto si te vas con ella como si te quedas, algún día te arrepentirás, porque la vida no es un camino de rosas, ni cuando las cosas salen bien. Al final, lo único que te calmará será haber sido fiel a ti mismo al tomar cada decisión.

Angelo bajó la mirada. Tenía otra pregunta que hacer:

—¿A ti también te ha ocurrido? ¿Te has arrepentido alguna vez de quedarte con mamá?

—En absoluto. Tu madre es mi hilo rojo, lo supe desde que la vi por primera vez, igual que te pasó a ti con...

—Alessia.

—Eso, Alessia. Sin embargo, si en algún momento

me hubiese dado cuenta de lo contrario, lo habría sentido enormemente por ella y también por mí, pero hubiese cambiado de rumbo. No tengo ninguna duda.

Angelo asintió, cabizbajo. Sabía que llevaba razón. Aun así, al igual que le había ocurrido en su otra vida, dar aquel paso era mucho más difícil de lo que podría parecer. Y en esta ocasión el salto era todavía más complicado. Ni siquiera sabía si Alessia estaría dispuesta a hacer lo mismo por él.

—¿Qué pasa si ella no quiere?

—Lo que ella decida tendrías que respetarlo. De todos modos, si realmente es la otra parte de tu hilo rojo, lo verá. Tarde o temprano lo verá.

Un ruido metálico les hizo dar un pequeño respingo. Era la verja de la entrada a la finca, anunciando que Bianca volvía a casa. A pesar de que ya no era una muchachita de veintitantos, vestía un vaporoso vestido blanco con margaritas amarillas estampadas y llevaba suelta la melena, tan larga, tan negra y tan rizada como el día que conoció a Pablo.

Su marido la miró y una sonrisa enorme se dibujó en su cara.

—¿Ves, hijo? ¿Ves mi cara después de más de treinta años al lado de tu madre? Esto es lo que tienes que pedirle a la vida. Nada más.

A Angelo le pareció una estampa preciosa. Su madre sonrió exactamente igual al verlos a ambos en el porche, esperándola. Pablo, bajito, le susurró a su hijo:

—No le hagas daño a Fabiana. Es una buena chica. Haz las cosas bien, ¿de acuerdo?

—Lo haré.

Bianca, contenta de tener a sus dos hombres bajo el mismo techo, le dio un beso a su hijo y extendió la mano hacia su marido, mostrándole un pequeño trébol de cuatro hojas que le había traído.

—¿Ahora entiendes por qué no puedo dejar de quererla? Más de treinta años juntos y sigue teniendo los mismos detalles que cuando éramos unos chavales.

—Si, según dices, te tengo que aguantar en esta y en el resto de mis vidas, al menos debo tratar de hacerlo agradable —bromeó Bianca. Dirigiéndose a su hijo, continuó—: Que alegría me da verte. ¿Te quedas a comer?

—No puedo, lo siento, solo he venido a traerle una cosa a papá. —Este le guiñó el ojo—. Me marcho ya.

—Vaya, siempre con prisas.

—¡Lo mismo que le he dicho yo! —exclamó Pablo riendo—. Vamos, cariño, deja a la juventud que vaya a lo suyo.

—Cuídate —le dijo Bianca abrazándolo—. Y ven a vernos más a menudo, ¿vale?

—Lo haré.

—Ven aquí, campeón, dale un abrazo a tu padre.

Se despidieron con un sonoro abrazo. Mientras Bianca escuchaba unas palmadas en la espalda, Angelo pudo oír perfectamente lo que su padre le decía al oído, entre susurros:

—Ve a por ella

51

Nadie es imprescindible,
pero no todo el mundo es reemplazable.

Nápoles, 2117

Cuando se despertó en su cama de siempre, Alessia se sintió confusa, aturdida. Las escenas de Berlín se desdibujaban en su mente mientras la realidad de su hogar, el de verdad, el que un día eligió, se paseaba frente a sus ojos como si el destino le gastara una cruel broma.

La rutina había vuelto. Y él no estaba.

No sabía en qué momento había empezado a necesitarlo de esa manera. No era capaz de encontrar el instante, el hecho o la palabra que hubiera sido el detonador de todo aquello. Se negaba a pensar que se tratara de cosas del alma, de vidas pasadas. Por muy artista que fuera, ella no creía en esas cosas. Y mucho menos creía que pudiera ocurrirle algo así a una persona con una vida tan poco interesante como la suya.

Recordó vagamente los sueños que la habían desvelado durante varias noches, mostrándole retazos de lo que, si estuviera un poco menos cuerda, podría pensar que eran imágenes de su vida anterior. No reconocía al chico moreno de sus sueños, pero ahora sí identificaba con claridad los escenarios por los que se movía. Era Berlín, algo más antigua, con un poco menos de modernidad, pero su esencia la delataba.

Piero ya se había marchado a trabajar y ella tenía la suerte de poder descansar un rato más en la cama. Cuando el reloj marcaba las diez y cuarto y por fin se había desvelado totalmente, se dio cuenta de que llevaba un rato llorando. Se secó las lágrimas con el filo de la sábana y se puso en pie. Fue a la cocina para prepararse un desayuno rápido, no tenía el ánimo para demasiadas celebraciones. Un café de sobre con un chorrito de leche del tiempo y una magdalena que tomó del primer estante del armario de los dulces fueron suficientes para llenarle el estómago, saturado de toda la comida alemana que había degustado los días anteriores.

Frente a la taza de café volvió a mirar las fotografías del fin de semana. Y en las que aparecía Angelo se detenía. Ver su sonrisa era lo único que hacía que la suya también se curvara levemente hacia arriba. Igual que se curvó cuando el teléfono sonó.

—Hola —dijo la voz grave de Angelo al otro lado del teléfono. Parecía serio, preocupado—. Te he visto conectada y... bueno, espero no haberte despertado.

—No, tranquilo, estaba desayunando.

—Alessia, yo... Necesito hablar contigo. Tengo algo que contarte. Anoche me di cuenta de que ya no puedo jugar más a tirar la piedra y esconder la mano, quiero que hablemos claramente de lo que me ocurre... —rectificó—: De lo que nos ocurre.

—No sé qué me estás contando —respondió Alessia con un ligero temblor en la voz. No era capaz de enfrentarse a eso ahora.

—¿Estás llorando?

No podía decirle la verdad, no quería dar explicaciones sobre lo que le estaba sucediendo, sobre la tristeza con la que se había levantado esa mañana porque él ya no estaba en su vida.

—No —mintió. Carraspeó y trató de recuperar la normalidad—. ¿Qué necesitas?

—Verás, anoche estuve dando un paseo. No podía dormir y salí por la ciudad para despejar un poco la mente.

—Vaya, lo siento.

—Alessia, te echo de menos, este viaje me ha sabido a poco. Y mantengo todo lo que te dije en el aeropuerto. Estoy seguro de que eres tú, estoy seguro de que nos perdimos en aquella vida y, maldita sea, si no hacemos algo nos vamos a perder también en esta.

—Angelo..., tranquilízate.

—No puedo.

Alessia oyó, al otro lado de la línea, la respiración inquieta de Angelo. Lo estaba pasando mal. Con todo, era ella quien tenía que llevar las riendas de la situación y no dejarse arrollar por el mar de sentimientos en el que se habían visto envueltos sin pretenderlo y sin buscarlo. Consentir sería una locura; tenía que dominarse.

—Mira, el otro día leí que cuando dejas a alguien para otra vida, en realidad lo estás dejando para nunca, porque todos sabemos que las siguientes vidas no existen.

—Sí que existen...

—No, Angelo, no existen.

—¿Cómo puedes estar tan segura?

—Lo único cierto es el ahora. Y si no tenemos valor

de arriesgarnos por aquello que realmente queremos, entonces no lo merecemos. Además, si en la vida anterior fuiste tú quien decidió que tu vida era lo suficientemente plena para no hacerme... perdón, para no hacerle un hueco a Amanda en ella, ¿por qué tendría que ser yo ahora quien se arriesgue a perderlo todo?

—Me ganarías a mí.

Al otro lado de la línea hubo un silencio que Angelo aprovechó para lanzar su último órdago.

—Dime que no quieres.

—Angelo, por favor...

Se armó de valor, recordando las palabras de su padre, y continuó. Era ahora o nunca.

—Dime que tu vida en Nápoles es feliz. Dime que no me echas de menos, que no has pensado en mí ni un segundo, que no sientes que te has dejado algo en Berlín, que no querrías compartir conmigo cada día, cada momento de alegría y sobre todo cada momento triste.

—¿Y de qué te sirve esto?

—Dímelo y te prometo que desapareceré para siempre de tu vida.

—¿No te puedes quedar simplemente como estás? No quiero perderte de ninguna de las maneras.

Angelo sacó fuerzas de flaqueza y decidió que no podía seguir con esa situación, no podía seguir jugando a ser su amigo cuando lo que quería era regalarle su vida entera. Tenía que ser todo o nada.

—No. Lo siento, pero no. Es evidente que no quieres reconocer que algo pasa entre nosotros. Acepto que hayas decidido seguir con una venda en los ojos, pero yo me la quité hace mucho tiempo.

—¿Es una especie de ultimátum?

—Es un ultimátum.

—Entonces me sabe mal, pero tampoco quiero darle mi amistad a alguien que la desprecia de esta manera. Mucha suerte, Angelo. Te echaré de menos.

No le dio tiempo a contestar. Colgó el teléfono. El silencio al otro lado de la línea los sobrecogió a ambos. Alessia sabía que estaba haciendo lo que debía, o, al menos, lo que se suponía que debía hacer, pero en su interior algo se había terminado de romper. Las piezas no encajaban, no encontraban su lugar.

Angelo se maldecía a sí mismo, ahora sí que la había perdido de todas las maneras posibles. Su historia estaba destinada a terminar otra vez del mismo modo que lo había hecho cuando sus almas ocupaban los cuerpos de Aarón y Amanda. Una historia breve. Un final forzado, antes de lo que les hubiese gustado a ambos. Y nada más.

Maldijo a quien estuviera moviendo los hilos de su destino porque, de nuevo, su existencia en este mundo solo iba a estar justificada si hacía feliz a la increíble mujer que sí lo había elegido para pasar sus días junto a él.

Alessia lanzó el teléfono al otro lado de la habitación, rompiendo en mil pedazos la carcasa trasera de cristal. Se daba cuenta de que su actitud había sido infantil y egoísta. Había querido tenerlo todo y al final se iba a quedar sin nada.

Al comprender que la oferta de Angelo era firme, que ya no volvería a saber nada más de él, lo maldijo con todas sus fuerzas por haberla puesto en el compromiso de elegir, pero sobre todo se maldijo a sí misma por haber llegado a esa situación.

Maldito el día en el que expuso en Roma. Maldito el día en el que lo invitó a la conferencia en España. Maldita su vida.

Recogió el teléfono del suelo y, en un arrebato de orgullo, borró su contacto. Apenas cinco minutos después ya se había arrepentido y esperaba que un número que no se había aprendido de memoria volviera a aparecer en la pantalla. Pero no apareció.

52

Hay personas a las que, queramos o no,
estaremos conectadas siempre.
Incluso aunque creamos que lo hemos
*   superado.*
Incluso aunque volvamos a ser felices.
Incluso aunque no deseemos volver a
*   jugárnosla por ellas.*
No te engañes.
Prueba a volver a cruzar tus ojos con los
*   suyos*
y luego me lo cuentas.

Nápoles, 2117

Si a Alessia le hubieran preguntado cuáles habían sido los peores días de su vida, habría puesto aquel sin dudarlo en el cuadro de honor de los más destacados. Acababa de perder a una persona a la que tenía la certeza de querer cada día más por algún motivo que todavía no conseguía explicarse. Su subconsciente lo culpaba a él de haberla echado de su vida, de no haber querido tenerla de ninguna de las maneras, ni siquiera como confidente. ¿Habría resultado fácil ser amigos a pesar de la electricidad que se generaba cuando estaban juntos? Aunque había tratado de negárselo a él, ella era totalmente consciente de la química que tenían, una conexión que escapaba a toda lógica.

No, por supuesto que no habría sido fácil, pero romper tampoco era la solución. Para Alessia solo era una forma de querer bastante egoísta, una exigencia que no podía aceptar. Todavía no.

La tristeza volvió a instalarse en su vida, y ella temió que esta vez fuera para no abandonarla nunca más. La discusión con Angelo le había dolido más que las decenas de disputas que podía tener con Piero a lo largo de una semana cualquiera. Aun así, hacía falta una bomba para que se diera cuenta, para que dejara de mentirse a sí misma y obviar la verdad. Y, para desgracia de todos, la bomba explotó ese mismo día.

Alessia salió a dar una vuelta por el paseo marítimo de Nápoles para despejarse. A solas. El mar solía ayudarla a tranquilizarse, a encontrar la paz. Necesitaba que sus pensamientos se mezclaran con el rumor de las olas y su olfato, rebosante de sal, aturdiera al resto de sus sentidos. Pero lejos de decirle que ya estaba, que se había acabado su etapa de confusión, que con Angelo fuera de su vida todo volvería a ser fácil como antes, el mar le silbaba que el que seguía no era su camino. Que se estaba equivocando. Que la vida no es sota, caballo y rey. Que a veces hay que salir del sendero marcado y dibujar otra ruta.

¿Acaso lo que sentía era ese amor del que algunos viejecitos, a pesar de los años transcurridos, siguen hablando con lágrimas en los ojos y con una sonrisa amarga por no haberlo logrado?

¿Le iba a ocurrir lo mismo a ella?

Parecía como si hubiera tocado a su puerta el amor mágico del que siempre se había mofado cuando se lo mencionaban. El que nunca había creído que pudiera existir fuera de las películas más taquilleras de Hollywood o de las novelas más románticas. El que te hace perder la cabeza, el que nunca había pensado que le tocaría vivir a ella. El que ni siquiera habría querido vivir.

Ella era más mundana. Una vida tranquila, ordenada y sin locuras era lo que había querido siempre. Hasta que el caos comenzó a instalarse en su interior y comprendió que esos pequeños instantes de felicidad plena, fugaces, son los que de verdad mueven el engranaje de nuestra vida. Lo único que va a merecer la pena vivir al final de todo.

¿Qué se suponía que debía hacer ahora? ¿Decirle a Angelo que sí, que era mutuo, que ella también soñaba con él? ¿Contarle que fantaseaba con pasar la vida juntos? ¿Correr en el sentido opuesto al que había dirigido su vida desde que tenía uso de razón?

Intentó con todas sus fuerzas decirse que no, pero a cada intento algo en su interior le gritaba que se estaba equivocando, que el camino que debemos tomar a veces es el que nos parece incorrecto.

¿Y cómo lo reconocería? Pues si piensas que no te importaría batallar contra las más que probables dificultades si al final del recorrido te esperase lo que deseas, tenlo claro: es por ahí.

Alessia creía que nada podía ir peor, ni siquiera el paseo por su lugar preferido de la ciudad había logrado serenarla, pero al llegar a casa, lo que se encontró fue aún más terrible.

Su marido la esperaba sentado en el sofá con el rostro

compungido, con la televisión apagada y el teléfono móvil entre las manos. Se temió que hubiera habido una desgracia.

—Hola —dijo Alessia, extrañada, pues por la cara de su marido veía que algo malo estaba a punto de suceder—. ¿Qué ocurre? ¿Va todo bien?

—En realidad, no. Siéntate, por favor. Tengo que contarte algo.

—Me estás asustando.

—¿Dónde has estado?

A Alessia le sorprendió mucho esta pregunta. Piero no era de esas personas que piden explicaciones. Además, su rostro, que seguía con expresión preocupada, la alarmó de nuevo.

—He salido a dar un paseo por la playa, necesitaba andar un poco y despejarme. ¿Qué ocurre?

—Me ha llamado Fabiana hace un rato. He intentado localizarte, pero tu móvil está apagado.

Mierda. Fabiana. ¿Se habría enterado de todo y habría ido corriendo a delatarlos ante Piero?

—Lo siento, se me ha caído y se ha roto. Creía que el daño solo era estético, pero se queda continuamente en modo avión. Mañana compraré otro o pediré presupuesto para arreglar este. ¿Qué ha pasado?

—Le ha ocurrido algo a Angelo.

Tras oír aquello, mucho le costó a Alessia concentrarse en las palabras de su marido, que siguió explicándole lo sucedido. Apenas era capaz de asimilar algunas frases que no tenía sentido relacionar con el nombre del hombre a quien amaba de verdad.

—Ha sufrido un percance. Ha salido a dar una vuelta con el coche y cerca del lago Albano ha tenido un accidente de tráfico. Según dicen los testigos, se ha saltado un stop y otro coche que venía en dirección contraria se lo ha llevado por delante.

Alessia no podía seguir escuchando.

—Quiero ir a Roma. Necesito verlo. —Al borde de un ataque de ansiedad, fueron las únicas seis palabras que consiguió pronunciar. Le oídos le pitaban, no oía con claridad.

—Tranquila, Angelo está bien.

—Me acabas de decir que ha tenido un accidente de tráfico, ¿cómo puedes asegurar que está bien?

—Está ingresado, es todo lo que sé por ahora.

—Tengo que ir. ¿No lo entiendes? Necesito ir a Roma y ver si está bien.

—Tranquila, cariño, estoy esperando más noticias de Fabiana, pero por lo que me ha dicho en la primera llamada, los momentos más preocupantes ya han pasado.

—He dicho que quiero ir a verlo.

—Relájate, ¿vale? —Piero era un gran tipo, pero no entendía esa reacción tan desproporcionada. Ellos no podían hacer nada por él ni aunque volaran hacia Roma en ese mismo instante.

—¡No puedo!

—¡Alessia, para ya! Me estás poniendo nervioso.

Piero vio una lágrima rodar por la mejilla de su mujer e intentó calmarse. Gritando no iba a conseguir nada.

—Escúchame: de verdad que no es necesario salir corriendo hacia Roma. Cuando nos llame Fabiana podremos hablar con él y nos informará bien de todo.

Sin embargo, la ansiedad de Alessia iba en aumento y ella no atendía a ningún tipo de razones.

—¡Me importa una mierda poder hablar o no con él! ¡Quiero verlo! ¡Necesito verlo! Todo esto es culpa mía.

Se mordió el labio, consciente de que no tenía que haber dicho eso. Piero la miró desconcertado y la dejó marcharse del salón, sin decir nada.

Alessia fue hasta el cuarto de baño agarrándose con las manos a las paredes del pasillo. Le parecía que se iba a desplomar en cualquier momento. Angelo estaba bien, eso decían, pero la idea de que le pudiera pasar algo malo, por poco que fuera, no era capaz de soportarla. No podría vivir sin él; el mundo, su mundo, sin Angelo había perdido todo el sentido.

La culpa era suya, por lo que le dijo en la conversación que habían tenido justo antes de que él cogiera el coche. Ojalá pudiera volver atrás y cambiarlo todo.

Abrió el grifo del lavamanos y se echó agua fría en el rostro para tratar de pensar con claridad. En el otro extremo de la casa, en el salón, oyó el timbre del teléfono móvil de Piero.

—Sí, ya se lo he contado. Ajá. De acuerdo. Vale. Se lo digo. Gracias, Fabiana.

—¿Qué ocurre? —Alessia regresó al salón, con el alma en vilo y la respiración entrecortada.

—Está bien.

—¿Y qué más?

—Llegó al hospital inconsciente, pero consiguieron que volviera pronto en sí. Le administraron unos calmantes para el dolor, le hicieron varias pruebas, y solo se ha dislocado el hombro. Ha tenido suerte, el golpe peor se lo ha llevado el coche. Ya se le ha pasado el efecto de los calmantes y parece que todo va bien. Lo han llevado a la habitación, está perfectamente, mañana le dan el alta. —Piero dejó el móvil sobre la mesa y miró fijamente a su mujer, con el rostro desencajado.

—Gracias a Dios. —Alessia respiró aliviada—. Entonces, si va todo bien, ¿por qué pareces tan preocupado?

—Porque, al despertarse, lo primero que ha hecho ha sido preguntar por ti.

Ambos agacharon la mirada y un silencio incómodo se adueñó de la estancia. Los dos sabían lo que significaba aquello, pero no dijeron nada. Ninguno de los dos estaba dispuesto a reconocerlo.

—¿Me dejas tu móvil? Quiero hablar con él.

—Claro —respondió él, vencido y con la mirada aún clavada en algún punto indeterminado de la habitación.

—Gracias.

Tomó el teléfono entre sus manos y salió a la terraza. Cerró la puerta acristalada para conseguir que sus palabras no llegaran hasta Piero, quien la miraba desde el sofá. Este interpretó el movimiento de su mujer como una clara advertencia de que molestaba en la escena, sobraba, y con un gesto desde el interior le indicó que iba a tomarse una ducha fría. La necesitaba para despejar la cabeza. Alessia asintió y buscó el contacto de Angelo en la agenda del teléfono móvil.

Sintió que el corazón se le iba a desbocar cuando, por fin, a los tres pitidos, oyó su voz, más ronca y apagada que de costumbre. Pero era él. Volvía a ser él.

—¿Piero?

—Soy Alessia. Angelo...

—Dame un segundo —respondió él, fríamente.

Alessia intuyó, por la dificultad para escuchar lo que sucedía al otro lado de la línea, que Angelo estaba tapando el micrófono con las manos. Le llegaron retazos de una conversación y el sonido de lo que le pareció un beso en la frente de Angelo. Probablemente se lo habría dado

Fabiana, que permanecía a su lado en el hospital, cuidándolo después de aquel gran susto.

Pasados unos segundos, que se le hicieron interminables, la voz de Angelo, más fría que de costumbre, volvió a sonar de forma clara al otro lado del teléfono.

—Perdona, estaba pidiendo que me dejaran solo. Yo no puedo moverme, ya sabes.

—Lo siento. Lo siento. Lo siento. Lo siento. De verdad, lo siento tanto... ¿Cómo estás? ¿Cómo te encuentras? —Alessia hablaba con un deje de desesperación.

—Afortunadamente, bien. Solo es una luxación de hombro, no ha sido tan grave como parecía. Lamento mucho que te hayan avisado, ya le he dicho a Fabiana que no tenía que haberlo hecho.

Alessia seguía muy nerviosa, a pesar de saber que por suerte todo estaba bien.

—¡Al contrario! ¡Claro que tenían que contármelo! De hecho, voy ahora mismo para Roma. Cojo algo de ropa y en tres horas estoy allí. ¿En qué hospital estás?

—¡No! —gritó Angelo, alterado—. No se te ocurra venir, ya te he dicho que no ha pasado nada.

—Pero...

—Me encuentro bien y me van a dar el alta. Es totalmente absurdo que vengas.

—Quiero estar contigo...

—No, no quieres estar conmigo, Alessia. Es exactamente eso lo que me has dicho antes. Que ocurra algo bueno o malo en mi vida no debe condicionar las decisiones de nadie. No quiero a una persona insegura, que tenga que verse entre la espada y la pared para darse cuenta de lo que desea.

—Lo siento... Déjame ser tu amiga, por lo menos que la vida me deje ser tu amiga, es lo único que pido.

—No, la vida no es quien decide, decidimos nosotros. Tenlo claro, Alessia.

Angelo respiró hondo. Intuía por su voz que la chica no estaba bien y no podía permitirlo. Le dolía profundamente escucharla rota, derrotada. Trató de salvar la situación.

—De todos modos, pienso que he sido imbécil al presentarte ese ultimátum.

—Gracias... Entonces, déjame ir a verte, aunque no sea hoy.

—Eres libre de hacer lo que quieras, donde quieras.

—¿Nos veremos si voy a Roma?

—Siempre.

—Gracias.

—Pero no vengas solo por mí.

Una enfermera con una bandeja de comida en las manos interrumpió la conversación entrando en la habitación sin llamar. Le dedicó una sonrisa paciente y amable al enfermo, quien comprendió, de manera acertada, que debía colgar.

—Tengo que dejarte, no me dejan estar más tiempo solo, creen que me voy a fugar. —Le devolvió la sonrisa a la enfermera.

—De acuerdo. Nos vemos pronto, te lo prometo.

En cuanto Alessia colgó, Piero, como si estuviera esperando a que terminara la conversación, entró en la terraza envuelto en una toalla húmeda y la abrazó por detrás. Alessia nunca se había sentido tan acorralada entre la espada y la pared de las que tanto hablan los mortales.

Justo entonces, se le encendió la bombilla.

Se giró, tratando de apaciguar a un Piero que también se había alarmado un poco después de dejarle su teléfono móvil, pero que aun así le había dado la intimidad que ella necesitaba. Le dio un beso en la frente y un abrazo, más fraternal que romántico.

—¿Va todo bien? —preguntó él.

—Sí, tranquilo.

Lo tomó de las manos para conducirlo de nuevo al salón e intentó recuperar la normalidad.

—¿Recuerdas la exposición que hice en Roma?

—Claro, cómo iba a olvidarla, fue la primera.

—Los chicos de la galería me dijeron que podía volver cuando quisiera. Les voy a pedir que me dejen unos días el espacio para dar unas charlas a jóvenes artistas que estén empezando, como yo.

—Por qué no, es una gran idea

—Estupendo.

Alessia se levantó con la excusa de ir a darse ella también una ducha para relajarse después de los nervios que había pasado hacía apenas un instante.

Piero se quedó en el sofá, dubitativo, con una alarma encendida en el interior de su cabeza y la mirada perdida. Casi sin darse cuenta lanzó una pregunta al aire.

—¿Necesitarás que te acompañe?

—No, no te preocupes. Iré sola. ¿Te parece bien?

—Por supuesto, muévelo y elige la fecha que quieras.

Sabía lo que significaba eso, pero la quería bien. Y la quería libre.

53

*Y si me pidieran que describiera la
felicidad,
yo solo podría hablar de tu risa sobre la
almohada.*

Roma, 2117

De nuevo el rugir del motor del avión y las ruedas deslizándose por la pista. De nuevo la panza de la aeronave despegándose del suelo y el cuerpo de los pasajeros inclinándose. De nuevo esas mariposas en el estómago. De nuevo los nervios, la incertidumbre y el miedo, pero, ante todo, por encima de todo, la ilusión.

Había conseguido convencer a los dueños de la galería para dar unas breves charlas sobre iniciación al mundo del arte, tipos de mecenazgo en el siglo XXII, cómo encontrar inspiración, cómo empezar a crear y cómo difundir la propia obra sin medios ni recursos, cuando el nombre del artista todavía es desconocido y se pierde en el mar de los creadores más cotizados. Llevaba el programa perfectamente planificado y estaba entusiasmada ante la respuesta de los jóvenes romanos. La convocatoria fue un verdadero éxito, y apenas una semana después de que se abriera el plazo de solicitud de plazas, estas estaban todas ocupadas.

Habían pasado dos semanas desde aquella conversación con Angelo, aún en el hospital, cuando Alessia hizo la maleta para cumplir su promesa. Necesitaba volver a verlo.

En aquella etapa, Alessia no era feliz. Se encontraba en un punto de su vida en el que no sabía si salir corriendo para siempre o si, simplemente, quedarse quieta, atada a lo que ya conocía, esperando el final de sus días. Más vale lo malo conocido que lo bueno por conocer, dicen, y si había alguien experto en zonas de confort, esa era Alessia.

El pequeño distanciamiento de Angelo, que, si bien seguía presente en su día a día, trataba de evitarla siempre que podía, había hecho que Alessia volviera a ser una chica reservada. Intentaba volver a lo que un día fue: una chica poco romántica, una chica conformista... o tal vez no. Porque cuando algo cambia de tamaño, es muy difícil devolverlo a su estado original, y eso les había ocurrido a ella y a su interior.

A bordo del avión pensó en Piero, en Angelo y en ella misma. Tres piezas de un puzle que nunca lograrían encajar. Solo había espacio para dos. O tal vez para una sola.

Estaba segura de que Angelo, aunque trataba de hacer un buen papel y mantenerse en la barrera de la cordialidad, no la había olvidado. Sabía que la chispa podía volver a encenderse en cualquier momento. Y sus impulsos se debatían entre avivar las llamas o apagar de una vez por todas el fuego que nunca debió arder.

No habían sido semanas fáciles para ella. Las batallas

internas en las que luchaba, totalmente a solas, le empezaban a indicar que a lo mejor se había confundido de dirección, que a veces vale más equivocarse y perder que no saber lo que hubiéramos podido ganar por el camino si hubiéramos seguido a nuestros instintos por encima de toda lógica. Quedarse con la duda es la peor condena de una vida malgastada.

Su conciencia le decía que al enamorarse de Angelo había cometido un gran error, aunque ella no lo considerara como tal. Nunca lo haría. Angelo jamás sería un error en su vida. Y entonces recordó una frase que le decía su abuela cuando era pequeña y que ahora por fin lograba entender: «Si cometes un error, disfrútalo hasta el final, o no lo cometas».

El sonido de la señal de los cinturones de seguridad al encenderse la despertó del ensimismamiento en el que había caído tratando de poner en orden su mundo mientras el avión la acercaba cada vez un poco más a Angelo. Un Angelo impaciente que ya llevaba un rato en la terminal de llegadas. No quería que Alessia traspasara la puerta de salida sin verlo. Le debía estar allí por todo el daño que había llevado a su vida. Encontrarlo allí la haría sonreír, y Dios sabía que él haría cualquier cosa que estuviera en su mano para robarle todas las sonrisas del mundo.

Casi impaciente, esperando a que el avión terminara de rodar por la pista hasta colocarse en su ubicación final, Alessia repiqueteaba los dedos contra el brazo de su asiento, como si así fuera a arañarle unos segundos al reloj. Siempre le ocurría lo mismo: cuando sabía que se encontraba a tan solo unos minutos de Angelo, la paciencia que había almacenado durante meses se esfumaba. Se había convertido en una experta en bajar de los aviones a la velocidad de la luz.

Nada más oír el pitido que permitía levantarse al pasaje, se puso en pie enérgicamente y tomó del compartimento superior su pequeña maleta de mano. Salió al pasillo, muy cerca de la puerta; por algo había elegido uno de los asientos de la parte delantera. En una mano, la maleta; en la otra, el móvil, para avisar a Angelo de que estaba saliendo del avión. Después de mucho tiempo volvía a sentir algo parecido a la felicidad, ahora que pocos metros lo separaban de él. Eso también debía de ser una señal.

Y ahí estaba. Puntual a su cita. Puntual como siempre. Demostrándole, una vez más, que no se había ido. Que seguía ahí. Que siempre iba a estar, de la manera que pudiera, incondicionalmente.

Se acercó a él y dos tímidos besos bastaron para abrir de nuevo la caja de las mariposas. Esas que nunca se habían ido, pero que ambos habían tratado de silenciar, en vano. Por cobardía, por miedo, por pragmatismo. Por conformidad.

—¿Dónde quieres que vayamos a cenar? —le preguntó Angelo mientras tomaba su maleta.

—Lo dejo en tus manos. Solo te pido que huyamos de los sitios turísticos. Quiero descubrir tu Roma.

—Eso está hecho.

La noche comenzó a caer sobre la ciudad mientras la pareja paseaba por las empedradas calles del Trastévere. Era uno de los barrios preferidos de Angelo, y este quería construir recuerdos con ella en él.

En una callejuela, tomaron asiento en una pequeña mesa para dos en una terraza. Las noches comenzaban a ser calurosas y podían permitirse el lujo de disfrutar de una cena bajo la luna y las pocas estrellas que esa noche adornaban el cielo, siempre más especial que dentro de cualquier restaurante, por muy bien decorado que estuviera.

Un mantel a cuadros rojos y blancos y un jarrón con flores en tonos verdes y amarillos engalanaban la mesa.

Mientras esperaban a que el camarero les tomara nota, la intensidad de sus miradas comenzaba a cambiar. No podían escapar a la química que tenían. Nunca lo lograrían.

La velada transcurrió sin sorpresas. Una cena agradable, regada con un buen vino y una mejor conversación. Una comida excelente y una compañía de las que no se olvidan. Estaban felices. El nuevo bono de tiempo que la vida les regalaba estaba recién empezado. Qué diferente es la primera cena de la última... No hay prisas, no hay tristeza, no hay miedo. Solamente ganas de disfrutar del otro.

Tras pagar la cuenta y felicitar al camarero por la deliciosa *burrata* que les había recomendado como entrante, decidieron ir caminando hasta el hotel de Alessia para bajar la cena. No quedaba lejos y a Angelo le resultaba mucho más difícil mover el coche de sitio que dejarlo aparcado y volver después a por él.

La noche estaba siendo tan agradable que no hizo falta que ninguno de los dos diera el primer paso para sugerir alargarla en la habitación. No querían que acabara la noche, no tan pronto.

Habían tratado de guardar las distancias, de comportarse como dos personas normales, de no estropear nada. Pero, cuando por fin se quedaron a solas, resguardados de las miradas inquisitivas de la ciudad, cuando la puerta se cerró y las cuatro paredes de la habitación les sirvieron de escudo contra el mundo que no les comprendía, los sentimientos que habían guardado dentro de ellos durante aquellos meses volvieron a aflorar. Angelo, los creía olvidados; los de Alessia no habían dejado de crecer, en contra de su voluntad.

—Te he echado de menos. Mucho. —En esta ocasión fue ella quien rompió el hielo.

—Yo también, aunque no te lo creas —respondió Angelo, cabizbajo—, yo también. No puedo evitarlo, por mucho que quiera. Cuando estoy contigo... todo vuelve a estallar. Quiero hacerte feliz. Quiero verte sonreír. Me preocupo si sé que estás mal. ¿Cómo has estado todo este tiempo?

—Bueno...

—Perdóname... por haber aparecido en tu vida y habértela destrozado de esta manera. Aunque no me lo digas, sé que tú también sientes el mismo amor que yo. Pero callas, porque no puedes ni debes decírmelo. Solo déjame seguir viendo tu sonrisa, por favor, me conformaré con esto.

—Dejaría que la vieras cada día del resto de mi vida. No entiendo cómo hemos llegado a a este punto.

Angelo suspiró, apoyó la frente contra la frente de Alessia y susurró:

—Alessia... Yo... te quiero. Te quiero tanto... —Y casi con miedo, añadió—. Hay algo que quiero saber, y necesito que seas sincera. ¿Recuerdas ya nuestra vida anterior?

—No, me sabe mal, pero no.

—Pues lo siento mucho, pero vamos a volver a caer en lo mismo. Porque si algo aprendí de mi vida pasada, es que cada instante contigo no cuenta como error.

Y sin dejarla responder, la besó. Primero con la furia de quien lleva un largo tiempo esperando un momento como este; después, con ternura. Volvía a estar con ella, volvía a tenerla. Amanda... Alessia... Distintos nombres para un mismo amor.

Ella no se resistió. Todos sus escudos volvieron a caer. Y con cada caricia, con cada beso, con cada juego, entendieron que estaban hechos el uno para el otro. Sus almas, felices, aplaudían por el reencuentro, silenciosas, dentro de aquella habitación, mientras Roma, al igual que lo hizo Berlín noventa años atrás, apagó sus luces y encendió sus estrellas para que fueran las únicas testigos de un secreto en el que no cabía nadie más que ellos dos.

La alarma sonó, cuando aún era de noche, anunciándoles que había llegado la hora de que Angelo se escapara del hotel, casi a hurtadillas. Debía volver a casa antes del amanecer. Les había dado tiempo a dormir un poco, y despertar el uno junto al otro fue, sin duda, una de las mejores experiencias que habían tenido nunca. Se miraron, se buscaron, extasiados de cansancio y de felicidad.

—Siento haberte negado esto durante tanto tiempo.

—Tranquila, alguien tenía que controlar la situación. Y yo estoy bastante loco, ya lo sabes.

Sonrieron, sin poder dejar de acariciarse. Les parecía haber descubierto una nueva adicción.

—Ojalá te pudieras quedar —le dijo Alessia, dulcemente.

—No puedo, sería peor.

—Lo sé...

—Pero nada me gustaría más. —Angelo creía que explotaría de felicidad en cualquier momento. De nuevo, todo volvía a merecer la pena—. Te noto triste.

—No quiero despedirme otra vez de ti. Ahora todo es diferente. No sé qué voy a hacer sin ti.

—Quizá algún día no tengamos barreras. —Le acarició el rostro—. Te prometo que te esperaré, Alessia.

Sin querer decir nada más que pudiera sonar a despedida, apenas dos segundos después, Alessia vio como el que muchos considerarían el mayor error de su vida salía por la puerta de aquella habitación.

Y entonces comprendió que estaba irremediablemente atada de por vida a su encanto. Quizá, como él le decía siempre, aquello la perseguiría vida tras vida, unido durante toda la eternidad a su alma mediante un invisible hilo rojo...

Se vieron todos los días de la corta estancia de Alessia en Roma. Y no podían ser más felices. Les parecía estar viviendo un sueño, que la vida les estaba regalando su mejor versión.

Reían cuando, de forma inconsciente, sus manos se buscaban mientras paseaban por la calle y se apartaban inmediatamente, casi como un resorte, cuando ambos se daban cuenta del desliz; suspiraban cuando se decían algo al oído para que ningún curioso pudiera escuchar; cantaban en el coche, a voz en grito, canciones de grupos de la época de Aarón y Amanda, cuya letra se aprendieron rápidamente, que les gustaba creer que también habían sido sus himnos casi cien años atrás.

Alessia seguía sin creer en esa historia, su alma no podía verla, pues no todo el mundo está preparado para ello. Aun así, sabía que en esta vida la historia estaba siendo real. Y esto le bastaba.

Aunque les hubiese gustado detener las manecillas del reloj, que ponían fecha de caducidad a su relación, no pudieron impedir que llegara el final. El reloj avanzaba, su mayor enemigo seguía sumando minutos, implacable, y les gritaba, amenazante, que su tiempo comenzaba a acabarse otra vez. No tenían nueva fecha de encuentro en el horizonte y, cuando alguno de los dos pensaba en ello, el ambiente se tornaba triste, frío, gris.

El último día, antes de ir al aeropuerto, comieron juntos, apurando las pocas horas que les quedaban.

—Entonces, supongo que aquí termina todo —dijo Angelo, sin poder evitar sentir que moría de nuevo por dentro.

—Ha sido genial —respondió Alessia, con una expresión ya más cercana a la nostalgia que a la alegría de aquellos días.

—Ojalá no te tuvieses que ir.

Alessia se limitó a sonreír y, tratando de salvaguardar su paz interior, le pidió que por favor no siguiera por ahí.

—Debes aprender a ser feliz sin mí. Dentro de tres horas despega mi vuelo. Y para entonces volveré a ser un fantasma en tu vida.

Era lo mejor para todos.

54

Y aunque el fuego se apague algún día
(o no),
esa canción siempre os recordará
que alguna vez algo ardió.
Y de qué manera.

Roma, 2117

Algo tienen los aeropuertos que consigue que el camino de ida hacia ellos nunca se haga largo. La emoción que nos suele embargar ante una nueva aventura, las ganas de llegar al destino o la simple curiosidad por lo desconocido hacen que los muchos o pocos kilómetros que nos separan de él nos pasen volando, aunque tengamos las ruedas pegadas al asfalto.

A Angelo y Alessia el trayecto se les hizo más corto que nunca. No sabrían decir si tardaron cinco minutos, quince o media hora. Sus dedos enredados, en el camino hacia el lugar que los iba a separar, convirtieron los minutos en segundos.

La tristeza comenzó a invadir el pequeño habitáculo del vehículo y las ganas de vivir el presente, el *carpe diem* que les había puesto la vida del revés, comenzaban a evaporarse, dejando paso a una realidad más tangible que nunca, tan jodida como siempre, tan real que asustaba. Y mucho.

Sabían que, muy pronto, las caricias cargadas de ternura de sus dedos iban a convertirse en un recuerdo de lo que pudo ser y nunca fue. Un recuerdo de los que duelen. De los que pesan. De esos de los que, por mucho que te roben las ganas de vivir, no quieres deshacerte. Son estrellas fugaces, episodios que solo suceden una vez en la vida (o no), pero que siempre merecen la pena.

El intermitente antes de tomar la salida señalada con el dibujo de un avión rompió el silencio lleno de caricias, sonrisas y miradas furtivas que se había adueñado del interior del coche y le sirvió de preámbulo a Angelo para, en un último acto de valentía, formular una pregunta que a Alessia se le clavó en el corazón.

—Quiero preguntarte algo.

—Dime.

—¿Te gustaría perder el avión?

—No me hagas esta pregunta, por favor...

—Dímelo. La respuesta no va a cambiar nada, pero quiero saberlo. —Tomó aire y volvió a preguntar—: ¿Te gustaría perder el avión?

—¿Y qué más da si lo pierdo? Cogería el siguiente.

—No te estoy preguntando esto. Lo sabes tan bien como yo. ¿Te gustaría perder el avión?

—Ya te he contestado: cogería el siguiente.

Angelo lo dejó estar. No hizo más preguntas. Volvió a poner los ojos en la carretera mientras Alessia moría un poco más por dentro. Ella sabía perfectamente lo que significaba esa pregunta. Y también sabía cuál era la respuesta. Sin embargo, decirla en voz alta complicaría más las cosas, así que, de nuevo, hizo simplemente lo que tenía que hacer. Lo correcto. Como hasta ahora.

Angelo estacionó el vehículo en una zona reservada para la descarga rápida de pasajeros, justo frente a la puerta de la terminal de salidas. Apagó el motor y sus miradas volvieron a llenar un espacio que ahora sabía más que nunca a melancolía, a nostalgia, a fuego.

La conversación trivial con la que pretendían alargar los minutos no se pudo sostener demasiado tiempo. Por suerte aún quedaban plazas de aparcamiento libres, por lo que la agente de seguridad encargada de vigilar la zona no puso reparos a que permanecieran allí más rato del reglamentario.

Tras un par de minutos en los que fueron sus manos las únicas que hablaron, entrelazadas sobre el desgastado pantalón vaquero de Alessia, sus sonrisas a medio gas se encargaron de anunciarse mutuamente que había llegado el momento de bajar.

¿Quién de los dos se lleva la peor parte? ¿El que debe marcharse a recuperar su vida o el que se queda sosteniendo el recuerdo de lo que ya se fue? El resultado es el mismo: ambos pierden.

Angelo abrió el maletero y sacó con cuidado la pequeña maleta de mano de Alessia. Al cogerla la miró con pena, sabiendo que en ella, junto con los botes vacíos de champú y las camisetas de algodón, se marchaba también su corazón.

—¿Te volveré a ver?

—Seguro.

—Pues yo no estoy tan seguro...

—Angelo, por favor...

—Lo siento.

—No te fustigues, ni me lo pongas más difícil. —Tras una breve pausa, con todo el dolor de su alma, mirándolo a los ojos con un gesto que sabía a despedida, le hizo una última petición—: Sé feliz. Yo siempre estaré a tu lado, aunque no sea del modo en que queremos.

La agente de seguridad de piel morena plantada a pocos metros de la pareja hacía un rato que había dejado de vigilar los coches para atender la preciosa escena que estaban viendo sus ojos. Pudo percibir el dolor de aquel final de película, que, no obstante, le pareció uno de los acontecimientos más bonitos que había podido presenciar en sus más de veinte años de profesión.

Dicen que los aeropuertos ven las despedidas más emotivas, los besos más sentidos y el amor más puro y doloroso. Y no se equivocan. La mujer sonrió amargamente porque, al igual que Alessia y Angelo, sabía cómo iba a terminar aquello unos minutos después: con la chica entrando en el aeropuerto y dejándolo todo atrás y con el chico regresando a la carretera que a partir de entonces le iba a recordar cada vez que pasara por ella lo que un día perdió. Dos almas unidas por el destino que, sin embargo, habían decidido separarse.

Porque no, no son las circunstancias de la vida las que nos obligan a tomar un camino u otro. Somos nosotros, con nuestras decisiones, los que siempre tenemos la última palabra. Siempre.

Aunque ninguno de los dos quería que aquel momento acabara, ambos sabían de sobra que alargarlo solo iba a hacer más cruel la agonía. Sus ojos se dijeron en silencio que era la hora de la verdadera despedida y de nuevo sus cuerpos se acercaron, sus manos se acariciaron y sus bocas se buscaron... Primero se rozaron la piel, después chocaron suavemente hasta fundirse en el beso más dulce que nunca nadie les había dado. El mayor tesoro que su alma se llevaría a la siguiente vida.

—Cuídate —le pidió Angelo con un susurro que era una súplica.

—Tú también. Nos vemos pronto.

Dando un paso atrás, como si lo asustara lo que iba a decir, Angelo solo pudo dejar que sus labios pronunciaran lo que su corazón gritaba:

—Te quiero.

Alessia sonrió y su corazón se volvió a llenar de vida al oír de su boca aquello que a veces da tanto miedo escuchar:

—Te quiero.

Y sin querer decirse adiós, prefirieron despedirse con una sonrisa. Alessia tomó su maleta y, de espaldas a un Angelo que se sentía cada vez más perdedor, echó a andar hacia el interior de la terminal. Unos pocos metros y se acabó. Para siempre.

La agente de seguridad, que seguía contemplando la escena con lágrimas asomando a sus ojos, quiso imaginar la historia que aquellos dos amantes cargaban a sus espaldas. Las piezas encajaron cuando, al pasar Alessia junto a ella, se percató del anillo que llevaba en la mano derecha.

En otras circunstancias, aquel detalle podría haber enturbiado su percepción de la escena, pero no esta vez. Como leyó una vez en un antiguo libro, «todos somos el secreto y el error de alguien». A su mente regresó un nombre de varón que creía tener olvidado desde hacía mucho tiempo. No le cupo la menor duda: aquellos jóvenes iban a caer en el mismo error que ella había cometido.

Angelo bajó la mirada al suelo y al levantarla de nuevo vio como los pasos de su amada se detenían por un instante y su cabeza se volvía hacia él. Sonrió, aunque con menos ganas que nunca y con la remota esperanza de que aquel gesto fuese una frenada en seco definitiva, de que el reloj se parase en aquel instante, pero volvió a entristecerse al comprobar que Alessia volvía a caminar rumbo a la entrada.

La cabeza de Alessia era un hervidero de ideas. Mentalmente trataba de contar los pasos que la separaban de la puerta en la que todo terminaría para siempre. ¿Cuarenta? ¿Treinta? Cada vez estaba más cerca del final.

Sabía que aquella despedida en la que hubo pocas palabras y mucho sentimiento era uno de los mejores regalos que la vida le podía dar. La herida, aunque dolorosa, terminaría cicatrizando y a ella le quedaría el más bonito recuerdo del mundo. Tal vez algún día, como el loco de su Aarón del pasado, si es que era cierta aquella historia, se lo contaría a sus nietos.

Veinte pasos hasta la puerta, y su cabeza no dejaba de enviarle señales de alarma. Si estaba haciendo lo que debía, ¿por qué tenía la sensación de que se equivocaba? Dejaría que decidiese el destino, dejaría que fuera la vida la que...

Y, entonces, por fin, lo vio.

Otro aeropuerto. Otro país. Otra vida. Pero la misma sensación. La misma escena. Su mano agarrando una maleta de cabina y sus pies separándose del camino de Aarón para no volver a verlo nunca más tras pasar un control de seguridad.

Era él. Y por primera vez sintió que el tictac de sus relojes se acompasaba. Habían vuelto a nacer, se habían vuelto a encontrar... y de nuevo se iban a dejar perder.

En silencio, pidió perdón por lo que estaba a punto de hacer. A Piero, por romperle el corazón; a la vida, por no darle lo que se esperaba de ella.

Se detuvo. En seco. Volvió a girar la cabeza y vio el rostro derrotado de Angelo. Vio la lágrima muda que rodaba por la mejilla de aquella desconocida uniformada, único testigo y único cómplice, sin quererlo, de su historia.

Y mientras el mundo lloraba, ella sonrió. Su cuerpo dio un giro de ciento ochenta grados. Ahora era su espalda la que saludaba a la puerta de la terminal de salidas de pasajeros. Y sus pies corrieron, con ganas, con ilusión. Corrieron como nunca lo habían hecho. Corrieron huyendo de aquello que ya no le pertenecía. Corrieron hacia lo que siempre fue.

Los ojos estupefactos de Angelo no comprendían lo que estaban viendo. La agente de seguridad aplaudió. Aplaudió emocionada, sin sentirse culpable de estar contaminando de ruido el silencio de sonrisas y lágrimas que rodeaba a los dos amantes.

—Me quedo —acertó a decir Alessia—. Me quedo contigo.

—¿Qué?

—Que me quedo.

—Pero ¿cómo? Quiero decir, ¿qué? ¿Dónde?

—Eres imbécil. —Alessia reía mientras le cogía de nuevo la cara entre las manos—. Me quedo. Aquí. En Roma. Contigo. ¿Cómo lo vamos a hacer? No lo sé, pero será juntos. Y si lo hacemos juntos, seguro que saldrá bien.

Angelo continuaba sin recuperar el habla, pero la felicidad más inmensa del mundo se adueñó de su interior cuando oyó de boca de Alessia las mejores palabras que podría haber pronunciado nunca:

—No te voy a perder de nuevo. Ya cometimos este error una vez, Angelo... ¿O debería decir Aarón?

55

Nunca te arrepientas de un momento feliz.
Al final, lo único que nadie nos puede quitar
son las sonrisas que se han escapado de nuestros labios.

Roma, 2171

Tratando de esbozar una sonrisa de gratitud para los asistentes al funeral de Alessia, Angelo subió a un pequeño estrado desde el que podía divisar gran parte del cementerio del Campo Verano. En este lugar a las afueras de Roma confluían la vida y la muerte, los distintos caminos, el principio y el final. Y es que no solo aprendemos a andar al principio de nuestra vida; de hecho, los primeros pasos de la infancia son los más fáciles de dar. El resto de la vida es un continuo aprendizaje, una constante elección en las bifurcaciones de los caminos.

Algunos son llanos; otros, con demasiadas piedras.

Angelo sabía bastante de esto, pero el principio del camino que tenía ahora ante él era el más desolador al que se había enfrentado nunca. Ahora sí estaba solo de verdad.

Su vida con Alessia no había sido fácil. No por ellos, que desde que se cruzaron por primera vez orientaron sus brújulas vitales hacia la posibilidad de ser. El peso de cargar a sus espaldas con el egoísmo humano de querer ser felices por encima de todo y de todos hizo que la sombra de aquellos a quienes habían herido nunca se apartase demasiado.

Nada volvieron a saber de Piero ni de Fabiana. Por alguna foto encontrada en las redes sociales en los momentos de debilidad se enteraron de que ambos habían rehecho su vida y tenían hijos. Piero, una preciosa niña que se parecía bastante a su madre. Fabiana, la parejita, dos guapos mellizos rubios, la chica con los ojos marrones y el chico con los ojos azules, todo un muñeco. A pesar de la evidente satisfacción que mostraban al mundo con estas instantáneas, tanto Angelo como Alessia llevaron siempre clavada la espinita de si su recuerdo sería una losa en la vida de aquellos a los que también amaron en su día. Y mucho.

A pesar de todo, Angelo y Alessia fueron muy felices. Cada obstáculo lo superaron juntos. Cada triunfo lo celebraron juntos. Juntos, todo era mejor. No hubo ni un solo día de su vida en el que se arrepintieran de su decisión. Fue difícil tomarla, pero como todo lo bueno de la vida, mereció la pena.

Hoy, el día más triste de su vida, Angelo tampoco se arrepentía de estar llorando junto a la tumba abierta de su mujer. Su querida Alessia acababa de marcharse de este mundo y los recuerdos le escocían como nunca. Aunque ya eran dos ancianitos, todavía les quedaba tanto por hacer...

Con las piernas débiles y la voz quebrada, se colocó delante del micrófono que el sacerdote que oficiaba el funeral acababa de dejar libre para él. Enfrente veía la nube que formaban sus seres queridos, vestidos en tonos oscuros. Carraspeó un par de veces y comenzó su pequeño homenaje al alma que se acababa de marchar rumbo a su siguiente vida, donde no le cabía la menor duda de que ya lo estaba esperando:

—Gracias a todos por venir. Esto de la oratoria nunca se me dio bien, así que espero que sepáis disculparme si me trabo demasiado. Lo mío es estar detrás de las palabras mal escritas en algún folio, ya lo sabéis. Me vais a disculpar también que no me dirija directamente a vosotros, pero quiero hablar con ella, con mi amor, con la persona que un día me revolvió la vida y que, contra todo pronóstico, se convirtió en mi orden en el caos.

»Alessia, querida, aunque no sé si podrás oírme, quiero darte las gracias. Te las he dado mil veces, pero sabes que nunca ha sido suficiente para mí.

»Gracias por tener la valentía de reducir a cenizas tu mundo tal y como lo conocías para apostar por mí, que solo era una incertidumbre en aquel presente ahora ya tan lejano.

»Gracias por ser la fuerte de los dos, por tomar esa decisión que yo, aunque no dejaba de perseguirla, nunca me atreví a tomar. No era por inseguridad, ya lo sabes, era por ti, quería dejarte volar, quería dejarte estar donde tú creías que querías estar, porque, por encima de todo, quería que fueras feliz. Qué cobarde fui. Lo siento. Debí ponértelo más fácil.

»Gracias por abrirte a mí, por dejarte encontrar, por

tener un alma tan fuerte que mantuvo nuestro hilo rojo intacto vida tras vida.

»Gracias por los buenos momentos, y también por los malos, de los que hemos tenido unos cuantos, ya lo creo, pero volvería a pasar por todos ellos solo porque los pasé contigo.

»Gracias por quererme incondicionalmente incluso cuando menos lo merecía. Nunca fui perfecto, y aun sabiéndolo quisiste regalarme tu vida.

»Gracias por ser mi musa ya antes de conocerte.

»Y gracias porque sé que, allá donde estés, sigues a mi lado, sigues cuidándome, sigues haciendo lo imposible para que no me sienta perdido.

»Pequeña, lo abandonaría todo ahora mismo si hubiera la más remota posibilidad de volver a encontrarte, pero si algo hemos aprendido a lo largo de las vidas en las que ya nos hemos encontrado, es que la paciencia forma parte de nuestra historia. Y es justo lo que debo tener ahora. Paciencia para volver a tu lado, para volver a enamorarte. Espero saber hacerlo otra vez.

»Ahora que ya no estás, solo puedo cerrar los ojos y darle las gracias también a aquel que maneja el destino allá arriba, por haber unido nuestros caminos vida tras vida y por haberme dejado tenerte, solo un ratito o varias décadas, da igual. Ahora sé que en la siguiente nos tropezaremos de nuevo y solo por eso quiero volver a nacer.

»Hoy debería ser un día triste, y lo es, pero a la vez me siento feliz porque por fin pudimos vivir nuestra historia de amor. Nos encontramos algo tarde, eso es cierto, pero tuvimos la oportunidad de descubrir lo que es vivir una vida juntos. Y, cariño, sabes igual que yo que ha sido maravilloso, que ha merecido la pena.

»Aunque ahora me siento cansado y sin fuerzas, solo espero que todavía nos queden varias vidas de gato. Porque quiero demostrarte que no tengo ninguna duda de que la séptima también la gastaría contigo. Porque, aunque se empeñaron en decirnos que tú y yo no podíamos ser, sabes de sobra que lo nuestro fue real.

»Nos vemos pronto. Esta vez, espérame.

»Gracias por ser la mejor historia de mi vida.

»Por lo que siempre fuimos.

»Por lo que siempre fue.

Agradecimientos

Aunque puede parecer un tópico, lo de «esto no habría sido posible sin» es totalmente cierto. Esta novela nunca habría nacido sin vuestra influencia, vuestro apoyo o las experiencias compartidas con vosotros, mi propia realidad.

A Pablo, mi agente, por darme la mano y hacer realidad mis sueños.

A Clara, mi editora, por tu impecable trabajo y por tener siempre palabras bonitas para mí.

A Penguin Random House, mi editorial, por vuestra confianza.

A mis padres y a mi hermana, por enseñarme el valor de la familia.

A mis sobrinos, Carla, Natalia y Óscar, por vuestro cariño y amor sincero, la razón por la que siempre volveré a casa.

A Cipri, por mostrarme lo bonita que puede ser la vida y hacer de tus brazos mi hogar.

A mis amigos, los de siempre: Almu, Alba, David, Manu, Kike, Javi L., Álex, Marta... Hacéis la vida más divertida.

A mis compañeros de profesión, pero sobre todo de

sueños. Guille, Cris, Sofía, Kai, Dani... Sois mi soporte en este camino.

A Javi, por apoyarme siempre incondicionalmente.

A Golfo y a Nora, por todo lo que fuisteis. Sé que seguís conmigo.

A Lorena, por ser mi mejor maestra.

A mis lectores fieles: María José, Yolanda, Fabiana, Noa... Gracias por estar ahí desde el primer momento.

Y a ti, mi querido lector, que tienes este libro entre tus manos, gracias. Si he conseguido que te distraigas de tus problemas, al menos unos minutos, ha merecido la pena. Espero verte pronto.